クリスティー文庫
40

ポケットにライ麦を
〔新訳版〕

アガサ・クリスティー
山本やよい訳

Agatha Christie®

早川書房

8558

A POCKET FULL OF RYE
by
Agatha Christie

Translated by
Yayoi Yamamoto
Published 2021 in Japan by
HAYAKAWA PUBLISHING, INC.
This book is published in Japan by
arrangement with
AGATHA CHRISTIE LIMITED
through TIMO ASSOCIATES, INC.

わたしの初期の短篇集を気に入り
出版してくれた
ブルース・イングラムへ

ポケットにライ麦を〔新訳版〕

登場人物

ミス・マープル……………………………老婦人
レックス・フォーテスキュー……………投資信託会社の社長
アデル………………………………………レックスの二番目の妻
パーシヴァル（ヴァル、パーシー）……レックスの長男
ジェニファー………………………………パーシヴァルの妻
ランスロット（ランス）…………………レックスの次男
パトリシア（パット）……………………ランスロットの妻
エレイン……………………………………レックスの娘
エフィー・ラムズボトム…………………レックスの前妻の姉
ヴィヴィアン・デュボワ…………………アデルの男友達
ジェラルド・ライト………………………エレインの恋人
メアリ・ダブ………………………………フォーテスキュー家の家政婦
クランプ……………………………………執事
クランプ夫人………………………………料理人
グラディス・マーティン…………………小間使い
エレン・カーティス………………………メイド
ニール………………………………………警視庁犯罪捜査部警部
ヘイ…………………………………………部長刑事

1

今日はミス・サマーズのお茶当番の日だった。タイピストのなかでもっとも新顔で、仕事もあまりできない。もう若くはなく、羊みたいに柔和で気弱そうな顔をしている。茶葉に湯を注いだとき、やかんはまだ沸騰していなかったが、困ったことに、ミス・サマーズは沸騰のタイミングを見極めるのが下手だった。彼女が人生のなかで抱えこんでいる多くの悩みのひとつがそれなのだ。

カップに紅茶を注ぎ、湿気を含んだ甘いビスケットを受け皿に二枚ずつのせてから、みんなに配ってまわった。

ミス・グリフィスという性格のきついグレイヘアの女性がタイピスト室の有能な主任で、この投資信託会社に入って十六年になるが、その彼女がきびしい声を上げた。「今日もお湯が沸騰してないじゃない、サマーズさん！」

ミス・サマーズの気弱そうな顔がうっすらと赤く染まり、こう答えた。「す、すみません。沸騰したと思ったものですから」

ミス・グリフィスはひそかに思った――あと一カ月は雇っておくしかない。会社がすごく忙しいから……でも、呆れてしまう！　イースタン開発宛の手紙を打たせたときには、この馬鹿女ったら、タイプミスばっかり。ごく単純な作業だったのに。紅茶の淹れ方もろくに知らないし。腕のいいタイピストを雇っておくのがこれほど大変なご時世でなかったら……しかも、前回の当番のときに、ビスケットの缶の蓋をきちんと閉めておかなかったようだわ。まったくもう――。

そのとき、ミス・グローヴナーがすべるような足どりで入ってきた。フォーテスキュー社長用の紅茶を淹れにきたのだ。社員とは別の茶葉とカップを使い、ビスケットも高級なものが用意してある。やかんと給湯室の蛇口から汲んだ水だけは同じだが、社長のお茶ともなれば熱々の湯が必要で、ミス・グローヴナーは湯がちゃんと沸騰したことを確認した。

ミス・グローヴナーは絶世の金髪美人だ。高級な仕立ての黒いスーツに身を包み、すらりとした脚は闇市でしか手に入らない最高級のストッキングに包まれている。

誰にも挨拶せず、目を合わせようともせずに、ミス・グローヴナーはふたたびタイピスト室を通って出ていった。彼女からすれば、タイピストなどゴキブリ同然なのだろう。ミス・グローヴナーはフォーテスキュー氏の特別な個人秘書だ。噂好きな意地悪連中はつねづね〝単なる秘書以上の存在だ〟とほのめかしているが、はっきり言うと、それは事実ではない。フォーテスキュー氏は再婚したばかりだ。相手は贅沢好きな色っぽい美女で、いまのところ、ほかの女など目に入りそうもない。ミス・グローヴナーは大金を投じて贅沢にしつらえた社長室に必要な装飾品に過ぎない。

ミス・グローヴナーは儀式の供物を運ぶのにも似た物腰でトレイを高く掲げ、ふたたびすべるような足どりで戻っていった。ドアのすぐ内側のオフィスを通り抜け、大切なクライアントだけを案内する応接エリアを通り抜け、彼女が使っている秘書室を通り抜けて、最後に奥のドアを軽くノックしてから、聖域のなかの聖域とも言うべき社長室に入った。

そこは大きな部屋で、光沢ある寄木細工の床が広がり、高価な東洋緞通(だんつう)があちこちに置いてある。壁面は淡い色の上品な羽目板張り。淡い色のなめし革を張ったふかふかの椅子が何脚か。部屋にでんと置いてあるのはカエデ材の巨大なデスクで、その前にフォーテスキュー氏本人がすわっていた。

部屋の豪華さに比べると、いささか位負けしている感じだが、それでも氏は精一杯自分を立派に見せようとしていた。締まりのないぶよぶよした大柄な体形で、頭はみごとに禿げあがっている。都会のオフィスで田舎ふうのゆったりしたデザインのツイードを着るのは、彼なりのおしゃれというわけだ。ミス・グローヴナーが白鳥のように優雅に社長室に入っていったとき、フォーテスキュー氏はむずかしい顔でデスクの書類に目を通していた。ミス・グローヴナーは彼の肘のそばにトレイを置いてから、「お茶をお持ちしました、社長」と低い事務的な声で言い、部屋を出ていった。

フォーテスキュー氏はこの儀式に対して不機嫌な声を返しただけだった。

ミス・グローヴナーは自分のデスクの前にすわり、やりかけの仕事に戻った。二カ所に電話をかけ、フォーテスキュー氏のサインをもらうばかりになっているタイプ済みの手紙数通に修正を入れ、外からの電話を受けた。

「申しわけありませんが、いまはおつなぎできません」高慢な感じのアクセントで答えた。「社長は会議中ですので」

受話器を戻しながら、ミス・グローヴナーは壁の時計をちらっと見上げた。十一時十分。

そのときだった。ほぼ完璧な防音装置が施された社長室のドアの奥から、異様な音が聞こえた。くぐもった音だが、それでもはっきり聞きとれた。首を絞められたような苦(く)悶(もん)のうめき。同時に、ミス・グローヴナーのデスクのブザーが長々と尾をひいて執拗に鳴りはじめた。ミス・グローヴナーは驚きのあまり、しばらくは身じろぎもできなかったが、やがてふらつきながら立ちあがった。不意の出来事に、冷静さは消し飛んでいた。しかしながら、いつもの彫像のような態度に戻って社長室のドアまで行き、ノックをして部屋に入った。

そこで目にした光景に、またしても冷静さを失った。デスクの向こうで社長が苦悶に身をよじっているように見えた。見ているのが辛いほどの苦しみようだった。

ミス・グローヴナーは「あ、あの、社長、大丈夫ですか？」と問いかけ、すぐさま、愚かな質問をしたことに気づいた。大丈夫でないことは誰の目にも明らかだ。彼女があわてて駆けよるあいだも、フォーテスキュー氏の身体は激しい痙攣(けいれん)に見舞われていた。氏の口から切れ切れに言葉が出た。

「お茶――な、何を――お茶に入れた――助けを――早く、医者を――」

ミス・グローヴナーは部屋を飛びだした。もはや高慢ちきな金髪の秘書ではなかった。怯(おび)えきっておろおろしているただの女になっていた。

タイピスト室に駆けこんで大声で叫んだ。

「社長が発作――死にそう――医者を呼ばなきゃ――ひどい苦しみようで――あれじゃもう助からない」

たちまち大騒ぎになった。反応はさまざまだった。

いちばん若いタイピストのミス・ベルが言った。「癲癇（てんかん）の発作だったら、口にコルクを詰めなきゃ。誰かコルクを持ってません？」

誰も持っていなかった。

ミス・サマーズが言った。「あのお歳だと脳溢血（のういつけつ）じゃないでしょうか？」

ミス・グリフィスが言った。「お医者さまを呼ばなくては――すぐに」

しかし、さすがの彼女もいつものように機敏には動けなかった。勤続十六年のあいだ、会社に医者を呼ぶ必要に迫られたことなど一度もなかったからだ。彼女のかかりつけの医者はいるが、ストリーサム・ヒルなので遠すぎる。この近くにお医者さまはいないの？

誰も知らなかった。ミス・ベルが電話帳をつかみ、Dのページで医者（ドクター）を探しはじめた。しかし、職業別電話帳ではないため、タクシー乗場みたいに医者の名前がずらっと並んでいるわけではなかった。誰かが病院に電話しようと言った――でも、どこの病院？

「ちゃんとした病院でなくては」ミス・サマーズが言った。「でないと救急車をよこしてくれません。国民健康保険のシステムでそうなってるんですって。この近くにもそういう病院があるはずです」

誰かが９９９に電話しようと言ったが、ミス・グリフィスは狼狽し、それは警察に緊急通報をするときの番号だから、電話しても無駄だと言った。医療サービスの恩恵に浴すことができる国に住み、知的レベルもけっこう高い女性たちのはずなのに、とるべき方法がわからず、信じがたい無知をさらけだしていた。ミス・ベルがAのページを開いて救急車を探しはじめた。ミス・グリフィスが「社長のかかりつけのお医者さまがいるはずだわ。ぜったいいるわよ」と言った。誰かが社長の住所録を捜しに走った。ミス・グリフィスは給仕を呼び、医者を見つけてくるよう命じた――とにかく、どこの医者でもいいから。社長の住所録には、かかりつけの医者としてハーリー街のサー・エドウィン・サンドマンの名前が出ていた。ミス・グローヴナーは椅子に崩れるようにすわりこんで嘆いていた。普段の上品な口調はすっかり影を潜めていた。「いつもと同じようにお茶を淹れたのよ――ほんとなんだから――何も問題はなかったはずだわ」

「問題って？」ミス・グリフィスが電話のダイヤルにかけた手を止めた。「どうしてそんなことを言うの？」

「社長に言われたの――お茶のせいだって――」

ミス・グリフィスの手が電話の上で迷いを見せた。ハーリー街と９９９のどちらにしよう？ 若くて楽天的なミス・ベルが言った。「辛子（からし）とお水をあげればいいんだわ――いますぐ。この部屋に辛子は置いてありません？」

会社に辛子なんてあるわけがない。

しばらくたってから、会社の前に救急車が二台止まり、ベスナル・グリーンのアイザックス医師とハーリー街のサー・エドウィン・サンドマンがエレベーターのなかで顔を合わせた。一人は給仕が探しだし、もう一人は電話で呼ばれたのだった。

2

社長室に入ったニール警部は、フォーテスキュー氏が使っていたカエデ材の巨大なデスクの前にすわった。部下の一人がノートを手にして、ドア近くの壁ぎわに置かれた椅子に目立たないよう腰かけた。

ニール警部は軍人のようにきびきびした物腰の人物で、波打つ茶色の髪をやや狭い額からうしろへなでつけていた。「これは形式的な質問に過ぎないのですが」という言葉が警部の口から出ると、言われたほうは、「どうせ形式的な質問しかできないやつだ！」と、つい警部を見くびってしまう。それは大きな誤りだ。警部のありきたりな外見の奥には、ありきたりではない思考力が潜んでいる。彼の捜査法のひとつが、事情聴取をする相手を犯人と仮定して、そこから推理を進めていくというものだった。

警部は現場に到着するなり、事件の顚末(てんまつ)を簡潔に説明してくれそうな人物としてミス・グリフィスを選びだした。警部の目に狂いはなく、ミス・グリフィスは午前中の出来事を要領よく整理して警部に伝えてから、いましがた社長室を出ていったばかりだった。

ニール警部はまず、タイピスト室の主任を務める忠実なこの社員が午前中のお茶の時間に社長を毒殺しようとしたという仮説を立てて、こじつけともとれる動機を三通り考えだし、どれも無理があるとして却下した。警部はミス・グリフィスを次のように見ていた。

(A) 毒殺者のタイプではない。
(B) 社長の愛人ではない。
(C) 精神的に不安定なところは見られない。
(D) 恨みを抱くタイプではない。

これなら容疑者から除外して、信頼できる情報提供者として利用したほうがいい。

ニール警部は電話にちらっと目を向けた。セント・ジュード病院からそろそろ電話があるはずだと思い、待っているところだった。

もちろん、フォーテスキュー氏が突然倒れたのは病気のせいだった可能性もあるが、ベスナル・グリーンのアイザックス医師も、ハーリー街のサー・エドウィン・サンドマンもそうは思っていなかった。

ニール警部は左手のそばに置かれた便利なブザーを押し、フォーテスキュー氏の個人秘書に社長室に来るよう命じた。

ミス・グローヴナーはわずかに冷静さをとりもどしていたが、まだ完全ではなかった。白鳥のように優雅な足どりは消え去り、不安そうな顔で入ってくると、すぐさま弁解を始めた。

「わたしがやったんじゃありません！」

ニール警部はさりげなく返した。「ほう？」

ミス・グローヴナーに椅子を勧めた。社長に呼ばれて手紙の口述筆記をするときに、彼女がノートを手にしていつもすわる椅子だ。ニール警部は、ミス・グローヴナーはしぶしぶそこに腰を下ろして警部に警戒の目を向けた。男女関係のもつれ？　脅迫？　法廷に立つプラチナブロンドの美女？　などと想像しながら、相手を安心させるために、いささか愚直な表情を浮かべてみせた。

「お茶にはおかしなところなんてなかったんです」ミス・グローヴナーは言った。「そんなわけありません」

「なるほど」ニール警部は言った。「お名前とご住所を伺ってもいいですか？」

「グローヴナーといいます。アイリーン・グローヴナー」

「綴(つづ)りは？」

「ええと、グローヴナー広場と同じ綴りです」

「では、ご住所は？」

「マスウェル・ヒルのラシュムア・ロード十四番地」

ニール警部は満足げにうなずいた。

「男女関係のもつれではないらしい」とつぶやいた。「この住所だと、愛の巣ではない。両親と同居してまっとうに暮らしているのだろう。恐喝するタイプでもなさそうだ」

今回の仮定もすべて崩れ去った。

「では、お茶の支度をしたのはあなたなんですね」警部は愛想よく言った。

「はい、わたしの役目でしたから。いつもわたしが淹れることになっています」

ニール警部はフォーテスキュー氏の朝のお茶を淹れる手順を、時間をかけて詳しく聞きだした。カップと受け皿とティーポットはすでに警察の手で梱包され、分析のために担当部署へ送られている。この事情聴取でわかったのは、カップと受け皿とティーポットにはアイリーン・グローヴナー以外に誰も手を触れていないということだった。やかんの湯はタイピスト室のお茶を淹れるのに使われたあとだったので、ミス・グローヴナーが給湯室の蛇口からあらためて水を汲んだ。

「では、茶葉は？」

「社長専用の茶葉でした。特別製の中国茶です。となりの秘書室の棚にのせてあります」

ニール警部はうなずいた。砂糖について尋ねると、フォーテスキュー氏は砂糖を入れないとのことだった。

電話が鳴った。ニール警部は電話をとった。表情がかすかに変わった。

「セント・ジュード病院？」

警部はもうけっこうですとミス・グローヴナーに合図をした。

ミス・グローヴナーはそそくさと部屋を出ていった。

ニール警部はセント・ジュード病院から電話してきた人物の、感情を交えない淡々とした声に注意深く耳を傾けた。話を聞きながら、目の前に置かれた吸取紙の隅に、鉛筆で謎めいた記号をいくつか書いた。

「五分前に死亡したというんだね？」腕時計に目を走らせた。すると、死亡時刻は十二時四十三分だ。吸取紙にそれをメモした。

淡々とした声はさらに続き、バーンズドーフ医師がニール警部と話をしたがっていることを伝えた。

警部は「わかった。つないでくれ」と横柄（おうへい）に答えて、声の主をいささかむっとさせた。向こうとしては、事務的な口調のなかにある程度の威厳を込めたつもりだったのだ。

何回かカチッと音がして、ざわめきが伝わり、遠くからおぼろげな声が聞こえてきた。ニール警部はすわったまま辛抱強く待ちつづけた。

やがて、深みのある低い声が唐突に響いたため、受話器を耳から何センチか離した。

「もしもし、ニール、このハゲタカめ。またしても死骸をついばみに来たのか？」

ニール警部とセント・ジュード病院のバーンズドーフ教授は一年ちょっと前に、毒殺事件の捜査で顔を合わせ、以来、親しいつきあいが続いている。

「死亡したそうだね、教授」

「そう。搬送されてきた時点でもう手の施しようがなかった」

「死因は？」

「解剖しなきゃならん。言うまでもないが。じつに興味深いケースだ。そうとも、まことに興味深い。このケースがわたしのところにまわってきてラッキーだったよ」

バーンズドーフ教授の深みのある声からすると、医者としてずいぶん張り切っている様子なので、ニール警部は少なくともひとつのことを確信した。

「自然死だとは思っていないわけだな」警部は冷静に言った。

「万にひとつもありえない」バーンズドーフ教授は断言した。「もちろん、わたし個人の意見だが」遅ればせながら、用心のためにつけくわえた。

「大丈夫。大丈夫。わかっているとも。毒殺かね？」

「間違いない。それだけじゃないぞ――これもわたし個人の意見だから――ここだけの話にしてほしいんだが――毒物の正体については賭けてもいいと思っている」

「えっ、本当に？」

「タキシンだよ、きみ。タキシン」

「タキシン？　初めて聞く名前だ」

「そうだろうとも。きわめて珍しい毒でね。うれしくなるほど珍しい！　わたしも三、四週間前に同じケースに遭遇していなかったら、気がつかなかったかもしれない。人形のお茶会ごっこをしてた子供たちがイチイの実をもぎ、お茶を淹れるのに使ったんだ」

「それに毒が？　イチイの実に？」

「実と葉に毒がある。しかも猛毒。言うまでもなく、タキシンはアルカロイドだ。この毒物が故意に使用されたケースは、いまだかつて聞いたことがない。まことに興味深い稀有な例だ――毒殺事件にひんぱんに登場するのは除草剤なんだ。わたしがいかにうんざりしているか、きみには想像もつかんだろうな、ニール。タキシンなら大歓迎だ。もちろん、わたしの勘違いということもありうるので——けっして他言しないでもらいたいが——おそらく勘違いではないと思う。きみにとっても興味深い事件になるはずだ。いつもと違う捜査ができるぞ！」

「誰もが大張り切りというわけだな。被害者を除いて」

「そう、そう、気の毒に」バーンズドーフ教授の口調はおざなりだった。「まったく運の悪い男だ」

「息をひきとる前に何か言わなかったか？」

「ええと、刑事が一人、ノートを手にして付き添っていた。詳しいことはその刑事から聞いてくれ。被害者はお茶のことを何か言っていた。会社でお茶に何か入れられたとかなんとか。だが、そんなことはありえない」

「なぜありえないんだ？」ニール警部は、魅惑的なミス・グローヴナーが紅茶を淹れるさいにイチイの実を放りこむ姿を思い浮かべていたところだったので、教授の言葉が納得できなくて、鋭い口調で訊いた。

「タキシンは即効性の毒物ではないからだ。ところが、被害者はお茶を飲んだ直後に苦しみだしたというではないか」

「社員の証言によると、そうらしい」

「そのように急激に作用する毒物というのはほとんどない。例外はシアン化物だな、もちろん――それから、純粋のニコチンとか――」

「だが、シアン化物やニコチンでないのは確かなんだな？」

「そういう毒物だったら、救急車が到着する前に息をひきとっていただろう。その種の毒が使われた可能性はゼロだ。ストリキニーネかとも考えたが、痙攣の様子がまったく違う。これまた個人的な意見に過ぎんのだが、タキシンであることにわが名誉を賭けてもいい」

「中毒症状が出るまでにどれぐらいかかるんだ？」

「状況によりけりだな。一時間か、二時間か、あるいは三時間か。被害者は大食漢だったようだ。朝食をたっぷりとっていた場合は、症状が出るのが遅れる」

「朝食か」ニール警部は考えこんだ。「そうだな、朝食が怪しい」

「ボルジア家の連中と朝食ってわけか」バーンズドーフ教授は愉快そうに笑った。「まあ、捜査に精を出したまえ」

「恩に着る、教授。電話を切る前に、うちの部長刑事にかわってほしいんだが」

ふたたびカチッと音がして、ざわめきが伝わり、遠くからおぼろげな声が聞こえてきた。やがて、電話の向こうから騒々しい息遣いが聞こえた。ヘイ部長刑事が何か言うときは、つねにこれが前奏曲となる。

「警部」せっかちな口調だった。「警部！」

「聞いてるよ。被害者が何か言ったかどうか知りたいんだが」

「お茶のせいだと言いました。会社で飲んだお茶。ですが、医者はそれを否定して……」

「ああ、そのことなら知っている。ほかには？」

「言ったのはそれだけです。ただ、妙なことがひとつありまして。被害者が着ていた背広なんですが——ポケットの中身を調べてみました。ハンカチ、鍵、小銭、財布など、変哲もないものばかりでしたが、ひとつだけ、不可解な品が出てきたのです。上着の右のポケットから。穀物が」

「穀物だと？」

「はい、警部」

「なんのことだ？　朝食用のシリアルのことか？〈ファーマーズ・グローリー〉とか〈ホウィーティファクス〉といったような？　それとも、小麦や大麦のことかね？」

「それです、警部。麦の粒でした。見たところ、ライ麦のようでした。それも大量に」

「なるほど……妙だな……だが、ひょっとすると商品見本だったのかもしれん――取引に関係するような」

「そうですね、警部。しかし、報告しておいたほうがいいと思いまして」

「ご苦労だった、ヘイ」

ニール警部は受話器を戻したあとしばらく、すわったまま前方を見つめていた。理路整然たる思考回路をたどって、捜査の第一段階から第二段階へ移っていった。毒殺ではないかという疑惑から、毒殺に違いないという確信へ。バーンズドーフ教授が口にしたのは個人的な意見かもしれないが、教授は判断を誤るような人物ではない。レックス・フォーテスキューは毒殺されたのだ。毒が体内に入ったのは、たぶん、最初の中毒症状が現われる一時間から三時間前のことだ。となれば、会社の連中は全員シロと見ていいだろう。

ニール警部は立ちあがり、タイピスト室に入っていった。みんなが漫然と仕事をしていたが、どのタイプライターもフルスピードで動いてはいなかった。

「ミス・グリフィス？　ちょっと話を伺ってもいいでしょうか？」

「ええ、どうぞ、警部さん。あの、タイピストたちをランチに行かせてもかまいませんか？　昼休みの時間をとっくに過ぎていますので。それとも、外から何かとりよせたほうがいいですか？」

「いや、出かけるように言ってください。ただし、ランチがすんだら戻ってきてもらわないと」

「もちろんです」

ミス・グリフィスはニール警部のあとについて、ふたたび社長室に入った。いかにも仕事のできる女性らしく、落ち着いて腰を下ろした。

ニール警部は前置きなしにいきなり言った。

「セント・ジュード病院から連絡がありました。フォーテスキュー氏が十二時四十三分に亡くなられたそうです」

こう知らされても、ミス・グリフィスには驚いた様子はなかった。首を横にふっただけだった。

「とても具合が悪そうでしたもの」

少しも悲しんではいないようだ、とニール警部は思った。

「フォーテスキュー氏の家庭と家族について、詳しい話を伺いたいのですが」

「承知しました。さきほど奥さまに連絡をとろうとしたのですが、ゴルフにお出かけのようでした。昼食にもお戻りにならないそうです。どこのゴルフ場へいらしたのかもわからなくて」ミス・グリフィスは弁明するようにつけくわえた。「ご自宅はベイドン・ヒースのほうで、周囲に有名なゴルフ場が三つもあるものですから」

ニール警部はうなずいた。ベイドン・ヒースの住人は大半がロンドンで仕事をしている富裕層だ。鉄道が通っていて便利だし、ロンドンまでわずか三十キロの距離。車を使う場合も、朝夕のラッシュ時であっても楽に往復できる。

「電話番号を教えてもらえますか？　屋敷の名前も」

「電話はベイドン・ヒースの３４００番。水松荘（イチイ・ロッジ）といいます」

「なんですと？」ニール警部の口から思わず鋭い叫びが上がった。「水松荘と言われましたか？」

「はい」

ミス・グリフィスは怪訝（けげん）そうな顔をしたが、ニール警部はどうにか落ち着きをとりもどした。

「ご家族のことを詳しく話してもらえますか？」

「いまの奥さまは二度目の方で、社長よりずいぶんお若いです。二年ほど前に結婚なさいました。最初の奥さまはずっと前に亡くなられ、その奥さまと社長のあいだに息子さんが二人と娘さんが一人おられます。娘さんは実家にお住まいですし、ご長男もそうです。ご長男は会社の共同経営者になっておられます。あいにく、今日はイングランド北部へ出張中でして、お帰りは明日の予定です」

「出かけたのはいつですか?」

「一昨日でした」

「連絡はとってみましたか?」

「はい。社長が病院へ運ばれたあとで、たぶんマンチェスターのミッドランド・ホテルにお泊まりだと思い、そちらへ電話してみましたが、けさ早く出られたとのことでした。たしか、シェフィールドとレスターへも行かれる予定だったと思いますが、はっきりしたことはわかりません。あちらで立ち寄る可能性のある取引先の名前を、いちおう申しあげておきましょうか?」

なるほど、仕事のできる女だ——警部は思った——この女の犯行なら、おそらく、もっと巧妙な手口を使っただろう。しかし、警部はそうした思いをふり払い、ふたたびフォーテスキュー氏の家庭の件に集中することにした。

「息子さんがもう一人いると言われましたね?」

「はい。でも、お父さまとの折り合いが悪いため、外国におられます」

「二人ともすでに結婚を?」

「はい。長男のパーシヴァルさまは三年前に結婚なさいました。水松荘に同居され、ご夫妻専用の部屋で暮らしておられますが、近々、同じベイドン・ヒースにある新築の一軒家に移られることになっています」

「午前中にあなたが電話をかけたとき、長男の奥さんも留守だったんですか？」

「朝からロンドンへお出かけとのことでした」ミス・グリフィスはさらに話を続けた。「次男のランスロットさまは結婚なさってまだ一年にもなりません。お相手は故フレデリック・アンスティス卿の奥さまだった方です。警部さんも奥さまの写真をご覧になったことがおありだと思います。《タトラー》誌によく出てましたもの。馬と並んだ写真が。それから、クロスカントリー競馬のときの写真とか」

ミス・グリフィスは息をはずませ、頬をかすかに紅潮させていた。人の心理を読むことに長けているニール警部は、上流社会やロマンスに憧れを持つミス・グリフィスがこの結婚に胸をときめかせていることを見てとった。ミス・グリフィスにとって、貴族は憧れの存在であり、故フレデリック・アンスティス卿が競馬界で芳(かんば)しくない評判をとっていたことなど知るはずもなかった。アンスティス卿は八百長競馬の嫌疑をかけられ、競馬会の取り調べを受ける直前に、拳銃自殺をしてしまったのだ。ニール警部はその夫人のことをおぼろげに思いだした。たしかアイルランド貴族の令嬢で、最初は戦闘機のパイロットと結婚したが、夫は第二次大戦中に戦死したはずだ。

そして今度は、フォーテスキュー家の厄介者と結婚したというわけだ。ミス・グリフィスは〝お父さまとの折り合いが悪いため〟と婉曲的な言い方をしたが、それはたぶん、息子のランスロットが何か不名誉なことをしでかしたという意味だろう。

ランスロット・フォーテスキュー！　なんとご大層な名前なんだ！　長男のほうはなんという名前だった？　パーシヴァル？　最初のフォーテスキュー夫人はいったいどんな女性だったのだろう？　子供たちにずいぶん変わった名前をつけたものだ。

警部は電話機をひきよせると、市外通話の番号をダイヤルし、ベイドン・ヒースの3400番を申しこんだ。

やがて、男性の声がした。

「ベイドン・ヒースの3400番です」

「フォーテスキュー夫人かお嬢さんをお願いします」

「申しわけありません。お二人ともお留守です」

軽く酔っているような声だとニール警部は思った。

「きみは執事かね？」

「さようでございます」

「フォーテスキュー氏が急病で倒れたのだが」

「存じております。さきほど電話で連絡がありました。ですが、わたしには何もできなくて。奥さまはゴルフにお出かけですし、ご長男のパーシヴァルさまは北部へ出張中です。若奥さまはロンドンへ行かれましたが、夕食にはお戻りになるそうです。エレインお嬢さまはガールガイド（アメリカのガールスカウトに相当）の子たちを引率して出かけておられます」

「すると、フォーテスキュー氏の病状について話ができる相手は、いまのところ誰もいないわけだね？　重要なことなんだが」

「はあ――困りましたな……」執事はあやふやな口調だった。「ミス・ラムズボトムがおられますが、電話にはけっしてお出になりません。そうだ、ミス・ダブを呼びましょう。この家の家政婦とでも言えばいいのでしょうか」

「では、そのミス・ダブと話すことにしよう」

「捜してまいります」

遠ざかっていく足音が電話の向こうから聞こえた。一分か二分すると、近づいてくる足音は聞こえなかったものの、女の声がした。

「もしもし、ダブと申しますが」

落ち着いた感じの低い声で、歯切れがよかった。ニール警部はミス・ダブに好印象を持った。

「残念なお知らせですが、ミス・ダブ、フォーテスキュー氏がさきほどセント・ジュード病院で亡くなられました。会社で急に倒れられたのです。ご家族と大至急連絡をとりたいのですが――」

「わかりました。まさか、亡くなられたなんて――」ミス・ダブは黙りこんだ。声は冷静だが、かなり動揺している様子だった。さらに言葉を続けた。「本当に残念です。連絡をとっていただくとしたら、パーシヴァルさまがよろしいでしょう。必要な手配をすべてしてくださるはずです。マンチェスターのミッドランド・ホテルか、レスターのグランド・ホテルに電話なされば、連絡がとれると思います。そちらにいらっしゃらない場合は、レスターのシェアアラー証券会社にかけてみてくださいます？　電話番号は存じませんが、そちらで調べておかけくだされば、パーシヴァルさまがかならず立ち寄られる会社ですので、パーシヴァルさまの今日のご予定を教えてくださると思います。奥さまは夕食までにお戻りのはずですし、もしかしたら、お茶の時間に間に合うかもしれません。きっと大きなショックを受けられることでしょう。旦那さまは急に具合が悪くなられたのですか？　けさお出かけになるときは、とてもお元気そうでしたのに」

「フォーテスキュー氏が出かける前に、顔を合わせたわけですね？」

「はい。どうされたのでしょう？　心臓とか？」

「心臓が悪かったのですか？」

「い——いえ——そんなことはありません——でも、あまりに突然なので、てっきり心臓かと——」ミス・ダブは言葉を切った。「このお電話、セント・ジュード病院からですか？　お医者さまでしょうか？」

「いえ、ミス・ダブ、わたしは医者ではありません。フォーテスキュー氏の会社から電話しています。警視庁犯罪捜査部のニール警部という者です。一刻も早くお話を伺いたいので、いまからそちらへ向かいます」

「警部さん？　それって——あの、どういうことでしょう？」

「フォーテスキュー氏は急死でした。そういう場合は、警察が現場に呼ばれるのです。亡くなった人がここしばらく医者にかかっていなかった場合はとくに。おそらく、医者には行っておられなかった。そうでしょう？」

形ばかりの質問だったが、ミス・ダブは正直に答えた。

「おっしゃるとおりです。パーシヴァルさまが二回も医者の予約をおとりになったのに、旦那さまは頑として行こうとなさいませんでした。ほんとにわがままな方で——周囲はみんな心配しておりました」

ミス・ダブはここで不意に黙りこみ、歯切れのいい口調に戻った。

「警部さんがお着きになる前に奥さまが戻ってらしたら、どう申しあげておけばいいでしょう?」

じつに行き届いた女だ――ニール警部は思った。

こう答えた。

「とりあえず、〝急死の場合は、いくつか質問させていただくのが決まりですので〟とお伝えください。形式的な質問をさせてもらうだけです」

警部は電話を切った。

3

ニール警部は電話機を押しやって、ミス・グリフィスに鋭い視線を向けた。

「このところ、ご家族がフォーテスキュー氏の健康を心配していたそうです。医者に診せようとしていた。あなたはそれをわたしに黙っていましたね」

「念頭になかったものですから」ミス・グリフィスはそう言って、さらにつけくわえた。

「お具合が悪いようには見えなくて――」

「具合が悪い様子はなかったのだね――だが、ほかに何か？」

「あの、ご様子が変というか――。いつもの社長とは違う感じでした。妙な態度をとって――」

「何か心配ごとでもあったとか？」

「いえ、そういうご様子ではなかったです。心配していたのはわたしたちのほうで――」

ニール警部は話の続きを辛抱強く待った。

「うまく説明できないのですが……。社長は気分の変わりやすい方でした。ときどき、やけに陽気になったりして、正直なところ、酔ってらっしゃるんじゃないかと思ったことも一度か二度ありました。自慢話が始まって、荒唐無稽なことばかりおっしゃるのです。わたしなどは、でたらめに決まっていると思っておりました。わたしが入社して以来、社長はつねに秘密主義で……ご自分に関することはいっさいおっしゃいませんでした。ところが、最近はすっかり様子が変わり、口数が多くなって、それに――あのう――派手に散財なさるようになったのです。以前の社長に比べると別人のようでした。例えば、給仕が祖母にあたる人のお葬式に出ることになったときは、その子を呼んで五ポンド紙幣を渡し、『競馬場へ出かけて、二番人気の馬に賭けてみろ』などと言って大笑いされたのです。なんだか――そのう、人が変わってしまったみたいでした。わたしに申しあげられるのはそれだけです」

「もしかすると、何か気がかりなことがあったとか？」

「いえ、気がかりという感じではなくて、何か楽しいことを――わくわくすることを――心待ちにしてらっしゃるように見えました」

「ひょっとして、大きな取引が成立するところだったとか？」

ミス・グリフィスはなるほどと言いたげにうなずいた。

「ええ、ええ、まさにそういう感じですね。日々の業務にはもう興味がないご様子でした。興奮しておられました。また、妙な風体(ふうてい)の人たちが商談に訪れていました。以前は見かけなかったような人々です。パーシヴァルさまがひどく心配なさっていました」

「ほう、心配を？」

「はい。パーシヴァルさまは昔からお父さまである社長の信頼が篤(あつ)く、社長はご長男を頼りにしておられました。ところが、最近はどうも――」

「ぎくしゃくしていたわけですね」

「ええ。社長がなさることの多くに、パーシヴァルさまが眉をひそめるようになったのです。パーシヴァルさまはとても慎重で分別のある方ですから。ところが、お父さまが急にパーシヴァルさまの意見に耳を貸さなくなったため、ひどく心配しておられました」

「では、そのせいで二人が大喧嘩をしたというようなことは？」

ニール警部はあいかわらず探りを入れていた。

「喧嘩かどうかは存じませんが……まあ、いま思えば、社長もどうかなさってたんでしょう――あんなふうにわめくなんて」

「わめいた？　どうしてまた？」

「そのとき、ちょうどタイピスト室にいらして——」

「するとみなさんにも聞こえたわけですね？」

「え——ええ。そして、社長がパーシヴァルさまに向かってわめきちらし——罵倒なさったのです」

「パーシヴァル氏が何をしたというんです？」

「いえ、それよりむしろ、何もしないことにお怒りのようでした……パーシヴァルさまのことを、何もできない小心者だとおっしゃって。大きな展望を持たず、商売を広げようという度胸もない。そして、こうおっしゃいました。『ランスを呼びもどすとしよう。あいつのほうがおまえの十倍も役に立つ。それに、上流の女と結婚している。一度は裁判にかけられそうになったこともあるが、とにかく肚のすわったやつだ』と。あら、いけない。よけいなことを申しました！」ニール警部の巧みな尋問に誘導されたほかの社員たちと同じく、ミス・グリフィスも不意におろおろしはじめた。

「いや、ご心配なく」ニール警部は相手をなだめた。「過ぎたことは過ぎたことです」

「ええ、そうですね。ずっと昔のことですもの。ランスさまはまだ若くて、血気盛んなお年ごろでしたから、ご自分が何をしているのかわからなかったのでしょう」

世間でよく耳にする意見だが、ニール警部は同意する気になれなかった。しかし、いまはとりあえず次の質問に移ることにした。

「社員のみなさんのことをもう少し教えてください」

ミス・グリフィスはいましがたの失態を埋め合わせようと焦るあまり、社員に関するさまざまな情報を惜しげもなく並べ立てた。ニール警部は礼を言い、次に、ミス・グローヴナーをもう一度呼んでほしいと頼んだ。

犯罪捜査部所属のウェイト巡査は鉛筆を削っていた。羨ましそうな口調で、豪華な部屋だと言った。どっしりした椅子、大型デスク、間接照明などに視線を走らせた。

「会社の連中の名前も同じく豪華ですね。グローヴナーって――たしか、どっかの公爵の名前だったと思います。それから、フォーテスキュー――これも貴族的な名前だ」

ニール警部は苦笑した。

「父親の代にはフォーテスキューという名字ではなかった。フォンテスキュといって、中央ヨーロッパのどこかの出身だ。たぶん、フォーテスキューのほうがいい響きだと思ったのだろう」

ウェイト巡査は上司に尊敬の視線を向けた。

「ずいぶん詳しくご存じなんですね」

「通報を受けてこちらに来る前に、少し調べただけだ」

「前科はないんですか?」

「ないない。フォーテスキュー氏は警察に捕まるような要領の悪い人間ではなかった。闇市にかなりのコネがあり、控えめに見ても疑惑の対象となりそうな取引をひとつかふたつやっているが、つねに法律すれすれのところで動いていた」

「なるほど。いやな野郎だ」

「ずる賢いやつさ。だが、警察沙汰になったことは一度もない。内国歳入庁も長いあいだやつを追っていたが、やつのほうが一枚上手だった。金融関係にかけては天才だね、亡くなったフォーテスキューというのは」

「そういう人物だと敵も多かったんじゃないですか?」ウェイト巡査は言った。

期待に満ちた口ぶりだった。

「そうだな――たしかに多かった。だが、いいかね、毒を盛られた場所は自宅なんだ。というか、そのように見受けられる。ふむ、犯罪のパターンが浮かんできたぞ。昔ながらのお家騒動ってやつだ。いい子のパーシヴァル。悪い子のランス。しかも、ランスは女たらしだ。それから、若い後妻。どこのゴルフ場へ出かけたのかはっきりしない。世間によくある話だな。ただ、ひとつだけ腑に落ちないことがある」

ウェイト巡査が「なんですか、それは」と尋ねると同時に、ドアが開いてミス・グローヴナーが入ってきた。落ち着きをとりもどし、いつもの魅力たっぷりの女に戻って、高慢ちきな口調で尋ねた。

「話がおありだそうですが？」

「二、三、質問しようと思いまして、社長さんのことで。いや、亡くなった社長さんと言うべきかな」

「お気の毒なことでした」おざなりな口調で、ミス・グローヴナーは言った。

「最近、社長さんの様子が変だったことにあなたも気づいておられたかどうか、伺いたいのですが」

「え……ええ。じつは気づいておりました」

「どんなふうに？」

「うまく説明できませんが……わけのわからない話をなさることが多かったようです。わたしには社長のお話の半分も信じられませんでした。それから、ひどく怒りっぽくなられて――とくに、パーシヴァルさまに対して。お怒りがわたしに向くことはなかったです。だって、わたしはけっして逆らったりしませんから。社長がどんな理不尽なことをおっしゃっても、『承知しました、社長』と答えるだけですもの。いえ、答えただけでした」

「社長が――ええと――そのう――あなたに言い寄るようなことはなかったですか？」

ミス・グローヴナーはいささか残念そうに答えた。

「いえ、べつに、そのようなことは……」

「あとひとつだけ質問させてください、ミス・グローヴナー。穀物の粒をポケットに入れておくような癖がフォーテスキュー氏になかったでしょうか？」

ミス・グローヴナーの顔に大きな驚きが浮かんだ。

「穀物の粒？　ポケットに？　鳩にやる餌(えさ)とか、そういったものですか？」

「もしかしたら、そのおつもりだったかもしれません」

「いえ、それはちょっと考えられません。社長が？　鳩に餌を？　まさか」

「何か特別な理由があって、ポケットに大麦かライ麦を入れていたとは考えられませんか？　もしかして、商品見本では？　穀物取引の予定があったとか？」

「いえ、ございません。今日の午後はアジア石油の方たちがおいでになる予定でした。それから、アティカス建設協会の会長も……。来客の予定はそれだけです」

「はあ、そうですか――」ニール警部は片手をふって話を打ち切り、ミス・グローヴナーを下がらせた。

「きれいな脚だな」ウェイト巡査がため息をついた。「ストッキングは高級品だし——」

「脚がきれいでも、わたしの役には立たん。捜査はなんの進展もなしだ。ポケットにライ麦か——説明のつけようがない」

4

メアリ・ダブは一階に下りようとして立ち止まり、階段の踊り場の大きな窓から外を見た。玄関前に車が止まって、男性が二人降りてくるところだった。長身のほうの男性が屋敷を背にしてしばらくその場にたたずみ、あたりを見まわしていた。メアリ・ダブは二人を観察しながら思った。一人はニール警部、もう一人はたぶん部下ね。

窓に背を向けると、壁にかかった等身大の鏡の前に立って自分を見つめた。そこに映っていたのは、真っ白な襟とカフスつきのベージュグレイのワンピースを着た小柄で控えめな感じの女性だった。黒っぽい髪は真ん中で分け、艶やかなその髪をウェーブさせてうしろへ流し、うなじでまとめてシニョンにしてある。唇を彩るのは淡いローズピンクの口紅。

全体を眺めてみて、メアリ・ダブは自分の姿に満足した。口元に軽い笑みを浮かべて階段を下りていった。

いっぽう、ニール警部は屋敷の様子を眺めながら、ひそかにつぶやいていた。

これだけの屋敷に〝荘（ロッジ）〟という名前をつけるとは！　水松荘だと！　金持ち連中の気（き）障（ざ）なやり方だ！　わたしだったら〝豪邸（マンション）〟と呼ぶだろう。ロッジがどういうものか、わたしはよく知っている。そういう家で育ったのだから！　その家（ロッジ）はハーティントン・パークの門の脇にあった。ハーティントン・パークというのは寝室が二十九もある新古典（パラディオ）様式のやたらと大きな屋敷で、現在はナショナル・トラストの管理下にある。警部が育った家はこぢんまりしていて、外から見ると愛らしかったが、湿気がひどくて、住み心地が悪く、バスルームもトイレもきわめて旧式だった。幸い、両親はこうしたものをごくふつうのことと思っていた。家賃を払う必要がなく、命じられたときに門を開閉すればいいだけだったし、庭園にはウサギがうようよしていて、ときには雉（きじ）も出てくるので、鍋に放りこむことができた。アイロンや、ひと晩じゅう燃えつづける薪（まき）ストーブや、シーツ類の乾燥戸棚や、蛇口をひねれば湯と水が出てくる設備や、スイッチを押すだけでつく照明といったものの便利さを、母親は生涯知ることがなかった。ニール家では冬になれば石油ランプを使い、夏は暗くなると同時にベッドに入っていた。時代にとり残されてはいたが、健康で幸せな一家だった。

そんなわけで、〝荘（ロッジ）〟という言葉を聞いたとたん、ニール警部の胸に少年時代の思い出がよみがえったのだった。しかし、水松荘などという気障な名前をつけられた屋敷は、自分の財力で建てた大邸宅を〝田舎のささやかな家〟と呼ぶという、金持ち連中の趣味を端的に表わすものと言っていいだろう。また、ニール警部の基準からすれば、このあたりは田舎でもなんでもない。家は赤レンガを使った堅固なもので、上よりも横に長く伸びていて、破風造りの部分がずいぶんあり、鉛ガラスをはめこんだ窓も膨大な数にのぼっている。庭はひどく人工的な設計で、バラの花壇や東屋や池が配置され、水松荘という名にふさわしく、剪定されたイチイの生垣が屋敷を囲んでいる。

イチイの木がこんなにあるのだから、タキシンの原料がほしければ誰だってすぐ入手できる。右のほうを見ると、バラの蔓を這わせた東屋の向こうに、自然の趣きをわずかに残した一角があった。教会の墓地で見かけるようなイチイの巨木がそびえ、四方に伸びた枝を杭が支えている。イスラエルの民を率いてエジプトを脱出したモーセの森林版といったところか。ニール警部は思った——赤レンガの家々の新築ブームがこの田園地帯に広がる以前から、そして、ゴルフ場が造られ、流行の先端をいく建築家たちが金持ちの顧客をあちこち案内して建築予定地の長所を並べ立てる以前から、あの木はあそこにあったのだろう。みごとな老木だったので、そのまま残されて新たな庭園の一部となり、新築された屋敷の名前の由来ともなったのだろう。水松荘という名前の由来に。おそらく、あの木からもいだ実で……。

ニール警部は役にも立たない思いを断ち切った。捜査にとりかからなくては。玄関の呼鈴を押した。

ドアはすぐさま中年の男の手であけられた。ニール警部が電話の声から抱いたイメージどおりの男だった。うわべだけの上品さを身にまとったタイプ。目が落ち着きなく動き、手がかすかに震えている。

名前を名乗り、部下を紹介したニール警部は、執事の目にたちまち警戒の色が浮かぶのを見てほくそ笑んだ……ただし、それを問題視するつもりはなかった。レックス・フォーテスキューの死とは無関係だろう。警官を前にしたときの無意識の反応に違いない。

「奥さまはもう戻られたかね？」

「それがまだでして」

「パーシヴァル・フォーテスキュー氏も？　ミス・フォーテスキューも？」

「はい」

「では、ミス・ダブに会わせてもらおう」

執事は軽くうしろを向いた。

「ミス・ダブがまいりました――階段を下りてくるところです」

ニール警部はミス・ダブが落ち着いた物腰で広い階段を下りてくるのを目にした。警部の想像は、今回は当たっていなかった。家政婦という言葉から、大柄で偉そうな女性が黒い服に身を包み、どこかに隠した鍵束をじゃらじゃらいわせている姿を、無意識のうちに想像していたのだ。

小柄ですらりとした人物が彼に向かって階段を下りてこようとは、夢にも思わなかった。着ているワンピースのベージュグレイという柔らかな色合い、白い襟とカフス、きれいにウェーブした髪、モナ・リザのようなかすかな微笑。どこか現実離れした雰囲気があり、三十歳にもならないこの若い女が舞台で芝居をしているかに思われた。演じる役は家政婦ではなく、メアリ・ダブという女性だ。その外見は平和の象徴である鳩(ダブ)のイメージに合わせて作りあげたものかもしれない。

ミス・ダブは落ち着いた物腰で警部に挨拶した。

「ニール警部さんでいらっしゃいますね?」

「そうです。それから、こちらの男はヘイ部長刑事。さきほど電話でお伝えしたように、フォーテスキュー氏は本日十二時四十三分、セント・ジュード病院で死亡されました。朝食のときにとった何かが原因と思われます。朝食に何が出たかを調べたいので、ヘイ部長刑事を台所へ案内してもらえると助かります」

ミス・ダブは警部と目を合わせ、しばらく考えこんだが、やがてうなずいた。

「わかりました」と言った。不安そうにうろついている執事のほうを向いた。「クランプさん、ヘイ部長刑事を台所へご案内して、見たいとおっしゃるものをすべて見せてあげてください」

二人の男性は一緒に出ていった。メアリ・ダブはニール警部に向かって言った。

「お入りになりません？」

そばの部屋のドアをあけ、警部を招き入れた。なんの特徴もない部屋で、〝喫煙室〟と記されていた。羽目板張り、贅沢な家具、ふかふかの大きな椅子、そして、壁には何枚かの競馬ポスター。

「どうぞおかけください」

ニール警部が腰を下ろすと、メアリ・ダブも向かいの椅子にすわった。光と向きあう席を彼女が選んだことに、警部は気がついた。女性にしては珍しいことだ。何か隠していることがあるなら、さらに珍しいと言えるだろう。だが、メアリ・ダブには隠しごとなどなさそうだ。

「家の方々が全員留守にしておりまして、まことに申しわけございません。奥さまがもうじきお戻りになると思います。それから、ご長男の奥さまも。ご長男のパーシヴァルさまには、連絡をとるため何カ所かに電報を打っておきました」

「助かります、ミス・ダブ」

「旦那さまが亡くなられたのは朝食に召しあがったもののせいかもしれない、とおっしゃいましたね？　食中毒ということでしょうか？」

「ええ、もしかしたら」警部は彼女をじっと見た。

ミス・ダブは冷静沈着に答えた。「ありえないと思います。朝食にお出ししたのは、ベーコン、スクランブルエッグ、コーヒー、マーマレードを添えたトーストです。それから、サイドボードにはスライスしたハムも置いてありました。でも、スライスしたのは昨日で、それを食べて気分が悪くなった人は誰もおりません。魚料理はなし。ソーセージもなし——食中毒の原因になりそうなものは何もありません」

「食事内容をじつに細かくご存じですね」

「もちろんです。献立を決めるのはわたしですから。例えば、昨日の夕食には——」

「いや」ニール警部は彼女の言葉をさえぎった。「昨日の夕食はなんの関係もないので」

「食中毒の症状が出るまでに二十四時間かかることもあると思ったものですから」

「今回は、当てはまりません……けさ、フォーテスキュー氏が家を出る前に何を食べ、何を飲んだかを、正確に教えてもらえないでしょうか？」

「八時に寝室で朝の紅茶を飲まれました。朝食は九時十五分。いま申しあげたように、スクランブルエッグ、ベーコン、トーストにマーマレードを塗って召しあがり、コーヒーをお飲みになりました」

「シリアルは？」

「いいえ。お好きではなかったので」

「コーヒーの砂糖ですが――角砂糖？　それとも、グラニュー糖ですか？」

「角砂糖です。でも、コーヒーにはお砂糖を入れない方でした」

「朝食のときに薬をのむ習慣はなかったですか？　嚥下剤とか、強壮剤とか、消化剤といったものを」

「いいえ、そのようなたぐいのものは何も」

「あなたも一緒に朝食をとられたのですか？」

「いいえ。わたしがご家族と食事を共にすることはありません」

「朝食の席にはどなたがおられたのでしょう？」

「奥さま。お嬢さま。パーシヴァルさまの奥さま。パーシヴァルさまは、もちろん、ご出張中でした」

「奥さまとお嬢さまも朝食には同じものを?」

「奥さまはコーヒー、オレンジジュース、トーストだけです。お嬢さまとパーシヴァルさまの奥さまはいつもたっぷり召しあがります。スクランブルエッグとハムのほかに、たぶん、シリアルもおとりになったと思います。パーシヴァルさまの奥さまがお飲みになるのは、コーヒーではなく紅茶です」

ニール警部はしばらく考えこんだ。捜査範囲が狭まってきたようだ。故人と朝食を共にしたのは三人だけ。妻、娘、そして、長男の嫁。フォーテスキュー氏のコーヒーカップにタキシンを入れるチャンスは、この三人の誰にでもあった。コーヒーの味でタキシンの苦みをごまかすことができる。もちろん、フォーテスキュー氏は寝室で朝の紅茶も飲んでいるが、バーンズドーフ教授の話では、紅茶だとタキシンの苦みは消せないそうだ。だが、寝起きでぼうっとしている状態だったら、ひょっとすると……。顔を上げると、メアリ・ダブが彼をじっと見ていた。

「強壮剤やその他のお薬のことを警部さんが質問なさったので、不思議に思っておりました。なんだか、お薬に問題があったか、コーヒーに何かが入れられたような口ぶりでしたね。そういう場合は、食中毒とは言わないんじゃありません?」

ニール警部は彼女に視線を据えた。

「フォーテスキュー氏の死因が食中毒だと断じたわけではありません。ただ、なんらかの毒物によるものです。毒殺事件ということです」

ミス・ダブは低くくりかえした。「毒殺……」

驚きも困惑もなく、そこにあるのは好奇心だけだった。未知の出来事に遭遇した者がとる態度だ。

しばらく考えたあとで、ミス・ダブは言った。「毒殺事件が身近で起きたなんて、生まれて初めてのことです」

「あまり愉快なものではありません」ニール警部はそっけなく言った。

「ええ──そうでしょうね……」

ミス・ダブはなおも考えこみ、それから顔を上げて不意に微笑した。

「わたしはやってません。まあ、誰だって〝自分ではない〟と言うでしょうけど！」

「誰がやったのか、お心当たりはありませんか？」

ミス・ダブは肩をすくめた。

「露骨な言い方になりますが、旦那さまはきわめて不愉快な方でした。誰が犯人であってもおかしくありません」

「だが、〝きわめて不愉快〟というだけで毒殺されるとは思えない。ふつうはもっと強力な動機があるものです」

「ええ、それはわかります」

ミス・ダブは考えこんだ。

「ここの一家について少し話してもらえませんか？」

彼女は顔を上げて警部を見た。その目に冷静さと好奇心が浮かんでいたので、警部はいささか驚いた。

「これは正式な事情聴取ではありませんわね？ ええ、ぜったい違いますよね。だって、さっきの部長刑事さんは使用人たちへの質問に追われているようですし。わたしの言葉が法廷で証拠としてとりあげられては困りますけど――でも、聞いていただきたいことがあります――内密に。〝オフレコで〟と言えばいいのかしら」

「ぜひ伺いましょう、ミス・ダブ。すでにおわかりのように、ここには誰もいませんから」

彼女は椅子に深くもたれ、ほっそりした爪先の片方を揺らしながら、目を細めた。

「最初に申しあげておくと、わたしにはここのご家族に対する忠誠心はありません。こちらで働いているのはお給料がいいからで、高給なのは当然のことと思っております」

「あなたがこのような仕事に就いておられるのが、わたしには少々意外でした。あなたほどの知性と教養があれば――」

「会社勤めをすべきだと？　あるいは、どこかの省庁で書類の作成をするとか？　警部さん、こういうお屋敷の家政婦ほど割りのいい仕事はないんですよ。お金持ちというのは、家事関係のことで頭を悩ませずにすむなら、いくらお金を出しても惜しくないと思うものです。使用人の候補を見つけて雇うかどうかを決めるのは、とてつもなく退屈な仕事です。まずあちこちの紹介所に手紙を書き、広告を出し、面接の手配をして、面接をおこない、最終的にすべてが円滑に運ぶよう配慮しなくてはなりません。そのために必要な能力が、こちらのご家族のほとんどに欠けているのです」

「では、あなたが雇い入れた使用人が勝手にやめてしまったら？　世間にはそういうこともありがちですが」

ミス・ダブは微笑した。

「いざとなれば、わたしはベッドメーキングも部屋の掃除もできますし、食事の支度をして、ふだんとの違いに気づかれることなくお出しすることもできます。もちろん、その事実は伏せておきますが。ご家族に知られたら酷使されかねませんもの。でも、少々の人手不足ぐらいは、わたしがいつでも補ってみせます。もっとも、人手が足りなくなることはめったにありません。わたしが働くのは超富裕層のお宅だけですし、そういう方々は快適な暮らしを送るための出費を惜しまないものです。わたしは使用人に最高のお給料を払い、最高の人材を確保しております」

「あの執事もそうなんですか？」

ミス・ダブは警部に、やっぱりと言いたげな愉快そうな視線を向けた。

「それが夫婦者を雇うときの困った点です。クランプを執事にしたのは、夫人を雇いたかったからです。あんな腕のいい料理人はどこにもいませんもの。まさに宝石です。あの夫人を雇っておくためなら、かなりのことを我慢しなくては。このお屋敷の方々は贅沢三昧で、お金に不自由しておられません。クランプ夫人はバターでも、卵でも、生クリームでも、好きなだけ使うことができます。夫のほうは執事としてまずまず及第といったところでしょうか。銀器はきれいに磨いてありますし、お給仕のやり方もそう悪くありません。ワインセラーの鍵はわたしが保管して、ウィスキーやジンが減らないように目を光らせ、旦那さまの身のまわりのお世話についても、わたしがクランプにやり方を教えております」

ニール警部は眉を上げた。

「あなたはじつに多芸多才な人だ」

「やはり、何事も自分でできるようにしておかなくては。そのうえで……使用人にやり方を指図すればいいのです。でも、警部さんがお知りになりたいのは、ご家族に対するわたしの印象でしたね」

「お差し支えなければ」

「正直に申しあげると、ずいぶん性格の悪い方ばかりです。亡くなった旦那さまは詐欺師のような人で、尻尾をつかまれないよう、つねに用心しておいででした。取引のさいには利口に立ちまわり、それをずいぶん自慢なさったものです。礼儀知らずで、態度が横柄、弱い者いじめがひどい方でした。奥さまはアデルとおっしゃって、二度目の奥さまです。旦那さまより三十歳ほど年下です。ブライトンで出会ったとか。当時はネイリストとして働きながら、金持ち男を探していたようです。たいそうきれいな方で――とても色っぽいんですよ。わかっていただけますかしら」

ニール警部はショックを受けたが、顔には出すまいとした。メアリ・ダブのような若い女がこんな言葉を口にすべきではないと思った。

ミス・ダブは落ち着き払って話を続けた。

「アデルさまはもちろん、お金目当ての結婚でしたから、パーシヴァルさまもエレインお嬢さまもたいそうご立腹でした。お二人とも奥さまにずいぶん嫌みな態度をとられますが、奥さまも利口ですから、歯牙にもかけないご様子で、知らん顔をしておいでです。

旦那さまを思いどおりに操れる自信がおありなのでしょう。あら、すみません。また現在形を使ってしまいました。亡くなられたことがまだ実感できなくて……」

「ご長男のことを伺いましょう」

「パーシヴァルさまですか？　若奥さまは〝ヴァル〟と呼んでおられます。口のうまい偽善者です。気どり屋でずる賢いタイプですね。お父さまのことが煙たいようで、何を言われても黙って耐えておられますが、そのくせ、いつのまにかご自分の思いどおりにしてしまう方です。お父さまと違って、お金には細かいですね。倹約するのが大好きみたいです。ご自分の家を構えるのにこんなに長くかかったのも、そのせいなんです。こちらに同居なさっているかぎり、ふところは痛みませんもの」

「では、長男の奥さんのほうは？」

「ジェニファーさまはおとなしい方で、あまり聡明ではないようにお見受けします。いえ、じっさいのところはわかりませんけど。結婚前は病院で看護婦をしておられました――パーシヴァルさまが肺炎で入院なさったとき、担当看護婦になり、それがロマンスに発展したとか。お二人が結婚すると聞いて、旦那さまはひどく失望されたそうです。上流気どりの方ですから、パーシヴァルさまにはいわゆる〝良縁〟を望んでおられたのでしょう。貧しい育ちの若奥さまを見下し、冷遇しておいででした。若奥さまのほうも旦那さまのことが大嫌いです——いえ、大嫌いでした、たぶん。若奥さまのいちばんの楽しみは買物と映画ですけど、パーシヴァルさまから充分なお金をもらえないのが悩みの種でしょうね」

「お嬢さんはどんな人ですか？」

「エレインさま？　わたしはちょっと同情しております。悪い人ではないんですよ。いつまでも大人になれない女学生といったところでしょうか。スポーツもよくなさるし、ガールガイドやその幼少組の世話などをしておられます。しばらく前に恋愛騒動がありました。相手は社会に不満を持つ若い教師でしたが、共産思想に染まっていることを旦那さまが知って、お二人のロマンスを叩きつぶしてしまわれました」

「お嬢さんには、父親に逆らうだけの勇気はなかったのですか？」

「ありました。ひきさがったのは男のほうです。その男もたぶん、財産目当てだったのでしょう。エレインさまはさほど魅力的なお嬢さんではないので。お気の毒に」

「もう一人の息子さんは？」

「わたしはまだお目にかかっておりません。誰に訊いても、魅力的ではあるがひどく身持ちの悪い方だとか。以前、小切手を偽造してちょっと問題を起こされたそうです。いまは東アフリカで暮らしてらっしゃいます」

「では、父親とは疎遠になっているわけですね」

「はい。ただ、会社の共同経営者になっているため、旦那さまも仕送りを打ち切ることはできなかったのですが、ここ数年、連絡はとっておられなかったようです。ランスさまのお名前が話題にのぼると、かならず『わしの前であのドラ息子の名前は出すな。あんな倅(せがれ)を持った覚えはない』とおっしゃったものでした。でも――」

「なんでしょう、ミス・ダブ？」

メアリ・ダブはゆっくりと答えた。「でも、旦那さまがランスさまをこちらに呼びもどすつもりでいらしたとしても、わたしは驚かないでしょう」

「なぜそのように思われるのです？」

「じつは、一カ月ほど前に、旦那さまがパーシヴァルさまと大喧嘩をなさったのです。パーシヴァルさまが陰で何かこそこそやっていたのが表沙汰になり――何をしてらしたのか、わたしは存じませんが――旦那さまが激怒なさったのです。パーシヴァルさまは急に、旦那さまのお気に入りではなくなりました。最近はすっかり変わってしまわれて」

「フォーテスキュー氏が？」

「いいえ。パーシヴァルさまのほうです。何かでひどく悩んでおられるようでした」

「それでは、次に、使用人たちのことを聞かせてください。執事のクランプについてはすでに伺いました。ほかには?」

「グラディス・マーティンという小間使いがおります。最近は〝お手伝い〟という呼び方をしているようですが。階下の部屋を受け持って、テーブルの支度をしたり、食器を片づけたり、クランプの給仕を手伝ったりしています。おとなしくていい子ですが、気が利くほうではありません。扁桃肥大症のせいで鼻をグズグズいわせています」

ニール警部はうなずいた。

「メイドはエレン・カーティス。年配で、気むずかしくて、ひどく意地悪ですが、働き者で、メイドとしては優秀です。あとは通いの人たちですね。女が何人か通ってきます」

「ここに住んでいるのは、いま言われた人たちだけですか?」

「ミス・ラムズボトムという老婦人がいらっしゃいます」

「どういう方でしょう?」

「旦那さまの義理のお姉さまに当たります。最初の奥さまのお姉さまです。奥さまはフォーテスキューさまよりずっと年上でして、そのお姉さまですからさらにお年を召していて、七十をかなり超えておられます。二階にご自身の部屋をお持ちで、お料理などもご自分でなさり、通いの女がお部屋の掃除に上がるだけです。ずいぶん変わった方で、旦那さまとはそりが合わないのですが、最初の奥さまがご存命のころから同居なさっていて、奥さま亡きあともそのまま住んでおられるのです。旦那さまはだいたいにおいて無視なさっていました。でも、なかなかの人物だと思います。あのエフィーおばさまという方は」

「それで全員ですね」

「はい、そうです」

「では、最後にあなたのことを伺いましょう、ミス・ダブ」

「詳しい話をご所望ですか？　わたしは親のいない子です。聖アルフレッド秘書養成学校で秘書コースをとりました。速記者の仕事につき、そこをやめて転職し、秘書の仕事は性に合わないと気がついて、いまのような仕事をすることにしたのです。これまでに三軒のお宅で働きました。一年から一年半ほどすると、ひとところにいるのに飽きてしまい、次へ移るのです。この水松荘に来てから一年とちょっとになります。過去の雇い主の名前と住所をタイプで打って、推薦状のコピーと一緒にお渡ししましょう。あの部長刑事さん――ヘイってお名前でしたっけ？　そちらにお届けすればよろしいですか？」

「完璧です、ミス・ダブ」ニール警部はしばらく黙りこみ、ミス・ダブがフォーテスキュー氏の朝食に毒を入れる光景を想像して楽しんだ。警部の思いはさらに時間をさかのぼり、イチイの実を丹念に摘んで小さな籠に入れる彼女の姿まで想像した。ため息をついて、現在に、そして現実に戻った。「それでは、小間使いに――ええと、グラディスでしたね――まずその子に会い、次に、メイドのエレンに会うことにしましょう」椅子から立とうとしてつけくわえた。「ところで、ミス・ダブ、フォーテスキュー氏のポケットに穀物の粒が入っていたのですが、どういうことなのか、心当たりはないでしょうか？」

「穀物の粒？」ミス・ダブは心の底から驚いた様子で警部を見つめた。

「はい――穀粒です。何かぴんと来ることはありませんか？」

「見当もつきません」

「フォーテスキュー氏の服の手入れは誰がしていたのでしょう？」

「クランプです」

「なるほど。ところで、フォーテスキュー夫妻は寝室を共にされていたのでしょうか？」

「はい。もちろん、それぞれに専用の化粧室と浴室がありました……」ミス・ダブは腕時計に目を向けた。「奥さまもそろそろお帰りのころかと思います」

警部はすでに立ちあがっていた。快活な声で言った。

「もうひとつお尋ねしてもいいでしょうか？　不思議でならないのです――このあたりにゴルフ場が三つもあるとはいえ、フォーテスキュー夫人がそのどこにおられるか、いまだにわからないというのが」

「そう不思議なことではありません、警部さん。奥さまが本当はゴルフをしておられないとすれば」

ミス・ダブの声は冷ややかだった。ニール警部は尖った声で言った。

「ゴルフにお出かけだとはっきり伺いましたが」

「ゴルフクラブを手にして、ゴルフ場へ行くとおっしゃっただけです。もちろん、ご自分で車を運転して行かれました」

警部はミス・ダブに視線を据え、彼女が言わんとすることを理解した。

「ゴルフのお仲間というのは？　ご存じですか？」

「おそらく、ヴィヴィアン・デュボワ氏ではないかと」

ニール警部は「わかりました」と言うだけにしておいた。

「グラディスを呼んでまいります。おそらく、死ぬほど怯えていることでしょう」ミス

・ダブはドアのところで一瞬立ち止まり、それから言った。

「いろいろ申しあげましたが、あまり重要視なさいませんように。つい悪口を並べてしまいました」

ミス・ダブは立ち去った。ニール警部は閉まったドアを見て首をかしげた。悪口だったかどうかは別にして、彼女に聞かされた話はかなり参考になった。レックス・フォーテスキューが故意に毒を盛られたとすると――ほぼ間違いなさそうだが――水松荘が犯行現場であった可能性がきわめて高い。動機なら掃いて捨てるほどある。

5

見るからに気が進まない様子で部屋に入ってきたのは、愛嬌のない、怯えた表情の娘だった。背は高いし、ワインレッドのおしゃれな制服を着ているのに、どことなくだらしない印象だ。

娘は入ってくるなり、すがるような目を警部に向けて言った。

「あたし、なんにもしてません。ほんとです。あたしはなんにも知りません」

「わかった、わかった」ニール警部は優しく言った。声もわずかに変化していた。これまでより快活な響きを帯び、庶民的な口調に変わった。びくびくしているウサギのようなグラディスを安心させてやりたかった。

「さあ、ここにすわって」警部は続けて言った。「今日の朝食のことを訊きたいだけなんだ」

「あたし、なんにもしてません」

「ええと、朝食のテーブルの支度をしたのはきみだね？」

「はい、しました」これを認めるだけでも、しぶしぶという口調だった。怯えきった罪人のような様子だが、ニール警部はこんなふうに見える証人の扱いには慣れっこだった。娘を落ち着かせようとして愛想よく話を続け、いくつか質問をした。最初に来たのは誰だった？　その次は？

朝食をとりに最初に下りてきたのはエレイン・フォーテスキューだった。ちょうどクランプがコーヒーポットを運んできたところだった。次がフォーテスキュー夫人、それからパーシヴァルの妻、そして、最後に屋敷の主人であるフォーテスキュー氏。料理は銘々が自分でとった。紅茶、コーヒー、温かな料理のすべてがサイドボードの保温プレートにのせてあった。

この娘の口から聞きだせたのは、警部もすでに知っていることばかりで、重要な情報はほとんどなかった。食事と飲物の内容はメアリ・ダブから聞いていたとおりだった。フォーテスキュー夫妻と娘のエレインはコーヒー、パーシヴァルの妻は紅茶を飲んだ。すべてがいつもと同じだった。

警部がグラディス自身のことを尋ねると、前よりすらすら答えられるようになった。最初は個人宅でお手伝いをしていたが、次に何軒かのカフェでウェートレスをした。やがて、お手伝いの仕事に戻ろうと思い、この九月から水松荘で働くことになった。ここに来て二カ月になるそうだ。

「仕事は楽しいかね？」

「あの……まあまあでしょうか」グラディスはさらに続けた。「そんなにきつい仕事じゃないし。ただ、自由な時間があんまりないけど……」

「旦那さまの服について話してくれないかな――背広のことなんだが。手入れをするのは誰の役目だね？　ブラシをかけたりとか、いろいろと」

グラディスはかすかに不満そうな表情を見せた。

「ほんとはクランプさんなんです。でも、二回に一回はあたしに押しつけてきます」

「旦那さまが今日着ていた背広にブラシやアイロンをかけたのは誰だった？」

「どんな背広だったか思いだせません。たくさん持ってらっしゃるから」

「背広のポケットに穀物の粒が入ってるのを見たことはないかね？」

「穀物の粒？」グラディスは怪訝な顔をした。

「ライ麦だ――正確に言うと」

「ライ麦？　パンね。そうでしょう？　黒いパン――いつも思うんだけど、あんまりおいしくないですよね」

「それはライ麦パンのことだ。ライ麦というのは穀物の粒。それが旦那さまの上着のポケットから見つかったんだ」

「上着のポケット？」

「そう。どういうわけでポケットに入ったのか、きみ、何か心当たりはないかね？」

「よくわかりません。そんなこと一度もなかったし」

グラディスから聞きだせたのはそこまでだった。警部は一瞬、彼女が口にした以上のことを知っているのではないかと疑った。どぎまぎしている様子だし、わが身を守ろうとしているのは明らかだ。だが、たぶん、警察は怖いという自然な感情のせいだろう。

最後に、もう帰っていいよと言うと、今度はグラディスのほうから尋ねてきた。

「ほんとに、ほんとなんですね？　亡くなられたというのは」

「ああ、本当だよ」

「ずいぶん急だったと思いません？　会社から電話があったときは、何か発作が起きたって話だったのに」

「まあ——発作のようなものかな」

グラディスは言った。「あたしが前に知ってた女の子もよく発作を起こしてました。いつ起きるかわからないんで、あたし、すごく心配でした」

この瞬間、それを思いだしたせいで、グラディスの疑惑は影を潜めてしまったようだ。

ニール警部は台所へ向かった。

台所に入ったとたん、たじたじとなった。恐ろしいほど太った赤ら顔の女が麺棒を手にして、喧嘩腰で近づいてきたのだ。

「警察ねえ。笑わせんじゃないよ。いきなり押しかけてきて、勝手なことばっか言って！　毒が入ってたなんて冗談じゃない。わたしが食堂に運ばせた料理は、まっとうなものばっかりだったんだ。わたしが旦那さまに毒を盛ったなんて言いがかりをつけにきたんなら、訴えてやる。あんたが警察だろうとなんだろうと。この家で腐ったものを食卓に出したことは一度もないからね」

ニール警部が怒り狂った料理人をなだめるには、しばらく時間がかかった。食料貯蔵室にひっこんだヘイ部長刑事がニタニタしながら見ているので、ヘイもすでにクランプ夫人の憤怒攻撃にあったのだろうとニール警部は推測した。

この場面を終わらせてくれたのは電話のベルの音だった。

ニール警部が廊下に出ると、メアリ・ダブが受話器をとったところだった。メモ用紙に走り書きをしていた。ふりむいて警部に言った。「電報が届きました」

電話が終わり、ミス・ダブは受話器を戻して、メモをとっていた紙を警部に渡した。

発信地はパリで、次のような内容だった。

サリー州ベイドン・ヒース、水松荘、フォーテスキュー様
あいにく、そちらの手紙が届くのに時間がかかった。明日のお茶の時間に着く予定。
夕食にはローストビーフを頼む。ランス。

ニール警部は眉を上げた。
「なるほど、放蕩（ほうとう）息子のご帰還か」

6

レックス・フォーテスキューが最後のお茶を飲んでいたころ、ランス・フォーテスキューは妻と二人でシャンゼリゼ通りの並木の木陰のテーブルにつき、行き交う人々を眺めていた。

「『どんな人なのか教えて』と口で言うだけなら簡単さ、パット。だけど、ぼくは人物を描写するのがものすごく苦手なんだ。どんなことを知りたいんだい？　おやじはかなりの悪党だ。だけど、気にしないだろ？　きみもそういうことにけっこう慣れてるはずだもの」

「ええ、そうね」パットは言った。「そう――おっしゃるとおり――わたしはそういう世界で生きてきた人間よ」

惨めな思いが声に出ないよう気をつけた。たぶん、全世界に悪がはびこっているのね。それとも、たまたまわたしの運が悪かっただけ？

パットは背が高くて脚の長い女性で、美人ではないが、活力と温かな人柄が醸しだす魅力に満ちている。物腰が洗練されていて、艶やかな栗色の髪が魅力的だ。競馬の世界に長く関わってきたせいか、サラブレッドの若い牝馬のような雰囲気がある。

競馬会の不正については、パットもよく知っている——だが、今度は財界の不正と遭遇することになりそうだ。もっとも、そうは言っても、まだ顔合わせがすんでいないランスの父親は、法的に解釈すれば〝清廉潔白の鏡〟という見方もできる。〝大儲け〟を自慢してまわる連中はみな同じで、つねに法律の枠からはみださないよう気をつけている。しかし、彼女の愛するランスは、若いころにその枠から迷いでてしまったことを自ら認めていて、財界で成功した悪党連中にはない正直さをいまも持ちつづけている。

「べつにおやじが詐欺師だと言ってるわけじゃないんだ。そこまで言うつもりはない。ただ、おやじは人をペテンにかける方法を知っている」

「わたし、ときどき思うのよ。人をペテンにかけるような人間は好きになれないって。でも、あなたはお父さまのことが好きなのね」それは質問ではなく、断定だった。

ランスはしばらく考えこみ、意外そうな声で言った。

「そうだね、ダーリン、たぶんそうだと思う」

パットは笑った。ランスは彼女のほうを見た。目を細めた。なんて愛らしい女なんだ！　愛している。この女のためなら何を差しだしても惜しくない。

「ただね、ぼくはロンドンに帰るのがいやでたまらないんだ。都会の暮らし。五時十八分に帰宅。そんな生き方は向いてない。放浪生活のほうがずっと性に合ってる。だけど、いずれはどこかに落ち着かないとな。きみがそばにいて、手を握ってくれるなら、それも楽しめるようになるかもしれない。それに、せっかくおやじが機嫌を直したんだから、いいチャンスだと思うことにするよ。おやじから手紙が届いたときは、正直言って驚いた……よりにもよって、パーシヴァルが失態を演じたとはなあ。いい子のパーシヴァルが。だが、いいかい、パーシヴァルは昔からずる賢いやつだった。そう、いつだってずる賢いやつだったんだ」

パトリシア・フォーテスキューは言った。「わたし、そのお兄さまのことも好きになれそうにないわ」

「ぼくに影響されて、きみまでパーシーを嫌いになる必要はないんだよ。パーシーとぼくは昔から気が合わなかった――それだけのことさ。ぼくは小遣いを全部使ってしまうのに、パーシーは貯めこんでた。ぼくがつきあうのは、評判はよくないが楽しい連中だったけど、パーシーは〝利用価値のあるやつ〟としかつきあわなかった。おたがい、両極端だったんだ。ぼくはパーシーのことをいつも、哀れなやつだと思ってたし、向こうは――ときどき、ぼくのことを憎んでたみたいだ。理由はよくわからないけど……」

「わたしにはわかるような気がするわ」

「ほんとかい？　きみは頭がいいからな。あのさ、昔からずっと疑ってたことがあるんだ――荒唐無稽な意見かもしれない――だけど――」

「なんなの？　聞かせて」

「小切手の偽造事件の陰にパーシーがいたんじゃないかと、ぼくはずっと疑ってた。あのとき、おやじはぼくを放りだした。会社の株の一部をすでにぼくに譲渡してて、それをとりあげられないことに激怒してた！　ぼくは偽造なんかしてないのに、理不尽な話さ。もっとも、ぼくはそれまでにさんざん、会社の金をくすねて競馬に注ぎこんでたから、ぼくの言葉を信じてくれる者なんか、もちろん一人もいなかったけどね。くすねた金は馬券を当ててかならず返すつもりだったし、そもそも、考えようによってはぼくの金でもあったわけだ。だが、あの小切手の件は――ぼくじゃない。パーシーの仕業だなんて馬鹿な考えがどこから浮かんできたのか、自分でもわからないけど――とにかく、そうとしか思えないんだ」

「でも、お兄さまになんの得があるというの？　お金はあなたの口座に入ったわけでしょ？」

「わかっている。だから筋が通らない。そうだよね？」

パットは彼に鋭い視線を向けた。

「つまり――あなたを会社から追いだすために、お兄さまが仕組んだことだというの？」

「もしかしたらね。まあ――こんなことは言いたくないんだが。いや、もうやめよう。放蕩息子の帰還を知ったら、パーシーのやつ、なんて言うかな？　スグリの実を茹でたようなあのグレイの目が飛びだすだろう！」

「あなたが帰国することをお兄さまはご存じなの？」

「何も知らないとしても、ぼくは驚かないね。おやじは気まぐれだから、パーシーには黙ってるかもしれない」

「でも、お父さまをそこまで怒らせるなんて、お兄さまは何をなさったのかしら」

「ぼくだって知りたいよ。おやじがカンカンに怒っていたのは間違いない。あんな手紙をよこしたぐらいだから」

「お父さまから最初の手紙が届いたのはいつだったの？」

「たしか、四カ月前――いや、五カ月前だ。慎重な文面ではあったが、ぼくを呼びもどしたいという思いがはっきり出ていた。〝おまえの兄は行き届かない点の多いやつだ〟

とか、〝おまえもさんざん放蕩を重ねたあげく、そろそろ落ち着いたようだな〟とか、〝おまえのために充分な報酬を約束してやろう〟などと書いてあった。それから、〝おまえたち夫婦を喜んで迎えよう〟とも書いてあった。いいかい、ダーリン、きみとの結婚が大いにものを言ったと思う。ぼくが身分の高い女性と結婚したおかげで、おやじは大感激なんだ」

パットは笑った。

「いやだわ。わたしなんか貴族社会の面汚しなのに」

ランスはニッと笑った。「仰せのとおり。だけど、大事なのは貴族階級に属してるってことなんだ。パーシーの細君をきみに見せてやりたいよ。『ジャムをまわしてくれる？』のかわりに『プリザーブをまわしてくださる？』と言い、切手のことはわざわざ〝郵便切手〟と言うような、やたらと上品ぶった女なんだ」

パットは笑わなかった。結婚した男の身内の女性たちについて考えていた。ランスの口ぶりからすると、女性たちにはあまり関心がないようだ。

「じゃ、妹さんは？」パットが尋ねた。

「エレイン——？　ああ、いい子だよ。ぼくが家を飛びだしたときはまだ幼かった。ひどく真面目な子でね——成長して多少は変わったかもしれないが。物事にのめりこむタイプだ」

パットにとっては少しも気休めにならなかった。

「妹さんから手紙は来なかったの？——あなたが家を出たあとで」

「こちらの住所を知らせなかったから。だけど、どっちみち、手紙はよこさなかっただろう。仲のいい家族じゃなかったし」

「そんな……」

ランスは妻をちらっと見た。

「怯えてるのかい？　うちの家族に。気にすることはない。同居するつもりはないんだから。どこかにぼくたちだけの小さな家を買おう。馬でも、犬でも、きみの好きなものをなんでも飼っていいよ」

「でも、やっぱり五時十八分に帰宅することになるのよ」

「ぼくはね、うん。きちんとした服を着て、市内を飛びまわらなきゃいけない。だけど、心配しなくていいよ——ロンドンの周囲にだって、のどかな田園地帯はいくつもある。それに、ぼくは最近、事業欲が湧いてきたのを感じている。やっぱり、そういう血を受け継いだんだな。父方からも、母方からも」

「お母さまのことはほとんど覚えてないんでしょ？」

「信じられないほど年をとった人だって、ずっと思ってた。もちろん、年をとってたのは事実だけどね。エレインが生まれたとき、母はもう五十に近かった。宝飾品をたくさんつけて、ソファに横になり、騎士や貴婦人が登場する物語を読んでくれたものだった。ぼくは退屈でたまらなかったけど。例えば、テニスンの『アーサー王物語』とか。母のことは好きだったと思う……とても——影の薄い人だった。いまようやく、それがわかるようになってきた」

「あなたって人を好きになる性格じゃなさそうだけど」パットは辛辣に言った。

ランスは彼女の腕をつかんで強く握った。

「きみのことは大好きだよ」

7

ニール警部が電文をメモした紙を手にしたまま立っていると、玄関に近づいてくる車の音が聞こえた。乱暴にブレーキをかけて止まる音が響いた。

ミス・ダブが言った。「奥さまがお帰りになったようです」

ニール警部は玄関へ向かった。ミス・ダブが目立たないようにうしろへ下がって姿を消すのが、目の端にちらっと映った。この先に待ち受けている場面には関わりあいたくないのだろう。その如才なさと思慮深さはたいしたものだ——ついでに、野次馬根性がないのもたいしたものだ。たいていの女はこの場に残るだろうに……。

玄関まで行ったとき、廊下の奥から執事のクランプがやってくるのが見えた。彼も車の音に気づいたようだ。

その車はロールス・ベントレーのスポーツタイプ・クーペだった。二人の人物が車を降り、屋敷に向かって歩いてきた。二人が玄関先まで来たとき、ドアが開いた。驚いた様子のアデル・フォーテスキューがニール警部を見つめた。

警部は相手をひと目見て、絶世の美女だと思った。また、さきほど〝とても色っぽいんですよ〟というメアリ・ダブの言葉に大きなショックを受けた警部だが、なるほどそのとおりだと思った。たしかに色っぽい。スタイルと雰囲気は金髪の秘書ミス・グローヴナーに似ているが、ミス・グローヴナーが外見はセクシー、中身は上品というタイプなのに対して、アデル・フォーテスキューは外見も中身もセクシーな魅力に満ちている。ほのかな色香を漂わせるのではなく、あざといほどに魅力をひけらかしている。あらゆる男に向かって、〝わたしを見て。わたしは女よ〟と言っている。話し方にも、物腰にも、さらには吐く息にまで、色っぽさが漂っている──ただ、そうしたなかでも、彼女の目をよく見てみると、相手を値踏みするような狡猾な表情が浮かんでいた。警部は思った──アデル・フォーテスキューは男が好きだが、金のほうがもっと好きなのだろう。

夫人のゴルフクラブを抱えて背後に立っている人影のほうへ、ニール警部は視線を移した。この手の男ならよく知っている。金持ちの老人と結婚した若い妻を専門に口説くタイプだ。これがヴィヴィアン・デュボワ氏だとすると、男っぽさを強調しようとしているが、そのじつ小心者という感じだ。女にとりいるのがうまいタイプだ。

「フォーテスキュー夫人ですね」

「はい」大きなブルーの目が警部を見つめた。「あの、どちらさまでしょう——」

「ニール警部と申します。悪いお知らせがありまして」

「えっ——泥棒が入ったとか——そのような？」

「いえ、そういったことではないのです。ご主人のことで。今日の午前中にひどく体調を崩されまして」

「レックスが？　体調を崩した？」

「けさの十一時半から奥さまに連絡をとろうとしていたのですが」

「夫はいまどこに？　この家？　それとも病院？」

「セント・ジュード病院へ運ばれました。残念ですが、気をたしかに持っていただかなくてはなりません」

「そんな——まさか——死んだなんてことは——」

夫人はふらっと前のめりになり、警部の腕にすがりついた。警部は舞台で演技をする俳優になったような気分で、夫人を支えて玄関ホールに入った。クランプがおろおろとそばをうろついていた。

「ブランディが必要かと思いますが」クランプが言った。

デュボワ氏の深みのある声が響いた。

「そうだな、クランプ。ブランディを頼む」それから、警部に向かって「こちらの部屋にどうぞ」と言った。

左手のドアを開いた。一同はぞろぞろと部屋に入った。警部、アデル・フォーテスキュー、ヴィヴィアン・デュボワ、そして、ブランディのデカンターとグラス二個を運んできたクランプ。

アデル・フォーテスキューは安楽椅子に崩れるようにすわりこみ、片手で目を覆った。警部が差しだしたグラスを受けとり、少しだけ飲んでから、グラスを遠ざけた。

「いらないわ。もう大丈夫。ねえ、いったいどういうことでしょう？　もしかして、脳卒中とか？　かわいそうなレックス」

「脳卒中ではありません、フォーテスキュー夫人」

「おたく、さっき、警部って言いましたよね？」そう尋ねたのはデュボワ氏だった。

ニール警部は彼のほうを向いた。「そうです」愛想よく答えた。「警視庁犯罪捜査部のニール警部です」

男の黒い瞳に警戒の色が浮かぶのを、ニール警部は見てとった。デュボワ氏はどうやら、犯罪捜査部の警部の外見が気に入らないらしい。ひどく気に入らない様子だ。

「どういうことなんです？」デュボワ氏は言った。「何か不審な点でも——？」

デュボワ氏は自分ではまったく意識しないまま、ドアのほうへ少しあとずさった。ニール警部はその動きに注目した。

「ご迷惑とは思いますが」フォーテスキュー夫人に言った。「検視審問が開かれることになるでしょう」

「検視審問？　それって——あの、どういう意味です？」

「すこぶるお辛いことでしょう、フォーテスキュー夫人」警部の口からすらすらと言葉が出た。「けさ、ご主人が会社へ出かける前に何を召しあがり、何を飲まれたかを、一刻も早くはっきりさせることが望ましいと思われまして」

「毒に当たったかもしれないとおっしゃるの？」

「ええ、まあ、どうもそのようです」

「信じられない。ああ——食中毒という意味だったのね」

夫人の声は最後のところで半オクターブ低くなった。ニール警部は無表情のまま、穏やかな声で続けた。

「奥さま？　どういう意味だと思われたのでしょう？」

夫人はその質問を無視して、急いでつけくわえた。

「でも、ほかの者はなんともなかったのよ——誰一人」

「ご家族全員ということですね？」

「あの――いえ――もちろん――断言はできませんけど」

デュボワはわざとらしく腕時計を見ながら言った。

「ぼくはそろそろ失礼しないと、アデル。まことに申しわけない。でも、ぼくがいなくても大丈夫だね？　メイドが何人もいるし、ミス・ダブもいることだから――」

「あら、ヴィヴィアン、だめよ。帰らないで」

甘えた声だった。デュボワ氏に対しては逆効果だった。そそくさと出ていこうとした。

「ほんとにすまないと思っている。大事な約束があるんだ。ついでですが、警部さん、ぼくはドーミー・ハウスに住んでいます。何か――そのう――ぼくに用がおありなら――

――」

ニール警部はうなずいた。デュボワ氏をひきとめる気はさらさらなかった。しかし、彼が急いで出ていこうとする気持ちはよくわかった。厄介ごとから逃げだしたいのだ。

アデル・フォーテスキューがこの場をとり繕(つくろ)おうとして言った。

「ほんとにショックだわ。帰ってきたら、警察の方がいらっしゃるんですもの」

「さぞ驚かれたことでしょう。しかし、迅速に捜査にとりかかる必要があったのです。食材、コーヒー、紅茶などのサンプルを手に入れるために」

「コーヒーと紅茶？　でも、そんなもので中毒するわけないでしょ？　ときどき、まずいベーコンが出るから、きっとそれだわ。食べられたものじゃないことがあるのよ」

「調べればわかるでしょう、フォーテスキュー夫人。どうかご心配なく。ときには信じられないような中毒事件が起きるものでして、きっとびっくりなさいますよ。一度、ジギタリス中毒というのもありました。ホースラディッシュだと思いこんで、ジギタリスの葉を摘んでしまったのです」

「うちでもそれに似たことが起きたとお考えなの？」

「解剖がすめば、もっと詳しくわかるでしょう」

「解剖――まあ」夫人は身を震わせた。

警部はさらに続けた。「お屋敷のまわりにイチイの木がたくさんありますね。あれの実か葉が何かに混ざってしまった可能性はないでしょうか？」

警部は夫人をじっと見守った。夫人が視線を返した。

「イチイの実？　毒があるんですか？」

無邪気に目をみはったその驚きようは、少々わざとらしかった。

「子供がイチイの実を食べて不幸な結末を迎えた例があります」

アデルは両手で頭を押さえた。

「そんなお話はもう耐えられません。まだお答えしなきゃいけないの？　部屋に戻って横になりたいわ。これ以上は無理です。あとのことは長男のパーシヴァルさんがやってくれるでしょう――わたしには――わたしにはできません――質問されても困ります」

「一刻も早く、パーシヴァル・フォーテスキュー氏に連絡をとるつもりです。あいにく、イングランド北部へ出張中のようですが」

「ああ、そうだわ。忘れてました」

「ひとつだけ、お尋ねしたいことがあります。ご主人の上着のポケットに少量の穀物の粒が入っていました。どういうことなのか、何かお心当たりはありませんか？」

アデルは首を横にふった。ひどく困惑している様子だった。

「誰かがいたずら半分でポケットに入れたのではないでしょうか？」

「どうしてそんないたずらを？　わたしには理解できません」

ニール警部にも理解できなかった。

「とりあえず、ここまでにしておきます、フォーテスキュー夫人。メイドを呼びましょうか？　それとも、ミス・ダブのほうがいいですか？」

「えっ？」うわの空の返事だった。いったい何を考えこんでいたのかと、警部は訝しく思った。

アデルはバッグのなかを探ってハンカチをひっぱりだした。声が震えていた。

「辛すぎるわ」声を詰まらせた。「ようやく実感が湧いてきたところです。いままで頭のなかが真っ白だったの。かわいそうなレックス。かわいそうな愛しいレックス」

アデルはむせび泣いた。けっこう真に迫った泣き方だった。

ニール警部はしばらくのあいだ、邪魔をしないように彼女を見守った。

「本当に急なことでしたからね。誰かを呼んできましょう」

ドアまで行き、開いて廊下に出た。一瞬、足を止め、室内に視線を戻した。

アデル・フォーテスキューはいまもハンカチを目にあてたままだった。ハンカチの端が垂れ下がっていたが、口元を隠しきれていなかった。唇にかすかな笑みが浮かんでいた。

8

「証拠品をできるかぎり押収しておきました」ヘイ部長刑事が報告した。「マーマレード。ハムの切れ端。紅茶とコーヒーと砂糖の残り。もっとも、これは役に立つかどうかわかりません。食卓に出ていたコーヒーと紅茶は、もちろん、すでに捨てたあとでしたが、耳寄りな情報がひとつあります。朝のコーヒーがたっぷり残っていたので、使用人たちが十一時の休憩時間に飲んだそうです――こいつは重要だと思います」

「ふむ、たしかに重要だ。毒がコーヒーに入っていたのなら、フォーテスキュー氏のカップに直接入れられたことになる」

「入れたのは朝食の席にいた者の一人。ぜったいそうですよ。ついでに、イチイのこともそれとなく尋ねてまわりました。イチイの実も、葉も、家のなかで目にした者はおりません。フォーテスキュー氏のポケットに入っていた穀粒についても、誰も何も知らないようです。妙なこともあるものだと、誰もが首をひねっています。わたしも不思議でなりません。どんなものでも火を通さずに食べるという変わった連中がいますが、フォーテスキュー氏がそのタイプだったとは思えないし。うちの妹の亭主なんか、そういうやつなんです。生の人参、生の豆、生のカブなど、なんでも食べます。しかし、さすがに生の穀粒は食べませんね。きっと腹のなかで膨らんで、とんでもないことになってしまう」

電話が鳴りはじめた。警部に合図されて、ヘイ部長刑事は電話に出るために飛んでいった。ニール警部もついていくと、電話は捜査本部からだとわかった。パーシヴァル・フォーテスキュー氏と連絡がつき、氏は大至急ロンドンに戻ってくるという。

警部が受話器を戻したとき、玄関前で車が止まった。クランプが出ていって扉をあけた。そこに立った女性は買物包みを山のように抱えていた。クランプが女性の手からそれを受けとった。

「ありがとう、クランプ。タクシー代を払ってきてくれる？　わたしはすぐにお茶をいただくわ。フォーテスキュー夫人やミス・エレインはもうお帰りかしら」

執事は返事をためらい、背後にちらっと顔を向けた。

「悪いお知らせがございます、若奥さま。大旦那さまのことで」

「お義父(とう)さまのこと？」

ニール警部が進みでた。クランプが言った。「こちらがパーシヴァルさまの奥さまです」

「なんでしょう？　何かあったんですか？　事故とか？」

ニール警部は質問に答えようとして、相手をざっと眺めた。パーシヴァルの妻はふっくらした女性で、口元が不機嫌そうにゆがんでいる。年齢は三十ぐらいだろう。質問する口調に熱がこもっていた。よほど退屈しているに違いないという思いが警部の心をよぎった。

「悲しいお知らせですが、フォーテスキュー氏は午前中にひどく具合が悪くなり、セント・ジュード病院に運ばれて、その後亡くなられました」

「亡くなった？　義父が死んだとおっしゃるの？」その知らせが彼女の期待をさらに上回る衝撃的なものだったのは間違いない。「まあ、大変――どうしましょう。夫は留守なんです。警察のほうで連絡をとっていただかなくては。どこか北のほうへ行っていますす。会社の人が知っているはずです。お葬式の手配などはすべて夫がしなくてはいけないのに。こういうことって、間の悪いときに起きるものですね」

パーシヴァルの妻はしばらく黙りこみ、頭のなかであれこれと考えている様子だった。

「まず、どこでお葬式をするかでいろいろ変わってきますわね。たぶん、こちらだと思いますけど。それとも、ロンドンかしら」

「それはご遺族が決めることです」

「ええ、そうね。どこがいいのかと、ふと考えただけですの」彼女はここで初めて、自分に話しかけている男に目を向けた。

「会社の方？　お医者さまじゃありませんよね？」

「警察の者です。フォーテスキュー氏が突然亡くなられたため――」

パーシヴァルの妻は警部の言葉をさえぎった。

「殺されたということですか？」

この言葉が口にされたのはこれが初めてだった。ニール警部は熱っぽく問いかけてくる彼女の顔を注意深く見つめた。

「はて、なぜそうお考えでしょう？」

「ときにはそういう事件も起きますもの。〝突然〟っておっしゃったでしょ。しかも、あなたは警察の方だし。あの人にはもう会われました？　あの人、なんて言いました？」

「誰のことを言っておられるのか、さっぱりわかりませんが」

「アデルのことに決まってるじゃありませんか。わたし、いつも夫に言ってましたの。

自分よりずっと若い女と結婚するなんて、お義父さまもどうかしてるって。血迷ったお年寄りぐらい、始末に負えないものはありませんもの。あんなろくでもない女に夢中になって。挙句(あげく)の果てにこれでしょ……わたしたち全員、とんだ迷惑です。新聞に写真が出たり、新聞記者が押しかけてきたり」

パーシヴァルの妻は言葉を切った。これからどんな事態が待ち受けているかを、漠然とではあるが、わくわくしながら想像しているに違いない。警部が見た感じでは、口で言うほど不愉快に思ってはいないようだ。夫人がふたたび警部のほうを向いた。

「何が使われたのでしょう？　砒素ですか？」

ニール警部は抑えた声で答えた。

「死因はまだ特定されていません。解剖と検視審問が必要になるでしょう」

「でも、警部さんにはもうおわかりなのでは？　でなければ、ここまでいらっしゃるはずがありませんもの」

ふっくらした、分別に欠けるといってもよさそうな彼女の顔に、不意に鋭い表情が浮かんだ。

「義父がどんなものを食べたり飲んだりしたかを、家の者たちに質問なさったのでしょう？　ゆうべの食事。けさの食事。それから、もちろん、お酒のことも」

あらゆる可能性についてパーシヴァルの妻が頭のなかであれこれ考えているのが、警部には手にとるようにわかった。そこで用心深く答えた。

「フォーテスキュー氏の具合が悪くなったのは、朝食のときに口になさったものが原因と思われます」

「朝食？」パーシヴァルの妻は驚いたようだった。「そんな馬鹿な。いったいどうすれば……」

黙りこみ、首をふった。

「どうすれば、あの人にそんなことができたというの？……エレインとわたしの目を盗んでコーヒーに何か入れたのなら、話は別ですけど……」

二人のそばで、ひっそりと上品な声が聞こえた。

「客間のほうにお茶のご用意ができております、ヴァル奥さま」

パーシヴァルの妻は飛びあがった。

「まあ、ありがとう、ミス・ダブ。ええ、お茶がいただければうれしいわ。気が動転してしまって……。ご一緒にいかがですか——あのう——警部さん」

「いや、いまはけっこうです」

ふっくらした女性は躊躇（ちゅうちょ）したが、やがてゆっくりと立ち去った。

彼女がドアの向こうに姿を消すと、メアリ・ダブが低くつぶやいた。

「あの方、名誉棄損という言葉をお聞きになったことがなさそうね」

ニール警部は何も答えなかった。

メアリ・ダブは続けて言った。

「ほかにご用はありませんか？」

「メイドのエレンにはどこへ行けば会えるでしょう？」

「すぐ呼んできます。いま上の階へ行ったばかりですので」


エレンは不機嫌な顔だったが、怯えている様子はなかった。勝ち誇ったような態度で、仏頂面を警部に向けた。

「とんでもないことになりましたねえ、警部さん。こんな物騒なことが起きたお屋敷で自分が働いてたなんて、夢にも思いませんでしたよ。でも、ある意味では、そう驚いたわけでもないんです。もっと前にやめさせてもらえばよかった。まったくもう。お屋敷のみなさんの言葉遣いときたらひどいもんだし、みなさんが飲むお酒の量だってひどいもんです。このお屋敷で起きてるのは眉をひそめたくなるようなことばっかり。クランプ夫人だけはまともだと思うけど、亭主のクランプも、あのグラディスって子も、使用人の心得なんてぜんぜんわかってないし。けど、いちばん癪にさわるのは不埒な行為ですよ」

「不埒な行為とはどういう意味です？」

「そのうちお耳に入りますよ。いまのところはご存じないとしても。この界隈の誰もが知ってますもん。あちこちで姿を見られてますから。ゴルフだの、テニスだのってふりをして。わたしも見たことがありますよ——この目で——この家のなかで。書斎のドアがあいてて、そこに二人がいたんです。キスしたり、いちゃついたり」

エレンの言葉に含まれた毒は強烈だった。〝いったい誰のことだね？〟とニール警部から尋ねる必要などなかったが、それでもいちおう訊いてみた。

「誰のことかって？　奥さまと——あの男ですよ。よくまあ、恥ずかしげもなく。けど、たぶん、旦那さまだって気がついてましたよ。誰かに二人を見張らせてたようだし。そのままいけば、離婚だったでしょうね。かわりに、こういうことになった」

「こういうこととは——？」

「旦那さまが何を食べ、何を飲んだのか、誰がそれを食卓に出したのかって、警部さん、質問しておられましたよね。あの二人の共犯ですよ。わたしはそう思ってます。男がどこかで毒を手に入れてきて、奥さまが旦那さまに飲ませた。そうやって殺したんです。

間違いありません」

「屋敷のなかでイチイの実を目にしたことが、これまでにありましたか？　あるいは、どこかに投げ捨ててあったとか」

　小さな目が興味深そうに光った。

「イチイ？　毒があって危険な実だ。子供のころ、ぜったいさわっちゃいけないって、母親によく言われたもんです。あれが使われたんですか？」

「何が使われたかはまだわからない」

「奥さまがイチイの実をいじってるのを見たことは一度もないですね」エレンは残念そうに言った。「とにかく、そんなような場面は一度も見てません」

　ニール警部はフォーテスキュー氏のポケットに入っていた穀粒のことを尋ねてみたが、これについても収穫はなかった。

「いいえ。どういうことか、さっぱりわかりません」

　警部はさらにいくつか質問した。しかし、はかばかしい結果は得られなかった。最後に、ミス・ラムズボトムに会わせてもらえないかと尋ねた。

　エレンは疑わしげな表情になった。

「申しあげてはみますけど、誰にでもお会いになるわけじゃないんです。かなりのお年で、ちょっと変わった方ですから」

警部が強引に頼みこむと、エレンはしぶしぶといった様子で警部の先に立って廊下を歩き、短い階段をのぼり、もともとは子供部屋として設計されたと思われる部屋まで行った。

エレンについていく途中で、警部が廊下の窓から外に目をやると、イチイの木のそばに立って庭師らしき男と話しているヘイ部長刑事の姿が見えた。

エレンがドアをノックした。なかから返事があったので、ドアをあけた。

「警察の方がいらして、お話を伺いたいと言っておられます」

承諾の返事がもらえたようで、エレンは一歩下がり、部屋に入るようニール警部を促した。

警部が足を踏み入れた部屋には、時代離れした古風な家具がぎっしり置かれていた。エドワード朝どころか、ヴィクトリア朝まで時代をさかのぼったような感じだ。ガスストーブのそばに置かれたテーブルのところに老婦人がすわり、トランプで一人遊びをしていた。着ているのは栗色のドレス。乏しくなった半白の髪を顔の左右になでつけている。

顔を上げようとも、トランプ遊びをやめようともしないまま、老婦人は苛立たしげに言った。

「さあ、入って、入って。よかったら、すわってちょうだい」

そう言われても、腰を下ろすのはむずかしかった。どの椅子も宗教関係のパンフレットや出版物に占領されている様子だったからだ。

警部がそれらをソファのほうへ少し移動させていると、ミス・ラムズボトムから鋭い声が飛んできた。

「布教活動に関心はおあり？」

「いや、その方面のことにはさほど……」

「いけませんね。関心を持つべきです。いまの時代、キリスト教精神を広げなくてはならない場所があります。アフリカの暗黒地帯です。先週も若い牧師がここにやってきました。あなたの帽子に負けないぐらい黒い肌をした人が。でも、まことのキリスト教徒です」

どう答えればいいのか、ニール警部にはよくわからなかった。

老婦人のぶっきらぼうな言葉に、警部はますます混乱した。

「わたし、ラジオは持ってませんからね」

「は？　なんのことでしょう？」

「あら、ラジオの受信料を集金しにいらしたと思ったのに。あるいは、くだらない世論調査か何かをするために。じゃ、どういうご用件？」

「まことにお気の毒ですが、ミス・ラムズボトム、義理の弟さんのフォーテスキュー氏が今日の午前中、急に具合が悪くなって亡くなられたのです」

ミス・ラムズボトムは心を乱された様子もなく、トランプの一人遊びを続けながら、雑談するような口調で言っただけだった。

「傲慢さと罪深きうぬぼれゆえに、とうとう天罰を受けたわけね。いずれそうなる運命だったんだわ」

「ショックを受けておられなければいいのですが」

ショックなど受けていないのは明らかだが、警部は彼女の返事を聞いてみたかった。

ミス・ラムズボトムは眼鏡越しに鋭い視線をよこした。

「わたしが悲しんでいないように見えるとおっしゃりたいのなら、たしかにそのとおりです。レックス・フォーテスキューは昔から罪深い男で、わたしは大嫌いでした」

「あまりにも突然の死で――」

「不信心者にふさわしいことです」老婦人は満足そうに言った。

「毒物により死亡した可能性もありまして――」

警部はこの言葉がもたらす効果を観察するために、言葉を切った。

空振りに終わったようだ。ミス・ラムズボトムはこうつぶやいただけだった。「黒の八の上に赤の七。さて、これでキングが動かせる」

警部の沈黙が気になったらしく、ミス・ラムズボトムはカードを手にしたまま動きを止め、つっけんどんに言った。

「おや、わたしに何を言わせたかったの？　毒殺した犯人を知りたいというのなら、わたしではありませんからね」

「誰の犯行か、何かお心当たりはないでしょうか？」

「ずいぶん失礼な質問ね」ミス・ラムズボトムは今度もつっけんどんな口調だった。「この家には、亡くなったわたしの妹の子供二人が住んでいるのよ。ラムズボトム家の血をひく者に人殺しができるなんて、わたしは信じませんからね。レックスは殺された。そうなんでしょう？」

「そんなことは言っておりませんが」

「殺されたに決まってますよ。レックスを殺したがっている者は昔からずいぶんいました。ほんとに悪辣な男でしたもの。諺にもあるように、古い罪は長い影をひくものです」

「とくに怪しいとお思いの人物はいませんか？」

ミス・ラムズボトムはトランプのカードをかき集めて立ちあがった。背の高い人だった。

「そろそろお帰りいただきましょう」

その声に怒りはなかったが、冷たく突き放すような言い方だった。

「わたしの意見をお求めなら言いましょう。たぶん、使用人の一人ですよ。執事はなんだかごろつきみたいに見えるし、あの小間使いは薄ぼんやりだし。では、これで失礼」

ニール警部はすごすごと部屋を出た。なかなか手強い婆さんだ。何ひとつ聞きだせなかった。

階段を下りて正方形の玄関ホールまで行ったとき、背が高くて浅黒い肌をした若い女と顔を合わせた。女は濡れたレインコートを着ていて、誰かしらと言いたげに、虚ろな表情で警部の顔を見つめた。

「たったいま帰ってきたら——父のことを聞かされて——亡くなったと」

「お気の毒ですが——」

彼女は片手をうしろへ伸ばし、支えを求めるかのようにあたりを探った。オーク材の箱に手が触れたので、のろのろと、ぎこちなく、そこにすわった。

「嘘よ……」

「嘘だわ」とつぶやいた。

涙が二粒、ゆっくりと頬を伝った。

「辛すぎる。父のことを好きだなんて思ったこともなかった……大嫌いだと思ってた……でも、そうじゃなかったのね。嫌いだったら、こんなに悲しまずにすむのに。悲しくてたまらない」

彼女はすわりこんだまま、目の前を凝視していた。またしても涙があふれ、頬を伝った。

やがて、ふたたび口を開いた。声がかすれていた。

「皮肉なものね。これですべてがうまくいくんですもの。わたしはジェラルドとようやく結婚できる。なんでも好きなことができる。でも、こんな形で望みが叶うなんて悲しすぎるわ。父には死んでほしくなかった……そんなのいや。ああ、お父さま――お父さま――」

ニール警部は水松荘に来てから初めて、故人に対する純粋な悲しみの声を耳にして驚いていた。

9

「どうやら妻の犯行のようだな」副総監が言った。いままでニール警部の報告に注意深く耳を傾けていたのだ。

その報告は事件を簡潔に要約したものだった。短いながらも、大事な点はすべて押さえてあった。

「そうとも、妻が怪しい。きみはどう思うね、ニール？」

ニール警部は自分もやはり妻のような気がすると答えた。こういう事件の場合、犯人はたいてい妻か夫に決まってるからな、と皮肉っぽく考えた。

「妻には犯行の機会があった。では、動機は？」副総監は言葉を切った。「動機はあるんだろうな？」

「はい、あると思われます。例のデュボワという男です」

「共犯ということか？」

「いえ、それはないでしょう」ニール警部はじっくり考えた。「あの男は自分のことしか考えないタイプですから、犯行に手を貸すようなことはないはずです。夫人の心の内を察していたかもしれないが、犯行をそそのかしたとは思えません」

「そうだな。用心深い男のようだし」

「用心深すぎるほどです」

「まあ、やたらと結論を急ぐのは禁物だが、妻が犯人と考えれば納得がいく。妻と同じく犯行の機会があったほかの二人については？」

「娘と長男の嫁ですね。娘は若い男とつきあっているが、父親に結婚を反対された。まあ、男のほうも、娘に金がなければ結婚しようとは思わないでしょう。つまり、娘にも動機があるわけです。長男の嫁に関しては、意見を控えさせてください。まだ充分に調べておりませんので。フォーテスキューに毒を盛る機会はこの三人の誰にでもありました。それ以外の者には、犯行は無理だったと思われます。小間使い、執事、料理人――この全員が朝食に手を触れたり、食卓に運んだりしていますが、フォーテスキューだけがタキシンを口にしてほかの者は被害を受けないように仕組むことが、この者たちにできたはずはありません。いや、タキシンかどうかはまだ確定しておりませんが」

副総監は言った。「間違いなくタキシンだった。先ほど検視報告書が届いたところだ」

「やはりそうでしたか。これで捜査を進めることができます」

「執事と小間使いはどちらも怯えているようです。べつに珍しいことではありません。よくあることとです。料理人の女はカンカンに怒っているし、メイドはほくそ笑んでいる。どれもきわめて自然で正常な反応です」

「ほかに怪しいと思われる人物はいないのか？」

「ええ、思いあたりません」ニール警部は無意識のうちに、メアリ・ダブとその謎めいた微笑をふたたび思い浮かべていた。微笑のなかに、かすかではあるが敵意が覗いていたのは間違いない。だが、警部が口にしたのは次のような意見だった。「毒物はタキシンと判明したわけですから、入手経路や調合方法に関して証拠を見つける必要があります」

「わかった。捜査を進めてくれ、ニール。ところで、パーシヴァル・フォーテスキュー氏がいまこちらに来ている。さきほど少し話をしたところだが、きみにも会ってもらおうと思って待たせてある。もう一人の息子の居場所もわかった。パリのブリストル・ホテルに滞在中で、今日そちらを発つそうだ。きみが空港で出迎えてはどうだろう？」

「はっ、副総監。わたしもそれがいいと思います」

「では、いまからパーシヴァル・フォーテスキュー氏に会ってくれ」副総監はクックッと笑った。「気どり屋パーシー。思わずそう呼びたくなるやつだ」

パーシヴァル・フォーテスキュー氏は三十を少し出たぐらいの、色白の身ぎれいな男で、髪と睫毛(まつげ)は淡い金色、教養を鼻にかけるような話し方をするタイプだった。

「あまりのことに動転しております、警部さん。お察しいただけるとは思いますが」

「さぞ驚かれたことでしょう、フォーテスキューさん」

「とりあえず申しあげられるのは、一昨日わたしが家を出た時点では、父は元気でぴんぴんしていたということだけです。その食中毒とやらは、きっと、きわめて急なことだったのですね？」

「ええ、突然のことでした。ただし、食中毒ではなかった」

パーシヴァルは警部を見つめ、眉をひそめた。

「えっ？　だったら、どうして――」途中で黙りこんだ。

「フォーテスキュー氏はタキシンという毒物のせいで亡くなられたのです」

「タキシン？　初めて聞く名前だ」

「知っている人はほとんどいないでしょう。急激に作用し、毒性も強烈です」

パーシヴァルの渋面がひどくなった。

「父が何者かに毒殺されたとおっしゃるのですか？」

「そのように見受けられます、ええ」

「なんと恐ろしい！」

「まったくです」

パーシヴァルは低くつぶやいた。「病院側の態度にようやく納得がいきました——警視庁へ行ってほしいと言われたのです」不意に黙りこんだ。しばらく沈黙したのちに、話に戻った。「葬儀のことですが……」問いかけるような口調だった。

「明日、解剖のあとで検視審問が開かれる予定です。そこでまず予備的な報告がおこなわれ、警察の証拠集めが終わったのちにふたたび検視審問という流れになります」

「わかりました。それは通常のことでしょうか？」

「ええ。最近の傾向としてはそうですね」

「ひとつお尋ねしたいのですが——何か見当をつけておられますか？　そんなことができそうな怪しい人間がいるとしたら——いや、わたしは——」パーシヴァルはまたしても黙りこんだ。

「犯人の目星をつけようにも、いまは時期尚早です」ニール警部はぼそっと答えた。

「なるほど。そうでしょうね」

「フォーテスキューさん、父上の遺言書の内容を多少なりとも教えていただけると助かるのですが。もしくは、父上の顧問弁護士に会わせていただいてもいい」

「〈ベッドフォード広場にある〈ビリングズビー・ホースソープ＆ウォルターズ法律事務所〉がそうです。ただ、遺言書のことでしたら、主な内容については、わたしからもお話しできます」

「では、お言葉に甘えて伺いましょうか。避けては通れないことですので」

「父は二年前に再婚したとき、新しい遺言書を作りました」パーシヴァルは几帳面に説明した。「新しい母に十万ポンド、そして、妹のエレインに五万ポンドを遺贈。あとはすべてわたしが相続する。もちろん、わたしはすでに会社の共同経営者にもなっています」

「弟さんのランスロット・フォーテスキュー氏に対する遺贈はないのですか？」

「ありません。父と弟は長いあいだ疎遠になっていたので」

ニール警部はパーシヴァルに鋭い視線を向けた。しかし、パーシヴァルは自分の意見に自信を持っている様子だった。

「すると、遺言書によれば、利益を得るのは三人の方、つまり、フォーテスキュー夫人、ミス・エレイン・フォーテスキュー、そして、あなたご自身というわけですね？」

「わたしにとっては、たいした利益にもなりません」パーシヴァルはため息をついた。「相続税というものがありますから。おまけに、最近の父は――まあ、そう詳しくは申しあげられませんが、取引のさいに判断を誤ることが多くなっていました」

「事業のやり方に関して、このところ、あなたと父上のあいだに意見の相違があったわけですね？」ニール警部はにこやかな顔をしつつ、この質問をぶつけた。

「わたしはわたしなりに、父に意見を伝えたのですが、残念ながら――」パーシヴァルは肩をすくめた。

「その伝え方がかなり強硬だったのではありませんか？」ニール警部は尋ねた。「単刀直入に申しあげれば、激しい口論になってしまった。そうなんでしょう？」

「いや、違いますよ、警部さん」むっとしたのか、パーシヴァルの顔が赤く染まった。

「すると、何かほかに口論の原因があったわけですか？」

「口論などしておりません、警部さん」

「本当にそうですか？　まあ、いいでしょう。ところで、父上と弟さんはいまも疎遠になったままですか？」

「そのとおりです」

「だったら、これがどういう意味なのか、教えていただけませんか？」

ニール警部はメアリ・ダブの手で電文がメモされた紙をパーシヴァルに渡した。

それに目を通したパーシヴァルは驚きと困惑の叫びを上げた。まさかという思いと怒りの両方がこみあげてきた様子だった。

「わけがわからない。まったくもう。とうてい信じられない」

「だが、事実のようです。弟さんが今日、パリから到着されることになっています」

「そんな無茶な。どう考えも無茶だ。まったくもう、理解に苦しみます」

「父上はあなたに何もおっしゃらなかったのですね？」

「何も聞いておりません。なんて腹黒い人なんだ。わたしに内緒でランスを呼びもどそうとしていたとは」

「父上がなぜそんなことをなさったのか、見当もつかないと言われるのですね？」

「もちろんです。父の最近の言動と同じですよ——非常識だ！　わけがわからない！止めなくては——わたしから父に——」

パーシヴァルは不意に黙りこんだ。顔から血の気がひいた。

「忘れていた——。父が亡くなったことを、つい忘れてしまって——」

ニール警部は同情の面持ちで首をふった。

パーシヴァル・フォーテスキューは帰り支度を始めた。帽子を手にしながら言った。

「わたしで何かお役に立てることがあれば、いつでもお訪ねください。だが――」ここで言葉を切った。「――どっちみち、水松荘においでになるご予定ですよね？」

「ええ、フォーテスキューさん――いまも刑事を一人、お宅に残してあります」

パーシヴァルはさもいやそうに身を震わせた。

「とんでもない災難に見舞われたものだ。まさか、われわれがこんな目にあうことになろうとは――」

ため息をつき、ドアのほうへ向かった。

「今日はずっと会社におります。処理しなくてはならない用件がたまっているので。しかし、夕方には水松荘に帰るつもりです」

「承知しました」

パーシヴァル・フォーテスキューは出ていった。

「気どり屋パーシー」ニール警部はつぶやいた。

目立たないように壁際にすわっていたヘイ部長刑事が顔を上げ、「は？」と問いかけるように言った。

ニール警部の返事がなかったので、部長刑事のほうから質問した。「どう推理されますか、警部？」

「わからん」ニール警部は答えた。ある物語の一節を小声で引用した。「〝そろいもそろって不愉快な連中だ〟」

ヘイ部長刑事が怪訝な顔をした。

「『ふしぎの国のアリス』だよ」ニール警部は言った。「アリスを知らないのか？」

「たしか古典ですよね？　ＢＢＣの第三プログラム（英国放送協会のラジオ放送のうち古典文学やクラシック音楽などのハイカルチャーを扱った）でやるようなやつだ。わたし、サード・プログラムは聴かないもんですから」

10

ランス・フォーテスキューが《デイリー・メール》紙の大陸版を広げたのは、飛行機がル・ブルジェ空港を離陸した五分後のことだった。一、二分たったころ、悲痛な叫びを上げた。となりの席から、パットが〝どうしたの？〟と言いたげに彼のほうを見た。

「おやじが」ランスは言った。「おやじが亡くなった」

「亡くなった？　あなたのお父さまが？」

「うん。会社で急に具合が悪くなって、セント・ジュード病院へ運ばれ、しばらくして亡くなったそうだ」

「まあ、お気の毒に。なんだったの？　脳卒中？」

「かもしれない。記事の内容だとそんな感じだ」

「前にも脳卒中でお倒れになったことがあるの？」

「ない。ぼくの知るかぎりでは一度もない」

「初めての発作で死ぬことはないと思ってたけど」

「おやじも気の毒に。おやじをとくに好きだと思ったことは一度もないが、こうして死なれてみると……」

「好きだったのよ、もちろん」

「きみみたいに気立てのいい人間は、うちの家族には一人もいないな、パット。やれやれ、ぼくの運も尽きてしまったようだ」

「そうね。でも、こんなときにお父さまが亡くなられるなんて不思議だわ。あなたが帰国しようとする矢先に」

ランスは鋭く妻のほうを向いた。

「不思議？　どういう意味だ、パット？」

妻は軽い驚きを浮かべてランスを見た。

「いえ、偶然でしょうけど」

「ぼくが何かしようとすると、かならず悪いことが起きると言いたいのかい？」

「いいえ、そんな意味で言ったんじゃないわ。でも、不運な巡りあわせってあるものなのね」

「うん、ぼくもそう思う」

パットはふたたび、「お気の毒に」と言った。

飛行機がヒースロー空港に着陸し、二人が降りる順番を待っていたとき、航空会社のスタッフがよく通る声で呼びかけた。

「ランスロット・フォーテスキューさまはいらっしゃいますか？」

「ぼくだが」ランスは言った。

「こちらへどうぞ、フォーテスキューさま」

ランスとパットはスタッフのあとに続き、ほかの乗客よりも先に飛行機を降りた。最後尾の席にすわった夫婦のそばを通りすぎたとき、夫が妻にささやくのが聞こえた。

「たぶん、有名な密輸業者だな。現行犯で逮捕されたんだろう」

「嘘みたいな話ですね」ランスは言った。「まったく嘘みたいだ」テーブル越しにニール警部を見つめた。

ニール警部は同情をこめてうなずいた。

「タキシン――イチイの実――まるで小説の世界だ。警部さんたちから見れば、ありふれたことかもしれませんが。日々、こうした事件を扱っておられるのだから。しかし、ぼくの家族が毒殺されるなんて。とても現実とは思えません」

「すると、誰が父上を殺害したのか、まったくお心当たりはないのですね？」

「ありませんよ、そんなの。ただ、おやじは事業でずいぶん敵を作ってきた人間です。生きたままおやじの皮を剝いでやりたいとか、会社をつぶしてやりたいと思っている者はいくらでもいるはずです。でもねえ、毒殺……？　とにかく、ぼくは何も知りません。何年も外国暮らしだったから、家がどういう状況だったのか、ほとんど知らないんです」

「そのことでお尋ねしたかったのです、フォーテスキューさん。お兄さんのお話では、あなたは父上と何年ものあいだ疎遠になっていたとか。今回帰国なさった経緯について、聞かせていただけないでしょうか？」

「いいですとも、警部さん。おやじから連絡があったのは、ええと、たしか――そうだ、半年ほど前でした。ぼくが結婚してしばらくたってからだった。手紙が届いて、過去のことは水に流そうと言ってきたのです。帰国して会社の経営を手伝ってほしいと書いてありました。ただ、ちょっと曖昧な書き方だったし、ぼく自身、おやじの希望どおりにしたいのかどうか迷いました。とりあえず、一度こっちに帰ってきたのです――ええと、この八月のことでした。三カ月ちょっと前になりますね。水松荘におやじを訪ねると、ある提案をされまして、それがすばらしくいい条件だったのです。ぼくはしばらく考えさせてほしい、妻にも相談したい、と答えました。おやじは了承してくれました。そこで、飛行機で東アフリカに戻り、パットと話しあったのです。その結果、おやじの提案を受け入れることにしました。向こうでいろいろと後始末がありましたが、先月末までに片づけることをおやじに約束し、帰国の日が決まったら電報で知らせると言っておきました」

ニール警部は咳払いをした。

「あなたの帰国を知って、お兄さんはひどく驚かれたようです」

ランスは不意に笑みを浮かべた。いたずらっぽい表情が広がり、魅力的な顔がいっきに明るくなった。

「パーシーのやつは何も知らなかったはずです。八月のあのとき、兄貴は休暇でノルウェーへ出かけてたから。おやじはたぶん、そのときを狙ってぼくを呼んだのでしょう。パーシーに隠れてこそこそやってたみたいです。ぼくの鋭い勘によれば、おやじは哀れなパーシー兄貴と――兄貴自身は〝ヴァル〟と呼ばれるほうが好きなんですが――大喧嘩をしたのがきっかけで、ぼくを呼びもどす決心をしたのだと思います。兄貴には昔から、おやじを無視して自分の意見を通そうとするところがありました。だが、おやじはそういうことに我慢のならない人です。何が原因で喧嘩になったのか、ぼくにはわかりませんが、おやじはカンカンに怒っていました。こうなったらぼくを呼びもどして、哀れなパーシーの力を削ぐにかぎる——そう考えたのでしょう。しかも、パーシーの妻のことがもともと気に入らなかったみたいで、上流志向が強いおやじだから、ぼくの結婚をけっこう喜んでたんです。ぼくを帰国させて、その既成事実をパーシーにいきなり突きつけるのが、おやじとしては楽しみだったんでしょう」

「八月のそのとき、水松荘にどれぐらい滞在されたのですか？」

「ああ、ほんの一時間か二時間です。おやじも泊まっていくようにとは言わなかった。パーシーに隠れてこっそり画策するつもりだったのだと思います。使用人の口からパーシーに話が伝わるのも避けたかったでしょうし。結局、ぼくのほうでよく考え、パットと話しあい、決心がついたら手紙で知らせる、ということにしたわけです。そして、帰国のおおよその日どりを父に知らせておき、昨日、パリから電報を打ちました」

ニール警部はうなずいた。

「あの電報を見て、お兄さんはひどく驚いておられました」

「でしょうね。しかしながら、いつものようにパーシーの勝ちです。ぼくの帰国が遅すぎた」

「なるほど」ニール警部は考えこんだ。「たしかに遅すぎましたな」きびきびした口調で質問に戻った。「この八月に戻られたとき、ご家族の誰かとお会いになりましたか？」

「父の後妻がお茶の席にいました」

「それ以前にお会いになったことは？」

「ありません」ランスは不意にニヤッとした。「おやじのやつ、若い女をつかまえるのがほんとに上手でね。あの女、少なくとも三十歳は下ですよ」

「ぶしつけなことを伺いますが、父上の再婚に腹を立てておられたのでは？　お兄さんのほうはいかがでした？」

ランスは意外そうな顔をした。

「そんなことありませんよ。兄貴も平気だったと思います。なにしろ、実の母が亡くなったとき、ぼくたちは――ええと、十歳と十二歳ぐらいでした。おやじがこれまで再婚しなかったことのほうが不思議ですよ」

ニール警部はぼそっと言った。

「自分よりはるかに若い女性と結婚するのは危険なことかもしれませんね」

「兄貴がそう言ったんですか？　いかにも言いそうなことだ。パーシーのやつ、遠まわしにほのめかすのが大の得意なんです。で、それが結論なんですか、警部さん。父の後妻に毒殺の嫌疑がかかってるわけですか？」

ニール警部の顔から表情が消えた。

「いまは時期尚早で何も申しあげられません」警部は愛想よくつけくわえた。「さて、今後のご予定を伺ってもよろしいでしょうか？」

「予定？」ランスは考えこんだ。「新しい予定を立てるしかなさそうだ。家族はどこにいます？　全員が水松荘のほうに？」

「そうです」

「ぼくもすぐそちらへ向かうとしよう」ランスは妻のほうを向いた。「きみはホテルに行っててくれ、パット」

妻はすぐさま反論した。「だめよ、ランス。わたしも一緒に行きます」

「やめてくれ」

「でも、行きたいの」

「いや、行くのはやめてほしい。頼むから、ホテルに――ああ、ぼくがロンドンに泊まったのはずいぶん昔のことだが――バーンズ・ホテルに泊まってくれ。昔から静かで品のいいところだった。あのホテル、いまもありますよね？」

「ええ、ありますとも、フォーテスキューさん」

「よかった。じゃ、パット、部屋がとれたらきみをホテルに残して、ぼくは水松荘へ向かうことにする」

「でも、どうしてわたしが一緒に行っちゃいけないの？」

ランスは不意にきびしい表情になった。

「正直なところ、ぼくが水松荘で歓迎してもらえるかどうかわからないんだ。ぼくを呼んだのはおやじだが、おやじは死んでしまった。誰があの屋敷の実権を握っているのか、ぼくにはわからない。パーシーか、それとも、ひょっとするとアデルか。とにかく、きみを連れていくのは、ぼくがどんなふうに迎えられるかを確かめてからにしたい。それに——」

「なんなの？」

「毒殺犯が野放しになっている家にきみを連れていくのはためらわれる」

「まあ、馬鹿なことを」

ランスはきっぱりと言った。

「きみにだけはどんな危険も及ばないようにしたいんだ」

11

デュボワ氏は弱りはてていた。アデル・フォーテスキューから届いた手紙を腹立たしげにひき裂いて、くずかごに放りこんだ。不意に、用心しなくてはと気づき、ずたずたになった紙片を拾いあげると、マッチで火をつけ、灰になるまで見守った。小さくつぶやいた。

「女ってのはなんであんなに馬鹿なんだ？ もう少し思慮分別があってもよさそうなものだが……」しかし——苦々しく考えた——女どもには思慮分別のかけらもありゃしない。そこにつけこんで、さんざん甘い汁を吸ってきた彼だが、いまはそのせいで窮地に追いこまれている。彼自身はけっして用心を怠らなかった。ゴルフ・ホテルの者には、フォーテスキュー夫人から電話があっても留守だと答えるように言ってある。彼女からはすでに三回も電話があり、今度は手紙が届いた。電話以上に始末が悪い。しばらく考えた末に、電話のところへ行った。

「フォーテスキュー夫人はおられますか？　はい、デュボワです」一分か二分すると、夫人の声が聞こえた。

「ヴィヴィアン、やっと電話をくれたのね！」

「うん、うん、アデル。だけど、用心しないと。いまどこにいるんだい？」

「読書室よ」

「誰にも聞かれてないだろうね？　廊下は大丈夫か？」

「立ち聞きする者なんていやしないわよ」

「いや、わからないぞ。警察はまだ家にいるのかい？」

「ううん、しばらく前に帰っていったわ。とりあえず。ああ、ヴィヴィアン、さんざんだったのよ」

「うん、うん、そうだろうね。わかるとも。でも、いいかい、アデル、おたがいに用心しないと」

「ええ、もちろんよ、ダーリン」

「電話でダーリンと呼ぶのはやめてくれ。まずいよ」

「あなた、おろおろしすぎじゃないの？　相手をダーリンって呼ぶくらい、最近は誰だってやってるわ」

「うん、うん、そりゃそうだね。でも、よく聞いてくれ。電話はしないでほしい。手紙をよこすのもやめるんだ」

「でも、ヴィヴィアン――」

「ほんのしばらくの辛抱だ。わかってくれるね？　用心しなきゃだめなんだ」

「はいはい、わかりました」気分を害した声だった。

「アデル、聞いてくれ。ぼくがきみに出した手紙だけど。ちゃんと燃やしただろうね？」

一瞬ためらったあとで、アデル・フォーテスキューは答えた。

「もちろんよ。燃やすって言ったでしょ」

「それならいいんだ。そろそろ切るよ。電話も手紙もだめだからね。騒ぎが落ち着いたころ、ぼくのほうから連絡する」

デュボワ氏は受話器を戻した。頬をなでながら考えこんだ。いまのためらいが気にかかる。アデルは本当に手紙を燃やしただろうか？　女というのはみな同じだ。何かを燃やすと約束しても、大事にとっておく。

手紙――デュボワ氏はじっと考えた。女はいつだって男に手紙を書かせたがる。彼自身は用心して書かないようにしてきたが、拒みきれないこともあった。アデル・フォーテスキューに宛てたわずかな手紙には、はて、どんなことを書いただろう？　他愛もないことばかりだ――うんざりしながら思った。だが、何か特別な言葉や文章があっただろうか？　警察がねじ曲げて解釈し、自白を強要する材料に使えそうなものが……。昔のイーディス・トンプソン事件（不倫相手だった若い男がイーディスの夫を殺害し、イーディスは共犯者ではなかったものの、男に送った手紙に夫への殺意を記していたため逮捕され、死刑判決を受けた）のことを思いだした。自分の手紙にはあたりさわりのないことしか書いていないはずだと思ったが、確信はなかった。不安が膨らんだ。アデルがまだ手紙を燃やしていなかったとしても、いまの電話で分別をとりもどして燃やしてくれるだろうか？　それとも、すでに警察に押収されたのだろうか？　手紙はどこにしまってあるのか？　たぶん、二階にある彼女専用の居間だ。あの安ピカの小さなデスク。ルイ十四世時代のアンティークに見えるが、たぶん紛い物だ。秘密の引出しがついているというようなことを、アデルが言っていた。秘密の引出し！　まだ押収されていないとしても、警察もじきに気づくはず。だが、警察はすでに屋敷をひきあげた。さっきの電話でアデルがそう言った。朝から刑事たちが押しかけてきたが、いまはもう誰もいない。

たぶん、毒薬の出所を突き止めるために、さっきまで忙しく調べまわっていたのだろう。すべての部屋を捜索するところまでいっていなければいいが。だが、警察がそこまでするには捜索令状をとる必要がある。こっちがいますぐ行動に出れば――。

屋敷の様子を想像した。黄昏が迫りつつある。お茶が運ばれてくる。一階の読書室か客間に。家族全員がそこに集まり、使用人たちは使用人用の食堂でお茶を飲んでいるだろう。二階には誰もいないはずだ。庭から忍びこむのは簡単だ。イチイの生垣をまわっていけば、人目につくことはない。そこを過ぎると、テラスの脇に小さなドアがある。みんなが寝る時間になるまで、施錠されることはない。そこから忍びこみ、見つからないように気をつけてそっと階段をのぼればいい。

どうすべきか、ヴィヴィアン・デュボワは慎重に考えた。フォーテスキューの死因が心臓発作か脳溢血だったのなら——ぜったいそうに決まっているが——こんなにひやひやする必要はない。デュボワは小さくつぶやいた——しかし、とにかく安全第一でいくことにしよう。

メアリ・ダブは大きな階段をゆっくり下りてきた。踊り場の窓のところでしばらく足を止めた。前日、ニール警部が到着するのをこの窓から見ていたのだ。今日は夕暮れの光のなかに、イチイの生垣をまわって男が姿を消すのが見えた。放蕩息子という噂のランスロットさまかしら、と首をかしげた。門のところで車を降りて、冷淡な家族と顔を合わせる前に、昔の思い出に浸りながら庭を歩いてみたくなったのかもしれない。彼の気持ちがわかるような気がした。メアリは唇にかすかな笑みを浮かべて一階に下りた。玄関ホールでグラディスとばったり出会った。メアリの姿を見たとたん、グラディスはびくっとして飛びあがった。

「いま聞こえたのは電話のベルだった？」メアリは尋ねた。「どなたから？」

「あ、あの、間違い電話でした。クリーニング屋さんと間違えたみたいです」グラディスは息を切らし、あわてている様子だった。「その前にデュボワさんからも電話がありました。奥さまにご用だとか」

「あら、そう」

メアリは玄関ホールを横切った。途中でふりむいて言った。「そろそろお茶の時間ね。まだお出ししてないの？」

「四時半にもなってないと思いますけど」

「いいえ、もう四時四十分よ。お茶を運んでちょうだい。いいわね？」

メアリ・ダブが客間に入ると、アデル・フォーテスキューがソファにすわり、暖炉の火をじっと見つめたまま、レースの小さなハンカチを指でもてあそんでいた。不機嫌な声で言った。

「お茶はまだなの？」

メアリ・ダブは「いまお持ちします」と答えた。

暖炉の薪が一本、外に飛びだしていたので、メアリは暖炉の前に膝を突くと、火ばさみを使って薪をもとに戻し、ついでに新しい薪と石炭を少し足しておいた。

グラディスのほうは台所に入っていった。調理台に大きなボウルを置いてペストリーの生地をこねていたクランプ夫人が、怒りのこもった真っ赤な顔を上げた。

「さっきから客間の呼鈴が鳴りつづけてるよ。早くお茶を持っておゆき」

「は、はい、すぐやります、クランプ夫人」

「今夜、亭主が帰ってきたら、どう言ってやろう……」クランプ夫人はつぶやいた。「とっちめてやらないと」

グラディスは食料貯蔵室のほうへ行った。サンドイッチがまだ切ってなかった。うん、切らなくたって大丈夫。お茶に添えるものはどっさりある。そうよね？　二種類のケーキ、ビスケット、スコーンと蜂蜜。闇市で買った農場の新鮮なバター。トマトかフォアグラのサンドイッチを切らなくても、これだけあれば充分だ。あたしはほかに考えなきゃいけないことがある。クランプ夫人ったら、やけに機嫌が悪いみたい。クランプさんが午後から出かけてしまったからだわ。そうか、今日はクランプさんのお休みの日なのね。そりゃ出かけたくもなるわよ。台所のほうからクランプ夫人の大声が響いた。

「やかんが沸騰してるよ。いつになったらお茶を淹れるつもりだい?」

「いま行きます」

グラディスは分量も量らずに大きな銀のポットに茶葉を放りこむと、台所へ持っていき、沸騰した湯を注いだ。大きな銀のトレイにポットとケトルを加え、客間に運んで、ソファのそばの小さなテーブルに置いた。急いで台所にひきかえすと、お茶に添える菓子類を別のトレイに並べた。それを持って廊下に出たとき、背の高い振り子時計が不意に耳ざわりな音を立て時刻を告げはじめたため、グラディスは驚いて飛びあがった。

客間では、アデル・フォーテスキューがメアリ・ダブに文句を言っていた。

「みんな、午後からどこへ行ってしまったの?」

「わたしも本当に知らないんです、奥さま。しばらく前にお嬢さまが帰ってこられました。若奥さまはお部屋で手紙を書いておられると思います」

アデルは腹立ちまぎれに言った。「手紙、手紙。あの女ったら、手紙を書くのをやめようとしない。ああいう階級の人間はみんなそう。死と不幸が大好きなんだわ。猟奇趣味ってやつかしら。ひどい猟奇趣味」

メアリは如才なく話をそらした。「お茶の用意ができたことを若奥さまにお伝えしてきます」

ドアのほうへ向かったが、エレイン・フォーテスキューが部屋に入ってきたので、戸口で少し脇へどいた。

エレインは「寒いわね」と言って暖炉のそばの椅子にどさっとすわり、炎に両手をかざしてこすりあわせた。

メアリは廊下でしばらく足を止めた。廊下に作りつけになった戸棚に、ケーキをのせた大きなトレイが置いてあった。廊下が薄暗くなっていたので、メアリは電灯のスイッチを入れた。ちょうどそのとき、二階の廊下を歩くパーシヴァルの妻の足音が聞こえた。ところが、誰も下りてこないので、メアリは階段をのぼって二階の廊下に出た。

パーシヴァル夫妻は屋敷の一翼にある独立した続き部屋を使っている。メアリは居間のドアをノックした。パーシヴァルの妻は相手にかならずノックを求めるので、クランプがいつもブツブツ言っている。

「どうぞ」歯切れのいい声がした。

メアリはドアをあけて低く言った。

「お茶の用意ができました、若奥さま」

パーシヴァルの妻がコートをはおっていたことを知って、メアリは驚いた。キャメルのロングコートを脱いだところだった。

「お出かけだったとは存じませんでした」メアリは言った。

パーシヴァルの妻はわずかに息を切らしていた。

「いえ、ちょっとお庭に出ただけなの。外の空気が吸いたくなって。でも、ひどく寒かったわ。早く火の前にすわりたい。この家のセントラル・ヒーティングはどうも調子が悪いんですもの。修理するように頼まなくては、ミス・ダブ」

「伝えておきます」メアリは約束した。

パーシヴァルの妻はコートを椅子にかけ、メアリのあとから部屋を出た。階段を下りるときは彼女のほうが先に立ち、メアリは遠慮して少しうしろに下がった。驚いたことに、ケーキのトレイがまだそのままになっていた。グラディスを呼びに食料貯蔵室のほうへ行こうとしたとき、客間のドアのところにアデル・フォーテスキューが姿を見せ、いらいらした声で言った。

「いつになったら、お茶に添えるお菓子を持ってきてくれるの？」

メアリはすぐさまトレイをとって客間に運び、暖炉のそばの低いテーブルに何種類かのお菓子を並べた。空になったトレイを持って廊下に戻ったそのとき、玄関のベルが鳴った。メアリはトレイを置いて自ら応対に出た。放蕩息子がようやく帰ってきたのなら、ぜひ自分の目で見てみたいと思ったのだ。家族のみなさんとはずいぶん印象が違うのね

――玄関ドアをあけ、浅黒いほっそりした顔と口元にかすかに浮かんだ訝しげな微笑を見上げながら、メアリは思った。静かな声で尋ねた。

「ランスロット・フォーテスキューさまですね？」

「そうだよ」

メアリは彼の背後に目を凝らした。

「お荷物は？」

「タクシーは金を払って帰した。荷物はこれだけだ」

ランスは中型のファスナーつきカバンを持ちあげた。なんとなく妙な気がして、メアリは言った。

「あら、タクシーでしたか。徒歩でいらしたのかと思っておりました。あの、奥さまは？」

表情をこわばらせて、ランスは言った。

「連れてこなかった。とりあえず、今日のところは」

「そうでしたか。さあ、どうぞこちらに、フォーテスキューさま。みなさま、客間でお茶を召しあがっておいでです」

メアリはランスを客間のドアの前まで案内し、その場を離れた。とても魅力的な男性だとひそかに思った。そのあとに別の思いが浮かんだ——あの魅力に惹かれた女がほかにもずいぶんいそうね。

「ランス！」

エレインがランスロットに駆け寄った。両腕を彼の首にまわして女学生みたいに無邪気に抱きついたので、ランスのほうが驚いてしまった。

「やあ。ただいま」

ランスはエレインからそっと身体を離した。

「こちらがパーシヴァルの奥さんのジェニファーかな？」

パーシヴァルの妻は好奇心もあらわに彼を見た。

「あいにく、夫はまだロンドンのほうなんです。しなくてはならないことが山のようにありまして。あれこれ手配したり、ほかにも何やかやと。もちろん、すべてが夫の肩にかかっています。あらゆることに夫が目を光らせていなくてはなりません。わたしたちがどんな思いをしてきたか、あなたには想像もつかないでしょうね」

「さぞお辛かったことと思います」ランスは重々しい口調で言った。

次に、ソファにすわった女性のほうを向いた。女性は蜂蜜を塗ったスコーンを手にして、無言でランスの様子を見守っていた。

「そうだわ」ジェニファーが叫んだ。「アデルとお会いになるのは初めてですわね」

ランスは「ええ、まあ……」とつぶやきながら、アデル・フォーテスキューの手をとった。彼がアデルを見下ろすと、彼女のまぶたが震えた。食べていたスコーンを左手で脇に置き、きれいにセットしてある髪に軽く手を触れた。女っぽいしぐさだった。魅力的な男が部屋に入ってきたことを意識している証拠だ。ねっとりとした甘い声で言った。

「ソファにおすわりになって。わたしのとなりに」彼のために紅茶を注いだ。「お帰りいただけてうれしいわ」さらに続けて言った。「家のなかにはどうしても男の人が必要ですもの」

ランスは言った。

「ぼくで力になれることがあれば、なんでも言ってください」

「ご存じのように――いえ、ご存じないかもしれないけど――この家に警察が来ているの。警察の考えでは――考えでは――」アデルは急に黙りこみ、感情をあらわにして叫んだ。「ああ、ひどい！　ひどすぎる！」

「わかります」ランスは憂慮と同情をこめて言った。「じつを言うと、ぼくもヒースロー空港でつかまったんです」

「警察に？」

「ええ」

「何を言われたの？」

「そのう……」ランスはすまなそうに言った。「何が起きたかを聞かされました」

「警察はそう言ってるわ。食中毒ではなく、誰かが仕組んだ本物の毒殺だと。きっと、犯人は家族のなかにいると思ってるのね」

ランスはアデルにちらっと笑顔を見せた。

「犯人を捜すのが警察の仕事ですから」と、慰めるように言った。「ぼくたちがくよくよ考えても始まりません。なんておいしい紅茶だろう！　イングランドの上等な紅茶を飲んだのは久しぶりだ」

ほどなく、あとの者たちも彼の口調に釣られて和やかな雰囲気になった。不意にアデルが言った。

「奥さまは？――結婚なさったんでしょ、ランス」

「しましたよ、ええ。妻はロンドンに残してきました」

「あら――こちらにお連れになればよかったのに」

「いろいろと用がありまして。それに――まあ、あちらにいるほうがパットも安心でしょうから」

エレインが鋭く言った。

「お兄さまったら、まさか——まさか——」

ランスはあわてて言った。

「なんておいしそうなチョコレートケーキだろう。少しもらうよ」

自分でケーキを切りながら尋ねた。

「エフィーおばさんは元気かい？」

「ええ、お元気よ。一階に下りてらっしゃることも、みんなと一緒に食事をなさることもないけど、とってもお元気。ただ、ひどく気むずかしくなってきて……」

「昔から気むずかしい人だった。お茶がすんだら、挨拶に行ってこよう」

パーシヴァルの妻がつぶやいた。

「あれぐらいのお年になると、どこかの介護施設にお入りになったほうがいいような気がします。ちゃんとお世話をしてもらえるところを見つけて」

「エフィーおばさんを迎える介護施設が気の毒だ」ランスは言った。さらにつけくわえた。「ところで、ぼくを屋敷に通してくれた上品そうな女性は誰なんだい？」

アデルは驚いた様子だった。

「クランプがお通ししたんじゃないの？　執事の。あら、いけない、忘れてた。今日はクランプのお休みの日だったわね。でも、かわりにグラディスが——」

ランスはその女性の外見を説明した。「青い目、真ん中で分けた髪、しとやかな声、虫も殺さぬような顔。その奥にいったいどんな本性が隠れているのやら」

パーシヴァルの妻が言った。「きっと、メアリ・ダブだわ」

エレインが言った。「この屋敷の家事をとりしきってる人よ」

「へーえ」

アデルがつけくわえた。

「とてもしっかりした人なの」

「なるほど」ランスは考えこみながら言った。「たしかにそういう感じだ」

「でも、どこがすばらしいかというと」パーシヴァルの妻が言った。「使用人としての分をちゃんとわきまえていることですわ。けっしてでしゃばりませんもの」

「お利口なメアリ・ダブってわけだ」ランスはそう言いながら、チョコレートケーキをもうひと切れ、自分のために切り分けた。

12

「おやおや、厄介な息子が舞いもどってきたんだね」ミス・ラムズボトムが言った。

ランスは彼女に笑いかけた。「おっしゃるとおりです、エフィーおばさん」

「フン!」ミス・ラムズボトムは非難するように鼻を鳴らした。「ちょうどいいときに戻ってきたものだ。昨日、おまえのお父さんが殺されたんで、警察が押しかけてきて、あちこちつつきまわってる。ゴミ箱のなかまでかきまわす始末だ。窓からよく見えた」

ミス・ラムズボトムは言葉を切り、再び鼻を鳴らして尋ねた。「嫁さんも一緒かい?」

「いいえ。パットはロンドンに残してきました」

「そりゃ感心だ。わたしがおまえの立場だったとしても、やっぱりここには連れてこないだろう。何が起きるかわからないからね」

「パットの身に?」

「誰にでもだよ」

ランス・フォーテスキューは訝しげにミス・ラムズボトムを見つめた。

「なぜまたこんなことになったんでしょうね、エフィーおばさん」

ミス・ラムズボトムは曖昧な返事しかよこさなかった。

「昨日、警部だという男がここに来て、あれこれ質問していった。わたしは何も話してやらなかったけどね。ただ、あの警部は見かけほどぼんくらではない。かなりできる男だ」それから、腹立たしげに続けた。「警察がこの家に入りこんだことを知ったら、おまえのおじいさんはどう思うだろう。きっとお墓のなかで悔しがるに違いない。おじいさんは生涯、プリマス同胞教会の熱心な信者だった。わたしが英国国教会の夕方の礼拝に通ってたことをおじいさんが知ったときは、もう大騒ぎ！　けど、それだって殺人事件に比べれば可愛いものさ」

いつものランスならこれを聞いて微笑を浮かべるところだが、ほっそりした浅黒い顔は真剣な表情のままだった。

「あのう、家を出てずいぶんになるから、ぼくにはこちらの事情がさっぱりわかりません。最近のわが家はどんな様子だったんです？」

ミス・ラムズボトムは目を夫に向けた。

「神をも恐れぬ所業ばかりだった」と、強く言った。

「うん、うん。おばさんのことだから、たぶんそう言うと思ってた。しかし、おやじを殺した犯人が家族のなかにいるなんて、警察は何を根拠に考えたんだろう？」

「浮気と殺人は別問題だというのにね。わたしにはあの女が犯人だとは思えない。ぜったい違う」

ランスの顔に警戒が浮かんだ。「アデルのことですか？」

「わたしは口が堅いんでね」

「そんなこと言わないで、おばさん。内緒にしたところで、なんの意味もありませんよ。アデルが浮気してるんですか？　男と共謀しておやじの朝の紅茶に毒を入れたとか？　そうなんですか？」

「こんなときに冗談を言うもんじゃない」

「冗談のつもりはなかったんだけど」

「ひとついいことを教えてあげよう」突然、ミス・ラムズボトムが言った。「ぜったい、あの娘が何か知ってるはずだ」

「誰のことです？」ランスは驚きの表情になった。

「鼻をグズグズいわせてる子だよ。午後のお茶を運んでくるはずなのに、今日は来なかった。無断で出かけてしまったと家の者が言っている。警察へ行ったんだとしても、わたしは驚かないね。おまえを屋敷に通したのは誰だった?」

「メアリ・ダブとかいう人でした。物静かで穏やかな感じの――まあ、本当は違うんだろうけど。警察へ行ったというのはその人ですか?」

「あれは行きっこないね。わたしが言ってるのは、あのグズな小間使いだよ。朝からずっとウサギみたいにびくびくしてたから、『どうしたの? 何か疚(やま)しいことでもあるのかい?』と訊いてみた。すると、『あたし、なんにもしてません――そんなことするわけないです』って言うんだ。『だったらいいけど、何か心配ごとがあるように見えるよ。どうなんだい?』とわたしが訊くと、あの子、べそをかいて、誰にも迷惑をかけたくない、何もかも間違いに決まってる、と言いだした。そこで、わたしは言ってやった。『さあ、いい子だから、思いきって本当のことをお話し』ってね。『警察へ行って、知ってることを洗いざらい話しておいで。ほんとのことを話すのがどんなに辛くても、黙ってたら、いいことなんか何もないんだよ』とも言ってやった。そしたら、あの子、警察へは行けないってぐずりはじめた。『あたしの言うことなんか、警察は信じてくれません。何を話せばいいんですか?』ってね。で、最後は結局、自分は何も知らないって言い張るだけになってしまった」

「その子が注目してもらいたくて、口から出まかせを言った――そうは考えられないでしょうか？」

「いや、それはないと思う。ひどく怯えてたもの。何かを見たか聞いたかして、今回の事件のことで何か気づいたんじゃないかねえ。重大なことかもしれない。もしくは、まるっきり無意味かもしれないけど」

「ひょっとすると、その子がおやじを恨んでて、それで——」ランスは口ごもった。

ミス・ラムズボトムはきっぱりと首を横にふった。

「お父さんが目をつけるようなタイプの子じゃないよ。あの子に目をつける男なんていやしない。気の毒だけど。まあ、あの子の魂にとってはかえって幸いかもしれないね」

ランスのほうは、グラディスの魂にはなんの関心もなかった。ミス・ラムズボトムに尋ねた。

「その子が警察に駆けこんだかもしれないというんですね？」

ミス・ラムズボトムは大きくうなずいた。

「そう。この家のなかだと誰が聞いてるかわからないから、あの子も警官には何も言う気になれなかったんだろう」

「ひょっとすると、誰かが毒を入れるところを見たんでしょうか？」

ミス・ラムズボトムはランスに鋭い視線を向けた。

「ひょっとしたら、そうかもしれない」

「ええ、ぼくもそう思います」ランスは次に、すまなそうにつけくわえた。「でも、現実とは思えないようなことばかりで、まるで探偵小説みたいだ」

「パーシヴァルの嫁は以前、病院で看護婦をしてたんだよ」ミス・ラムズボトムが言った。

それまでの話題とはなんの関係もないような気がして、ランスは戸惑いの表情でエフィーおばを見た。

「つまりね、病院の看護婦は薬を扱うのに慣れている」

ランスは疑わしげな顔をした。

「そのタキシンって毒ですけど——薬の成分として使われることもあるんですか？」

「たしか、イチイの実からとるはずだ。子供たちがうっかりイチイの実を食べてしまうことがある。すると、ひどく具合が悪くなる。わたしが子供のときに中毒事件があったのを覚えてるよ。ショックだったね。どうにも忘れられない。ときにはそうした記憶が役に立つこともあるものだ」

ランスははっと顔を上げてエフィーおばを見つめた。

「喜怒哀楽の感情が悪いとは言わないよ」ミス・ラムズボトムは言った。「わたしだって人並みにそういう感情は持っている。だけど、邪悪な心だけは許せない。邪悪な心は叩きつぶす必要がある」

「わたしにひと言の断わりもなしに出かけちまったんですからね」クランプ夫人はペストリーの生地をのし板の上で延ばしながら、怒りのこもった真っ赤な顔を上げた。「あの子、誰にもなんにも言わずにこっそり出てったんです。ずるい子だ。ええ、そうですとも。ずるいったらありゃしない！　わたしに言ったら止められるとでも思ったんでしょう。見つけてれば、もちろん止めましたとも！　困ったもんです！　旦那さまが亡くなられ、ランスさまが何年ぶりかで帰ってこられたってのに。でね、亭主に言ってやったんです。『休みの日だろうとなかろうと、わたしは自分の仕事をちゃんとするからね。木曜の夕食は火を通さない料理と決まってるけど、今夜はちゃんとした晩餐を出さなきゃ。坊ちゃんが奥さまを連れて外国から帰ってこられるんだ。しかも、奥さまはかつて貴族と結婚してた方だから、正式な料理をお出ししなきゃ』って。ねえ、ミス・ダブ、わたしは自分の仕事に誇りを持ってんですよ」

メアリ・ダブはクランプ夫人の愚痴に耳を傾けながら、優しくうなずいてみせた。

「そしたら、亭主のやつ、なんて言ったと思います？」クランプ夫人の声が怒りでうわずった。『今日は休みの日だから、おれは出かける』ですって。『貴族には残りもんでも食わせとけ』なんて言うんですよ。自分の仕事に対する誇りなんかありゃしない。でね、亭主が出かけちまったもんだから、今夜の給仕は一人でやってほしいって、わたしからグラディスに言っといたんです。あの子、『わかりました、クランプ夫人』って返事したくせに、わたしがちょっと目を離した隙にこっそり出かけちまった。だいたい、今日はあの子の休みの日でもないのに。休みは金曜なんですよ。どうやって給仕すればいいんです？　もうお手上げだわ！　今日のところはランスさまが奥さまをお連れにならなくて、助かったけど」

「わたしたちでなんとかしましょう、クランプ夫人」メアリの声には、相手をなだめようとする響きと威厳の両方が感じられた。「メニューを少し簡単なものにすれば大丈夫よ」彼女のほうからいくつか提案した。クランプ夫人はうなずき、不本意ながら従うことにした。「それなら、わたし一人で簡単にお給仕できるでしょ」メアリはそのように決めた。

「ご自分で給仕するっていうんですか？」クランプ夫人の口調は疑わしげだった。

「グラディスが食事の時間までに戻ってこなかったらね」

「戻るもんですか。男とほっつき歩いて、あちこちの店で無駄遣いしてるに決まってます。あの子、若い男とつきあってんですよ。あの顔からは、とてもそうは思えないでしょうけど。アルバートって男でね、来年の春には結婚するって、グラディスが言ってます。結婚生活がどういうものか、いまどきの娘たちにはわからないんですよ。わたしなんか、クランプと一緒になったばっかりに、苦労のしどおしだった」クランプ夫人はため息をつき、それから、ふだんの声に戻って言った。「お茶はどうしましょう？　片づけと洗いものは誰がすればいいですかね？」

「わたしがやるわ」メアリは言った。「いますぐ片づけに行ってくるわね」

客間にはまだ明かりがともっていなかった。だが、茶器がのったトレイの向こうのソファに、アデル・フォーテスキューがすわったままだった。

「明かりをつけましょうか、奥さま？」メアリは尋ねた。アデルの返事はなかった。

メアリは電灯のスイッチを入れ、窓辺まで行ってカーテンを閉めた。そこで初めてふりむくと、クッションにぐったりもたれたアデルの顔が見えた。蜂蜜を塗った食べかけのスコーンがそばに置かれ、ティーカップには紅茶が半分残っていた。突然の死がアデルに襲いかかったのだ。

「それで？」ニール警部は苛立たしげに尋ねた。

医者はすぐさま答えた。

「シアン化物だ――おそらく青酸カリだろう――紅茶に入っていた」

「青酸カリか」ニール警部はつぶやいた。

医者は興味をそそられた様子で警部を見た。

「ショックを受けているようだが――何か特別な理由でも――?」

「その女には殺人の疑いがかかっていた」

「ところが、殺人の被害者になってしまった。なるほど。考えなおす必要があるってことだな」

ニール警部はうなずいた。渋い顔をして、唇をへの字に曲げている。

毒殺とはなあ。わたしの目と鼻の先で。レックス・フォーテスキューの朝食のコーヒーにタキシン、アデル・フォーテスキューの午後の紅茶に青酸カリ。やはり家庭内の殺人事件か。どうもそのようだ。

アデル・フォーテスキュー、ジェニファー・フォーテスキュー、エレイン・フォーテスキュー、そして、帰国したばかりのランス・フォーテスキューが客間に集まってお茶を飲んだ。そのあと、ランスはミス・ラムズボトムに挨拶するため二階へ行き、ジェニファーは手紙を書くために自分の部屋に戻った。最後に客間を出たのはエレインだった。

彼女の話だと、アデルはしごく元気そうで、自分のカップに最後の紅茶を注いでいたという。

最後の紅茶！　そうか、アデルにとっては、それが本当に最後のお茶になってしまった。

そのあとに二十分ほどの空白があり、やがてメアリ・ダブが客間に入って遺体を見つけたというわけだ。

その二十分のあいだに——。

ニール警部は低く悪態をつき、台所へ行った。

調理台のそばの椅子に、でっぷりしたクランプ夫人がすわっていた。以前の喧嘩腰は針でつつかれた風船みたいにしぼんでしまい、警部が入っていっても、身じろぎひとつしなかった。

「あの子はどこにいる？　もう帰ってきたかね？」

「グラディスですか？　いえ——まだです——たぶん、十一時過ぎまで帰ってこないでしょう」

「あんたの話だと、たしか、グラディスが紅茶を淹れて客間へ運んだんだったな」

「ティーポットには、わたしは指一本触れてません。ほんとです。けど、グラディスだって、しちゃいけないことをするような子だとは思えません。そんなことするはずないです――グラディスにかぎって。ものすごく善良な子なんです。少しグズなだけで。性悪なところはありません」

ニール警部もグラディスが性悪だとは思っていなかった。グラディスが毒殺犯だとも思っていない。そもそも、ティーポットに青酸カリは入っていなかった。

「しかし、グラディスはなぜまた急に出かけたんだろう？　今日はあの子の休みの日ではないそうだが」

「ええ、休みは明日です」

「あんたのご亭主は――」

突然、クランプ夫人がふたたび喧嘩腰になった。激怒のあまり、声まで大きくなった。

「うちの人に罪をなすりつけようったって、そうはいかないよ。あの人はなんの関わりもない。三時に出かけたんだし――いまとなっては、出かけてくれてよかったよ。パーシヴァルさまと同じように、うちの人も事件には無関係だ」

パーシヴァル・フォーテスキューは先ほどロンドンから帰宅したばかりで、第二の悲劇という衝撃的な出来事に迎えられたのだった。

「ご亭主を疑ったわけではない」ニール警部は穏やかに言った。「グラディスの予定についてご亭主が何か知りはしなかったかと、ふと思っただけでね」

「あの子、うんと上等のナイロンのストッキングをはいてました。男に会うつもりだったんですよ。ぜったいそうです！　お茶に添えるサンドイッチを切ろうともしなかった。そうよ、きっと男に会いに行ったんです。帰ってきたら、うんと叱ってやらなきゃ」

帰ってきたら――。

ニール警部の胸にかすかな不安が芽生えた。それを払いのけるために、階段をのぼってアデル・フォーテスキューの寝室へ行った。贅沢な部屋だった。ローズピンクの錦織りのカーテン、金箔仕上げの大きなベッド。部屋の片側にあるドアをあけると、その奥は鏡張りの浴室で、オーキッドピンクの陶製の埋込式浴槽がついていた。浴室の奥にもドアがあり、その先にレックス・フォーテスキューの化粧室があった。ニール警部はアデルの寝室にひきかえし、反対側のドアを通って居間に入った。

第一帝政様式（アンピール）の家具で統一され、ローズピンクの絨毯（じゅうたん）が敷かれた部屋だった。ここはざっと見るだけにしておいた。前日、優美な小ぶりのデスクを調べたときに、この部屋はとくに念入りに見てまわったのだ。

ところが、警部は不意にあるものに目を奪われ、身をこわばらせた。ローズピンクの絨毯の中央に小さな泥がこびりついていた。

近寄って泥をつまみあげた。いまも湿りけがあった。

あたりに目をやった。足跡は見あたらない——泥がぽつんと落ちているだけだ。

ニール警部はグラディス・マーティンが使っている寝室を見まわした。すでに夜の十一時を過ぎていた。クランプは三十分ほど前に帰ってきた。ところが、グラディスの姿はまだない。ニール警部は室内に目を走らせた。小間使いとしてどの程度仕込まれたか知らないが、本来はだらしない性格なのだろう。ベッドを整えることはほとんどなく、窓もめったにあけないようだ。だが、警部が知りたいのはグラディスの日常の暮らしぶりではない。かわりに、所持品を丹念に調べることにした。

服は粗末な安物ばかりだった。長持ちしそうな品質のいいものはほとんどない。年上のメイドのエレンに所持品調べの手伝いを頼んだが、ほとんど役に立たなかった。グラディスがどんな服を持っているのか、エレンはまったく知らなかった。なくなっている服があるとしても、エレンにはわからない。警部は服と下着を調べるのをやめて、たんすの引出しの中身を見ることにした。そこにグラディスの宝物がしまってあった。絵はがき、新聞の切り抜き、セーターの編み図、美容や洋裁やファッション関係のお役立ち記事。

ニール警部はそれらを種類別にきちんと分けてみた。絵はがきはさまざまな場所の風景写真が中心だった。たぶん、グラディスが休暇で訪れた場所だろう。そのなかに〝バート〟とサインの入った絵はがきが三枚あった。バート。クランプ夫人が言っていた〝若い男〟というのがたぶんこれだろう。最初のはがきには、〝……ではまた。きみに会えなくて寂しい。永遠にきみのバートより〟と――下手くそな字で――書いてあった。二枚目は〝ここにはきれいな女の子がたくさんいるけど、みんな、きみの足元にも及ばない。もうじき会えるね。約束の日を忘れちゃだめだよ。それがすんだら――万事オーケイ。二人で幸せになろう〟という内容だった。三枚目は〝忘れないで。きみを信頼している。Bより〟と書いてあるだけだった。

次に、新聞の切り抜きに目を通し、三つに分類した。洋裁と美容関係の記事、グラディスが熱狂しているらしい映画スターたちの記事、それから、これも彼女が夢中になっているようだが、科学の最先端を行くさまざまな驚異に関する記事。空飛ぶ円盤、秘密兵器、ロシア人が使う自白剤、アメリカの医学界で発見された奇跡の薬などの記事が切り抜いてある。ニール警部は思った――どれも二十世紀というわれわれの時代に誕生した魔法だ。しかし、部屋にある品を残らず調べてみたものの、グラディスの失踪の手がかりになりそうなものは何もなかった。グラディスは日記もつけていなかった。もっとも、警部も期待していたわけではない。たぶんだめだろうと思っていた。書きかけの手紙もなければ、レックス・フォーテスキューの死に関係したものを屋敷のなかで見かけたというようなメモもなかった。グラディスが何を見たにせよ、何を知ったにせよ、何かにメモした様子はなかった。二度目に運んだお茶のトレイがなぜ廊下に置き去りにされたのか、グラディスはなぜ急に姿を消したのか――いまだに謎だ。

ニール警部はため息をついて部屋を出ると、背後のドアを閉めた。

狭い螺旋階段を下りようとしたとき、階下を駆けまわる騒々しい足音が聞こえた。階段の下から、ヘイ部長刑事の興奮した顔が警部を見上げていた。息が乱れている。

「警部」部長刑事は切迫した声で言った。「警部！ 見つかりました――」

「見つかった？」

「メイドの――エレンが――洗濯物をまだとりこんでいなかったことを思いだし、裏口の先の角を曲がったところに干してあるので、懐中電灯を持って外に出ました。で、遺体につまずきそうになったんです――小間使いの遺体に――絞殺されてました。ストッキングで首を絞められて――死後数時間というところでしょうか。おまけに、警部、犯人は悪趣味な悪ふざけをして――洗濯ばさみで鼻をつまんでるんです」

13

老婦人は汽車に乗るときに朝刊を三紙買いこみ、ひとつ読みおえるたびにたたんで脇に置いていたが、どの新聞も一面のトップ記事は同じだった。もはや片隅に短い記事がひっそり出るという状況ではなく、〝水松荘の三重の悲劇〟という見出しで大きく扱われていた。

老婦人は背筋をしゃんと伸ばしてすわり、窓の景色を眺めていた。唇をきつく結び、しわが目立つ色白の顔には悲嘆と憤懣（ふんまん）が浮かんでいる。老婦人の名はミス・マープル。早朝の汽車でセント・メアリ・ミードを発ち、途中で乗り換えてロンドンに到着、そこから地下鉄でロンドン市内の別のターミナル駅まで行き、ようやくベイドン・ヒースまで来たのだった。

駅でタクシーに乗って、水松荘まで行ってほしいと頼んだ。ミス・マープルというのは、血色のよい頬と色白の肌をしたふんわりした感じの老婦人で、なんとも愛らしく、とても無邪気に見えるため、厳戒態勢の砦と化した屋敷にも信じられないほどたやすく入りこむことができた。新聞記者とカメラマンの一団は警察に止められて屋敷に近づくことすらできないのに、ミス・マープルはタクシーに乗ったまま、なんの問題もなく通過を許可された。誰が見ても年配の親戚としか思えなかったのだろう。

ミス・マープルは小銭を丹念に集めてタクシー代を払い、それから玄関のベルを押した。ドアをあけたクランプを前にして、人生の経験を積んだ者の目でその人柄を見定めようとした。「ずるそうな目をした男ね」ひそかにつぶやいた。「しかも、ひどく怯えてるみたい」

クランプが目にしたのは背の高い老齢の女性だった。時代遅れのツイードのコートとスカート。スカーフを二枚も首に巻き、鳥の羽根がついたフェルトの小さな帽子をかぶっている。手には大きなハンドバッグ、そして、古びてはいるが上等のスーツケースが足元に置いてある。クランプは良家の老婦人らしいと見てとり、こう言った。

「どのようなご用件でしょう？」最高に恭しい、とっておきの声だった。

「奥さまにお目にかかれますかしら」ミス・マープルは言った。

クランプは脇へどいて老婦人を通した。スーツケースを持ちあげ、玄関ホールに丁寧に置いた。

「あのう、マダム」遠慮がちな声で言った。「奥さまとおっしゃっても、どの方のことか……」

ミス・マープルのほうから説明した。

「こちらにお邪魔したのは、殺された哀れな娘の件でお話ししたいことがあるからです。グラディス・マーティンという娘です」

「ああ、なるほど。それでしたら——」クランプは急に黙りこみ、書斎のドアのほうへ目をやった。背の高い若い女性が姿を見せたところだった。「こちらはランス・フォーテスキューさまの奥さまです、マダム」

パットが進みでて、ミス・マープルと視線を交わした。ミス・マープルはかすかな驚きを感じた。このような屋敷でパトリシア・フォーテスキューみたいな女性を目にしようとは思わなかった。邸内はミス・マープルの予想どおり、豪奢に飾りたてられているが、女性はこの内装にどことなくそぐわない雰囲気だ。

「グラディスのことでおみえになったそうです、若奥さま」クランプが説明した。

パットがためらいがちに言った。

「お入りになりません？　家にはいま、わたししかおりませんけど」

彼女が先に立って書斎に入っていったので、ミス・マープルもあとに続いた。

「とくに誰かにご用があっていらしたわけではありませんよね？　わたしではお役に立てそうもないので。二、三日前に、夫と二人でアフリカから来たばかりですの。夫もわたしもこの家のことはほとんどわかりません。でも、夫の妹か兄嫁がじきに戻ってくると思います」

ミス・マープルはこの女性を眺めて、好感を抱いた。落ち着いた物腰と飾りのなさが気に入った。ただ、不思議なことだが、気の毒な気もした。こんな贅沢な家具調度がそろった屋敷にいるより、粗末な更紗木綿をまとって馬や犬と一緒に過ごすほうが、はるかにこの人に合っている——漠然とそう思った。セント・メアリ・ミード村の近辺で開かれるポニーの品評会や馬術大会には、パットのような女性がたくさん来るので、そういうタイプのことならよくわかる。いささか翳のあるこの女性に、ミス・マープルは親しみを覚えた。

「用件と申しましても、ごく単純なことでしてね」手袋を丁寧にはずし、指の部分のしわを伸ばしながら、ミス・マープルは言った。「グラディス・マーティンが殺されたことを新聞で読みました。もちろん、あの子のことはよく知っています。わたしが住んでいる村の出ですから。じつを言うと、わたしがあの子に小間使いとしての行儀作法を教えこんだのです。あの子の身にこんな恐ろしいことが起きたのを知り、こちらにお邪魔せずにはいられなくなりました。何かお役に立てることはないかと思いまして」

「まあ」パットは言った。「そうでしたの。ありがとうございます」

本心からの言葉だった。ミス・マープルの行動は、パットの目にはごく自然でもっともなこととして映っていた。

「わざわざお越しいただいて、本当にありがたいです。グラディスのことを詳しく知っている者が誰もいないようなので。身内の方に連絡をとる必要がありますものね」

「いえ、あの子には身内はおりません。児童養護施設からわたしの家に送られてきたのです。セント・フェイスという施設で、資金不足で苦労しつつも堅実な運営を続けています。わたしどもは施設の少女たちの力になりたいと思い、実用的な職業訓練などをしております。グラディスがわたしのところに来たのは十七の歳で、わたしはあの子に給仕の仕方や銀器の手入れ法などを教えてやりました。もちろん、うちにいた時期はそう長くはありません。施設の子はみんなそうなんです。グラディスもひととおりのことを覚えたとたん、うちを出て、カフェで働くようになりました。ほとんどの女の子がカフェの仕事に憧れるようです。自由で華やかな人生だと思っているのでしょう。まあ、本当にそうなのかもしれません。わたしにはわかりませんけど」

「わたしはその子に一度も会ったことがないのですが、可愛い子でした？」

「いえ、とんでもない。アデノイドの持病がありましたし、顔はあばただらけ。おまけに、薄ぼんやりした子でした」ミス・マープルは考えこみながら話を続けた。「どこにいても、友達はあまりできなかったでしょうね。男との交際に憧れていましたが、男にはまったく相手にされず、女の子たちにはいいように利用されていました」

「残酷な話ですね」

「ええ、そうね。人生は残酷なものです。グラディスのような子たちをどう扱えばいいのか、わたしにもよくわかりません。映画や何かに行くのがあの子たちの楽しみではあるのですが、すてきなことが自分たちにも起きるんじゃないかって、いつも夢見ているんです。どう考えても無理なのに。まあ、それも一種の幸せかもしれませんけど。でも、いずれ失望するものです。グラディスもたぶん、カフェやレストランで働くうちに失望を味わったのでしょう。魅力的なことにも、興味深いことにも出会えず、足を棒のようにして働くだけ。だから、個人のお宅で働く仕事に戻ろうと決めたのでしょう。こちらのお屋敷でどれぐらいお世話になったのか、ご存じありません？」

パットは首を横にふった。

「それほど長くはないと思います。一ヵ月か二ヵ月ぐらいかしら」パットはいったん言葉を切り、ふたたび続けた。「今回の事件の巻き添えになったなんて、哀れでなりません。たぶん、何かを目撃したか、もしくは何かに気づいたのでしょうね」

「わたしがひどく気になっているのは洗濯ばさみのことなんです」ミス・マープルは穏やかな声で言った。

「洗濯ばさみ？」

「はい。新聞に書いてありました。事実なのでしょう？　発見されたとき、鼻を洗濯ばさみでつままれていたとか」

パットはうなずいた。ミス・マープルのピンクの頰に血の色がのぼった。

「それで腹が立ってならないのです。おわかりいただけますね。なんとも残酷で侮辱的な仕打ちです。犯人がどんな人間か、だいたい見当がつきますよ。そんなことをするなんて！　人としての尊厳を傷つけるのはきわめて邪悪なことです。ましてや、相手を殺したあとで」

パットはゆっくりと言った。

「おっしゃることはわかるような気がします」立ちあがった。「ニール警部にお会いになったほうがいいと思います。捜査の指揮をとっている方で、ちょうどこちらに来ておられます。あなたも好感を持たれることでしょう。とても思いやりのある方ですもの」

パットは不意に身を震わせた。「今回のことは恐ろしい悪夢のようです。不条理で、狂気じみていて、わけがわかりません」

「わたしはそうは思いません」ミス・マープルは言った。「ええ、思いませんとも」

ニール警部は疲れてげっそりした様子だった。三つの連続殺人、事件を追いかけまわす国じゅうの新聞。妻に男ができて夫を殺すという世間にありがちなパターンだと思われていた事件が、突然、軌道をはずれてしまった。第一容疑者と目されていたアデル・フォーテスキューが、不可解な連続殺人の二番目の被害者になってしまった。

その不運な一日の終わりに、副総監に呼びつけられ、二人で夜遅くまで事件について話しあった。

ニール警部は困惑にもかかわらず、いや、むしろ困惑の陰でひそかにかすかな満足を感じていた。妻とその愛人というパターン。あまりにも陳腐、あまりにも単純。こういうのは信用できないと警部はつねづね思っていた。今回、その不信の念が裏づけられたわけだ。

「事件全体がまったく異なる様相を呈してきた」副総監は執務室を行きつ戻りつしながら、渋い顔で言った。「ニール警部、わたしにはどうも、頭のネジがはずれたやつの犯行のように思われる。最初は夫、つぎは妻。だが、事件の状況を見るかぎりでは、やはり家族のなかに犯人がいると考えるべきだろう。すべては家庭内で起きている。フォーテスキューと共に朝食の席についた家族の誰かがコーヒーか料理にタキシンを入れ、その翌日、午後のお茶を共にした家族の誰かがアデルのティーカップに青酸カリを入れた。みんなに信用されていて、怪しまれることのない誰か。家族の一人。誰だろう？」

ニール警部は冷静に答えた。

「パーシヴァルは出張中でした。だから、容疑者ではない。容疑者ではないのです」同じ言葉をくりかえした。

副総監が鋭い目を向けた。言葉のくりかえしが気になったようだ。

「何が言いたいのだ、ニール警部？　はっきり言いたまえ」

ニール警部は無表情だった。

「いえ、別に。ふと思っただけです。パーシヴァルにとってはじつに好都合だった、と」

「いささか都合がよすぎる。そう言いたいのかね？」副総監は考えこみ、それから首をふった。「やつがなんらかの方法で犯行をおこなったと、きみはにらんでいるのか？どんな方法をとったというのだ？　いや、考えられん」

ニール警部はさらに言った。「それに、パーシヴァルは慎重なタイプでもあります」

「きみは女の犯行だとは思っていないんだね？　だが、女たちも充分に怪しいぞ。エレイン・フォーテスキュー、パーシヴァルの妻。二人とも朝食の席にいたし、お茶の時間にも居合わせた。どちらにも犯行の機会があった。あの二人にどこかふつうと違う点はないかね？　まあ、それが表に出るとはかぎらないが。過去の医療記録を調べれば何か見つかるかもしれん」

ニール警部は返事をしなかった。メアリ・ダブのことを考えていた。彼女を疑うべき具体的な理由はないが、こんなふうに思考を重ねていくのが警部のやり方だった。彼女にはどこか説明がつかないというか、不可解なところがある。どことなく楽しげな敵意が感じられた。レックス・フォーテスキューが亡くなったあとしばらくはそういう印象だった。今日の彼女はどんな感じだっただろう？　物腰も礼儀作法も例によって非の打ちどころがなかった。楽しげな様子はどこにもなかった。もしかしたら、敵意というのもこちらの誤解だったのかもしれない。だが、一度か二度、彼女の顔にかすかな恐怖が浮かんだような気もする。グラディス・マーティンの死については、わたしに責任がある。わたしの判断ミスだった。あの子が罪の意識におののいている様子だったのを、わたしは警察を怖がっているせいだと思いこんでしまった。罪悪感でおどおどしている例はこれまでに何度も見てきた。今回のグラディスの態度にはそれ以上の何かがあった。何かを目撃するか、漏れ聞くかして、疑惑を抱いたのだろう。それはたぶん、ひどく些細なことで曖昧模糊としていたため、警察に話す気になれなかったのかもしれない。かわいそうに、もう何も言えなくなってしまった。

ニール警部はいま、水松荘で彼の前に立った老婦人の穏やかではあるが真剣な顔を、多少の興味を抱いて見つめていた。どう接すればいいのか、最初は迷ったが、短時間のうちに心を決めた。この老婦人なら役に立ちそうだと思った。背筋がぴんと伸びていて、この上なく正直そうだし、年寄りのつねとして暇な時間がたっぷりあるはずだ。また、ゴシップを嗅ぎつける鋭い鼻もありそうだ。使用人やフォーテスキュー家の女たちに近づいて、わたしや警官たちには逆立ちしても入手できないような話を聞きだしてくれるだろう。世間話、推測、回想、過去の言動の確認などから、重要な事実を拾いあげてくれるだろう。そう考えて、ニール警部は老婦人を丁重に扱うことにした。「わざわざお越しいただき、まことに恐縮です、ミス・マープル」

「わたしの義務だと思いましたのでね、ニール警部さん。あの子は以前、わたしの家に住んでおりました。ある意味で、わたしはあの子に責任を感じています。ほんとに愚かな子でした」

ニール警部は感心したようにミス・マープルを見た。

「そうですな。たしかに」

ミス・マープルが問題の核心に切りこんできたように、警部には思われた。

「どうすればいいのか、あの子にはわからなかったのでしょうね。何か問題が持ちあがったとしても。あら、すみません、こんな下手な言い方しかできなくて」

ニール警部は「いえいえ、よくわかります」と答えた。

「何が重要で、何が重要でないのか、グラディスには区別がつかなかった――そうおっしゃりたいのではありませんか？」

「ええ、ええ、そのとおりです、警部さん」

「さきほど、愚かな子だったと言われましたが――」ニール警部はそこで言葉を切った。

ミス・マープルがあとを続けた。

「だまされやすいタイプでした。少しでも貯金があれば、悪い男に貢いでしまうような子だったのです。もっとも、似合いもしない服にいつもお金を使ってしまう子ですから、貯金なんか無理でしたけど」

「どういう男たちがいたのでしょう？」

「あの子は若い男とつきあいたくて必死でした。じつを言うと、セント・メアリ・ミード村を出ていったのも、本当はそれが理由だったように思います。競争がとてもきびしいんです。若い男が少ししかおりませんのでね。あの子は当時、魚屋で働いていた若者に夢中でした。フレッドというその若者はどの娘にも調子のいいことを言うタイプで、でも、もちろん本気じゃないんです。グラディスはかわいそうに、大きなショックを受けました。でも、こちらでようやく、若い男にめぐり会えたのですね?」

ニール警部はうなずいた。

「そのようです。たしか、アルバート・エヴァンズという名前だったと思います。海辺の行楽地で出会ったとかいう話です。男から指輪や何かをもらったわけではなさそうなので、たぶん、グラディスが勝手に熱を上げていたのでしょう。鉱山技師をやっている男だと、料理人の女に話しています」

「まあ、鉱山技師だなんてとうてい信じられません。でも、おそらく、男がグラディスにそう言ったのでしょう。さっきも申しあげたように、だまされやすい子でしたから。まさか、その男が今回の事件に関わっているなどとお考えではないでしょうね?」

ニール警部は首を横にふった。

「ええ。そのような要素が事件に複雑にからんでくるとは思っておりません。男がグラディスに会いに来た様子もないですし。ときどき、絵はがきをよこしていたようです。たいてい港町から。たぶん、バルト海航路の船に乗り組んでいる四等機関士か何かでしょう」

「でも、あの子にもささやかなロマンスがあってよかったと思います。いきなり人生を断ち切られてしまったんですもの」ミス・マープルは唇をこわばらせた。「ねえ、警部さん、わたしは腹が立ってならないんです」そして、パット・フォーテスキューに言ったのと同じことを言い添えた。「とくに、あの洗濯ばさみのことが。いくらなんでもひどすぎます」

ニール警部は興味を覚えてミス・マープルに視線を向けた。

「お気持ちはよくわかります、ミス・マープル」

ミス・マープルは申しわけなさそうに咳払いをした。

「あのう――図々しいのは百も承知ですが――捜査のお手伝いをさせていただけないでしょうか。わたしの協力など、たかが知れておりますし、あくまでも女の立場からということですが。この犯人は極悪人です、警部さん。極悪人には必ず天罰が下るものです」

「最近はそう考える人がいなくなってきましたな、ミス・マープル」ニール警部はいささか不満そうに言った。「もっとも、わたしもそのご意見に反対ではありません」

「駅のそばにホテルが一軒ありますし、ほかに、ゴルフ・ホテルというところもあります」ミス・マープルはためらいがちに切りだした。「あのう、このお屋敷にはたしか、ミス・ラムズボトムという方がおられますね。海外での伝道に関心をお持ちだとか」

ニール警部はなぜそこまで知っているのかという顔でミス・マープルを見た。

「そうです。あなたがミス・ラムズボトムにお会いになれば、何か参考になる話が聞けるかもしれません。わたしではどうも、あのご婦人には太刀打ちできないのです」

「警部さんにお礼を申しあげます。わたしのことを単なる野次馬根性旺盛な人間だとは思わずにいてくださって」

ニール警部は自分でも意外なことに、不意に口元をほころばせていた。ひそかに思ったのだ――ミス・マープルは〝復讐の天使〟というイメージにはほど遠いが、この人こそまさに、復讐の天使そのものと言っていいだろう。

「新聞記事というのは、とかく煽情的になりがちです。でも、残念ながら、あまり正確とは言えないように思います」ミス・マープルは問いかけるようにニール警部を見た。

「ありのままの事実を教えていただけると助かります」

「ありのままとまではいきませんが、煽情的な部分を削ぎ落とせば、つぎのようになります。フォーテスキュー氏はタキシン中毒により会社で死亡しました。タキシンはイチイの実と葉から抽出される毒物です」

「簡単に手に入るわけですね」

「おそらく。ただ、入手経路についての手がかりは何もありません。いまのところは」

警部はこの点を強調した。ミス・マープルを利用できるかもしれないと思ったからだ。イチイの実を煎じたり、調合したりといった作業が屋敷内でおこなわれたのなら、ミス・マープルがかならずその痕跡を見つけだしてくれるだろう。この老婦人はいかにも、自家製リキュールや、果実酒や、ハーブティー作りが好きそうなタイプに見える。材料の処理方法も作り方も心得ているはずだ。

「では、フォーテスキュー夫人の事件については？」

「夫人は客間で家族と一緒にお茶を飲んでいました。お茶を飲みおえて最後に客間を出たのは、先妻の娘であるエレイン・フォーテスキューです。ミス・エレインが部屋を出たとき、夫人は自分でもう一杯お茶を注いでいたそうです。二十分か三十分ほどして、家政婦のミス・ダブがお茶のトレイを下げるために客間へ行きました。フォーテスキュー夫人はソファにすわったままでしたが、そのときすでに死亡していました。そばのティーカップには紅茶が半分ほど残っていて、そこから青酸カリが検出されました」

「摂取すればほぼ即死という毒物ですね」

「おっしゃるとおりです」

「ずいぶん危険なものだわ」ミス・マープルはつぶやいた。「スズメバチの巣を退治するのに使われますけど、わたしはその扱いにいつも細心の注意を払っています」

「賢明なことです」ニール警部は言った。「園芸用具の小屋で青酸カリの包みがひとつ見つかりました」

「つまり、それも手に入れるのは簡単だったわけですね。フォーテスキュー夫人は何か召しあがったのでしょうか？」

「ええ、もちろん。お茶と一緒につまむものが豊富に用意されていました」

「ケーキとか？　バターを塗ったパン？　たぶん、スコーンも？　ジャムや蜂蜜も？」

「そうです。蜂蜜を添えたスコーン、チョコレートケーキ、ロールケーキ、ほかにもいろいろと」警部はミス・マープルに訝しげな視線を向けた。「青酸カリは紅茶に入っていたのですよ」

「ええ、ええ。よくわかっています。ただ、全体の様子を知りたかったのです。重要なことですもの。そうお思いになりません？」

警部はいささか困惑の体でミス・マープルを見た。ミス・マープルは頬を紅潮させ、目を輝かせている。

「では、三人目に移りましょうか、警部さん」

「そうですね。事実関係ははっきりしているようです。グラディスという娘はお茶のトレイを客間に運び、それから次のトレイを持って客間の外の廊下まで行ったが、トレイをそこに置き去りにして姿を消してしまった。朝からどうもうわの空だったそうです。以後、グラディスの姿を見た者は誰もいない。料理人のクランプ夫人は、グラディスがこっそり夜遊びに出かけたのだという結論に飛びつきました。娘が上等のナイロンのストッキングとよそ行きの靴をはいているのを見て、そう思いこんだのでしょう。ところが、その想像は大はずれでした。グラディスはおそらく、外に干しておいた洗濯物をまだとりこんでいなかったことに気づいたのでしょう。あわててとりこみに行き、洗濯ロープから半分ほどはずしたところで、誰かが忍び寄って、グラディスの首にストッキングを巻きつけた——とまあ、そういう感じです」

「外部からの侵入者でしょうか？」ミス・マープルは尋ねた。

「たぶん。だが、もしかしたら内部の人間かもしれません。グラディスが一人きりになるチャンスを窺っていた誰か。警察が最初に事情聴取をおこなったとき、あの子は動揺し、神経質になっていました。だが、遺憾ながら、われわれはそこに重大な意味があろうとは思いもしなかったのです」

「まあ、それは仕方がありませんわね」ミス・マープルは言った。「だって、警察にあれこれ質問されたら、誰だっておどおどして、疚しそうな顔になりますもの」

「たしかにそうですな。だが、グラディスの場合は、それだけではなかったような気がします。誰かの怪しげな行動を目にして、怪訝に思ったのではないでしょうか。もっとも、簡単に説明できるような行動ではなかったのだと思います。もしそうなら、警察に打ち明けてくれたでしょう。だが、問題のその人物にはうっかり話してしまったのかもしれない。そこで、その人物はグラディスを生かしておいては危険だと悟った」

「その結果、グラディスは絞殺され、鼻を洗濯ばさみでつまれることになった」ミス・マープルはひとりごとのようにつぶやいた。

「ええ、卑劣なことをするものです。卑劣な冒瀆行為だ。こんな卑劣なことをして、不要な虚勢を張っている」

ミス・マープルは首を横にふった。

「不要だなんてとんでもない。これでひとつの図柄が完成するのですから」

ニール警部は訝しげにミス・マープルを見た。

「おっしゃることがよくわからないのですが、ミス・マープル。図柄とはなんのことでしょう？」

ミス・マープルはとたんにあわてふためいた。

「あの、わたしの目にはどうも——つまり、その、連続したものとして見てみると——そうですね、事実を無視するわけにはいきませんし。そうでしょう？」

「やはり、どうもよくわかりません」

「つまりね――最初の被害者はフォーテスキュー氏です。レックス・フォーテスキュー。ロンドンの会社で死亡しました。そして、次がフォーテスキュー夫人。このお屋敷の客間でお茶を飲んでいた。そばに蜂蜜を添えたスコーンがありました。それから、かわいそうなグラディス。鼻を洗濯ばさみでつままれていました。それが全体の総仕上げになったのです。あのすばらしく魅力的なランス夫人がわたしに言われました――『不条理（ウィズアウト）で、狂気じみていて（ライム・オア・リーズン）、わけがわかりません』と。でも、わたしは同意しかねます。だって、童謡（ライム）が事件の鍵となるんですもの。そうでしょう？」

ニール警部はのろのろと言った。「わたしにはまだ――」

ミス・マープルは急いで続けた。

「警部さんのお歳はたぶん、三十五か六ぐらいですね？　その年代ですと、小さいころにマザー・グースの童謡に親しむ機会はあまりなかったかもしれませんね。でも、マザー・グースを聞いて育った人であれば――ここにとても重大な意味があることに気づくはずです。わたしが何を考えたかというと――」ミス・マープルはここで黙りこんだが、勇気をふるいおこしたらしく、気丈に話を続けた。「もちろん、警察の方にこんなことを申しあげるなんておこがましいのは、百も承知ですけど」

「なんなりとご遠慮なく、ミス・マープル」

「まあ、ご親切にどうも。では、申しあげましょう。とは言うものの、とても気後れしております。なにしろ、こんな年寄りで、頭もぼけておりますし、わたしの考えなど、おそらくなんの値打ちもないでしょうから。でも、こう申しあげたかったのです——クロツグミの問題について調べたことはおありでしょうか？」

14

それから十秒ほど、ニール警部は困惑しきった表情でミス・マープルを見つめていた。とっさに思ったのは、この婆さん、ついにおかしくなったのかということだった。

「クロツグミ？」オウム返しに言った。

ミス・マープルは勢いよくうなずいた。

「そうです」と言って、すぐさま暗誦を始めた。

ポケットに　ライ麦を
詰めて歌うは　街の唄
クロツグミを二十四　パイに焼き
切って差しだしゃ　鳴きいだす
お城料理の　すばらしさ

王さまお庫で　宝をかぞえ
女王は広間で　パンに蜂蜜
若い腰元　庭へ出て
乾しに並べた　お召しもの
そこへ小鳥が　飛んできて
可愛いお鼻を　突っついた

「なるほど」ニール警部は言った。

「ね、ぴったり合いますでしょ。ポケットに入っていたのはライ麦だったんでしょう？　そう書いてあった新聞が一紙ありました。あとの新聞は穀物と書いてあっただけです。それだと、どんなものでも当てはまりますけどね。小麦フレークでも、コーンフレークでも——はたまたトウモロコシの実でも——でも、本当はライ麦だったんですね？」

ニール警部はうなずいた。

「思ったとおりだわ」ミス・マープルは勝ち誇ったように言った。「レックス、レックス・フォーテスキュー。レックスというのはラテン語で王さまのことです。王さまはお庫にいた。

そして、女王にあたるフォーテスキュー夫人は広間でパンに蜂蜜をつけて食べていた。だから、殺人犯は哀れなグラディスの鼻を洗濯ばさみでつまんでおかなくてはならなかったのです」

ニール警部は言った。

「事件全体が異様だと言われるのですか?」

「いえ、結論に飛びついてはなりません――もっとも、たしかに奇妙な事件ではありますが。ただ、クロッグミのことを真剣に調べる必要があるでしょうね。かならずクロッグミが登場するはずですもの!」

ちょうどそのとき、ヘイ部長刑事が部屋に入ってきて、切迫した口調で「警部」と呼びかけた。

ミス・マープルの姿に気づいて黙りこんだ。ニール警部は我に返って言った。

「ありがとうございました、ミス・マープル。わたしのほうで調べてみます。あなたはグラディスという娘のために出かけてこられたのだから、当人の部屋であれこれご覧になりたいでしょう。ヘイ部長刑事がすぐにご案内します」

ミス・マープルはすなおに退散することにして、せかせかと出ていった。

「クロッグミだと!」ニール警部はつぶやいた。

　ヘイ部長刑事が警部をじっと見た。

「なんだ、ヘイ？　どうした？」

「警部」ヘイ部長刑事は切迫した口調に戻った。「これを見てください」

　薄汚れたハンカチに包んだ品をとりだした。

「茂みに落ちていました。裏窓のひとつから放り投げたものと思われます」

　ヘイ部長刑事が警部の前のデスクにその品を置くと、警部は身を乗りだし、高まる興奮のなかでそれを調べた。マーマレードが詰まった瓶だった。

　ニール警部は無言で瓶を凝視した。妙にこわばった虚ろな表情になっていた。じつを言うと、これは警部がまたしても空想の世界を漂いはじめたしるしだった。目の前をさまざまな光景が流れていく。マーマレードの新しい瓶。慎重に蓋をはずす手。マーマレードを少しとりだし、タキシンと混ぜあわせてから、瓶に戻す。表面を平らにしたあと、蓋を慎重に閉める。警部はここではっと空想から醒め、ヘイ部長刑事に尋ねた。

「この家では、マーマレードを瓶から出してしゃれた容器に詰め替えるようなことはしないのか？」

「していないそうです。戦時中の食料難の時代に瓶のまま食卓に出すようになり、いまもそれが続いているのです」

ニール警部はつぶやいた。

「もちろん、そのほうが楽だしな」

「報告することはまだあります」ヘイ部長刑事は言った。「朝食のパンにマーマレードを塗るのはフォーテスキュー氏だけでした。いや、パーシヴァル氏も自宅にいるときはそうです。あとの者はジャムか蜂蜜です」

ニール警部はうなずいた。

「ふむ。すると殺すのもきわめて楽なわけだ」

しばしの中断のあとで、ふたたび空想の世界の光景が流れはじめた。今度は朝食のテーブルだ。レックス・フォーテスキューが片手を伸ばしてマーマレードの瓶をとり、スプーンですくって、バターを塗ったトーストに重ねて塗る。コーヒーカップに毒を入れる危険とむずかしさに比べれば、マーマレードのほうがはるかに楽だ！　で、そのあとは？　空想はまたしても中断。やがて、あまり鮮明ではない光景が浮かんできた。マーマレードの瓶を、中身の分量を同じにした別の瓶とすり替える。窓が開く。誰かの手がマーマレードを茂みへ放り投げる。誰の手だ？

ニール警部はてきぱきした声で言った。

「よし、さっそく分析にまわすとしよう。タキシンの痕跡がないかどうか調べなくては。

結論に飛びつくのは禁物だ」

「わかりました、警部。指紋もついているかもしれませんね」

「われわれが求める指紋はたぶん見つからんだろう」ニール警部は沈んだ声で言った。

「もちろん、グラディスの指紋はあるはずだ。それから、クランプとフォーテスキュー自身の指紋も。たぶん、クランプ夫人と、食料品屋の店員と、その他何人かの指紋もあるだろう！　だが、誰かがこの瓶にタキシンを混ぜたとすれば、自分の指紋だけは残さないよう注意したはずだ。ともかく、さっきも言ったように、結論に飛びついてはならん。この家ではどのようにマーマレードを注文し、どこに保管しているのだ？」

仕事熱心なヘイ部長刑事はこうした質問のすべてに即座に答えることができた。

「マーマレードとジャムは一度に六個ずつ購入します。瓶の中身が減ってくると、新しい瓶が食料貯蔵室に運ばれます」

「つまり、その瓶が食卓に出る何日か前に、タキシンが混入されたと考えられる。そして、屋敷の者にも、屋敷に出入りできる者にも、その機会があったことになる」

〝屋敷に出入りできる者〟と言われて、ヘイ部長刑事は軽く首をひねった。警部がどんな思考回路をたどっているのか、さっぱりわからなかった。

しかし、ニール警部は、自分では論理的なつもりで推理を進めていたのだった。

マーマレードの瓶にあらかじめ毒が入れてあったとすれば――あの運命の朝、朝食の席にいた者たちの容疑は晴れることになる。

そこから興味深い新たな可能性が出てくる。

警部は心のなかで何人かの事情聴取をおこなう予定を立てた――今度はもう少し異なる角度から探ってみよう。

先入観にとらわれないようにして……。ミスなんとかという老婦人が言っていた童謡のことも真剣に考えてみる気になった。あの歌詞が今回の事件に驚くほど符合しているのは間違いないからだ。最初から彼を悩ませていた点とも符合する。ポケットに入っていたライ麦。

「クロツグミ?」ニール警部は低くつぶやいた。

ヘイ部長刑事が目を丸くした。

「クロイチゴのジャムじゃありません。マーマレードです」

ニール警部はメアリ・ダブを捜しに行った。

彼女は二階の寝室のひとつにいて、清潔そうに見えるシーツをベッドからはがすため、メイドのエレンに指図をしているところだった。そばの椅子には清潔なタオルが何枚か重ねてある。

ニール警部は戸惑いの表情を浮かべた。

「泊まり客でもあるのですか？」

ミス・ダブは彼に笑顔を見せた。むっつりした喧嘩腰のエレンとは対照的に、いつもの冷静沈着な態度だった。

「いえ、その反対なんです」

ニール警部は怪訝そうに彼女を見た。

「ジェラルド・ライトさまのためにこのお部屋をご用意したのですが」

「ジェラルド・ライト？　誰ですか？」

「エレインお嬢さまのご友人です」ミス・ダブは声に感情を出さないよう、慎重にふるまっていた。

「ここに来る予定だったんですね――いつのことです？」

「旦那さまが亡くなられた翌日、ゴルフ・ホテルに到着なさったそうです」

「翌日か」

「お嬢さまからそう伺いました」ミス・ダブの声はあいかわらず淡々としていた。「こちらの屋敷に泊まってもらいたいというお嬢さまのご希望だったので、お部屋をご用意しておいたのです。でも——さらにふたつも不幸が続きましたから——そのままホテルにいらっしゃるほうがいいでしょうね」

「ゴルフ・ホテルに？」

「はい」

「そうですな」ニール警部は言った。

エレンがシーツとタオルをかき集めて部屋を出ていった。

ミス・ダブが物問いたげにニール警部を見た。

「わたしに何かご用でも？」

ニール警部は愛想よく答えた。

「事件に関わる正確な時刻をぜひとも伺いたいと思いまして。ご家族のみなさんは時刻の点でどうも記憶が曖昧なようなので——当然のこととは思いますが。それに対して、ミス・ダブ、あなたの供述書を拝見すると、時刻に関してきわめて正確な供述をしておられる」

「当然ですとも！」

「なるほど——それにしても——殺人が続いて屋敷がパニックに陥っているにもかかわらず、あなたが冷静に采配(さいはい)をふっておられるのを見て、つくづく感心しております」ニール警部はいったん言葉を切ってから、不思議そうに尋ねた。「どうすればそんなことができるのでしょう？」

警部は鋭く見抜いていたのだった。けっして隙を見せないメアリ・ダブの防御の鎧を剝ぎとるには、家政婦としての有能さを褒めるのがいちばんだということを。会話に戻ったときのミス・ダブは、多少打ち解けた口調になっていた。

「クランプ夫婦がいますぐやめさせてほしいと言ってきました。無理もないことです」

「警察としては、許可するわけにいきません」

「わかっています。でも、わたしから二人に言っておきました。パーシヴァル・フォーテスキューさまにご不自由な思いをさせなかった使用人には、きっとパーシヴァルさまがご褒美をくださるはずだって」

「メイドのエレンは？」

「やめるつもりはないようです」

「やめるつもりはない」ニール警部はくりかえした。「エレンには度胸があるようだ」

「あの人はこういう惨事が好きなんです。パーシヴァルさまの奥さまと同じで、おもしろいお芝居でも見ている気分なんでしょう」

「興味深いご意見ですな。パーシヴァル夫人も——今回の悲劇を楽しんでおられるのでしょうか？」

「いえ——もちろん違います。それは言いすぎというものです。強いて申しあげるなら、今回の事件をきっかけに、ご家族に立ち向かう勇気が出てきたというところでしょうか」

「では、あなた自身にはどのような影響がありましたか？」

ミス・ダブは肩をすくめた。

「愉快な経験ではありませんでした」そっけなく答えた。

ニール警部はまたしても、この冷ややかな若い女の防御の鎧を剝ぎとって、思慮深く有能な態度の陰に本当は何が潜んでいるかを見極めたい、という強い思いに駆られた。

だが、ぶっきらぼうにこう言っただけだった。

「では——時刻と場所を再確認しましょう。あなたがグラディス・マーティンを最後に見たのは玄関ホール、お茶の前だった。五時二十分前ぐらいでしたか？」

「はい——お茶を運ぶよう、グラディスに命じました」

「あなたご自身はどこから玄関ホールにいらしたのです？」

「二階から下りてきました。その数分前に電話の鳴るのが聞こえたように思ったので」

「たぶん、グラディスが電話をとったのですね？」

「はい。間違い電話だったと言っていました。ベイドン・ヒース・クリーニング店と間違えたとか」

「あなたがグラディスの姿を見たのはそれが最後だったのですか？」

「十分ほどしてから、グラディスがお茶のトレイを客間に運びました」

「そのあとで、ミス・エレイン・フォーテスキューが入ってきた？」

「はい、三分か四分ほどしてから。そのあと、わたしはお茶の用意ができたことをパーシヴァルさまの若奥さまにお伝えするため、二階に上がりました」

「それはいつものことですか？」

「いえ、違います――みなさま、お茶の時間になると、お好きなときに集まってこられます。でも、あの日は奥さまが『みんな、どこへ行ってしまったの？』とお尋ねになったのです。若奥さまが下りてらっしゃる足音を聞いたような気がしたのですが――でも、わたしの勘違いで――」

ニール警部はミス・ダブの言葉をさえぎった。これは新たな事実だ。

「二階から誰かの足音が聞こえたというのですね？」

「はい――階段をのぼったあたりで。でも、誰も下りてこないので、二階へ行ってみたのです。若奥さまは居間におられました。外からお戻りになったばかりでした。庭に出てらしたとか――」

「庭にねえ――なるほど。では、その時刻は――」

「そうですね――五時に近かったと思います――」

「では、ランスロット・フォーテスキュー氏が到着されたのは――いつでした？」

「わたしが一階に下りたあと二、三分してからでした――ただ、お着きになったのはもっと前のような気がするのですが――」

ニール警部は口をはさんだ。

「どうしてもっと前に着いたと思われるのですか？」

「階段の踊り場の窓からお姿を見たような気がしまして」

「庭にいるのを見たという意味ですか？」

「はい――イチイの生垣のところに人影がちらっと見えたので――ランスロットさまではないかと思いました」

「お茶の用意ができたことをパーシヴァル夫人に告げたあとで、階段を下りてきたときのことですね？」

ミス・ダブは警部の勘違いを訂正した。

「いいえ――そのときではなくて――もう少し前――わたしが最初に階段を下りてきたと

きです」

ニール警部は目をみはった。

「間違いありませんか、ミス・ダブ？」

「ええ、ぜったいに間違いありません。だから、ランスロットさまのお顔を見て驚いたのです――玄関のベルが鳴ったときに」

ニール警部は首を横にふった。内心の興奮を声に出さないよう気をつけながら言った。

「庭にいるのをあなたが目にした人影は、ランスロット・フォーテスキュー氏ではありえません。彼の列車は四時二十八分着の予定でしたが、九分遅れました。ベイドン・ヒース駅に着いたのが四時三十七分です。そのあとタクシーに乗るのに数分待たなくてはならなかった。あの列車はいつも満員なのでね。彼がタクシーで駅を出たときはもう、五時十五分前に近かった。あなたが庭にいる男を見た時刻より五分もあとのことです。そして、駅から屋敷までは車で十分かかります。門のところでタクシー代を払ったのは、どんなに早くても五時五分前でしょう。つまり、あなたが見たのはランスロット・フォーテスキュー氏ではなかったのです」

「でも、誰かを見たのは間違いありません」

「そう、あなたは誰かを見た。あたりは暗くなりかけていた。その男をはっきり見たわけではないのですね？」

「ええ――顔とか、そういったものは見えませんでした――見えたのは姿かたちだけ――背が高くてほっそりしていました。ランスロットさまが帰ってらっしゃる予定だったので、てっきりそうだと思ったのです」

「その男はどちらへ歩いていきました？」

「イチイの生垣に沿ってお屋敷の東側へ向かっていきました」

「そちらに勝手口がありますね。いつも鍵がかかっているのですか？」

「夜になってお屋敷全体の戸締まりをするまで、そこも鍵はかけません」

「すると、屋敷の人の目に触れることなく、誰でも邸内に入りこめるわけですね？」

ミス・ダブは考えこんだ。

「そうだと思います。ええ」急いでつけくわえた。「あのう――あとでわたしが耳にした二階の足音は、誰かが勝手口から忍びこんだものということでしょうか？　もしかして――二階に隠れていたとか？」

「そういうことでしょうな」

「でも、誰が――？」

「それを調べなくては。ご苦労でした、ミス・ダブ」

出ていこうとして背中を向けた彼女に、ニール警部はさりげない声で言った。「ところで、クロツグミのことを何かご存じないでしょうか？」

このとき初めて、ミス・ダブはまごついた表情を見せた。あわててふりむいた。

「あの――なんておっしゃいました？」

「クロツグミのことをお尋ねしようとしただけです」

「それって、あの――」

「クロツグミですよ」

警部はできるだけ間の抜けた表情を作った。

「この夏に起きた、あのばかばかしい出来事のことですか？　でも、あれはなんの関係も……」ミス・ダブは急に黙りこんだ。

ニール警部は愛想よく言った。

「ちょっと噂を耳にしたものでね。だが、あなたにお尋ねすれば、もっと詳しい話が聞けるかと思いまして」

ミス・ダブは冷静で現実的ないつもの彼女に戻っていた。

「きっと、悪意に満ちたくだらないいたずらだったのだと思います。旦那さまの書斎のデスクにクロツグミの死骸が四羽も置いてあったのです。夏のことで、窓があけっぱなしになっていたので、わたしどもは庭師の子供のいたずらに違いないと思いました。ところが、その子はぜったいやっていないと言い張るんです。でも、そのクロツグミは庭師が鉄砲で撃ってきて、果樹園のそばに吊るしておいたものでした」

「誰かがそれをとってきて、フォーテスキュー氏のデスクに置いたわけですね？」

「はい」

「どんな理由があったのだろう——クロツグミと聞いて何か思いあたることは？」

ミス・ダブは首を横にふった。

「ありません」

「フォーテスキュー氏の反応はどうでした？　眉をひそめたとか？」

「むろん、眉をひそめておられました」

「だが、動揺した様子はなかった？」

「よく覚えておりません」

「わかりました」

ニール警部はそれ以上何も言わなかった。ミス・ダブはふたたび向きを変えたが、今度はどことなくためらいを見せ、警部の胸の内を探りたがっている様子だった。ニール警部の頭のなかは、恩知らずにもミス・マープルへの苛立ちでいっぱいだった。この事件にはクロッグミが関係しているはずだとミス・マープルが言っていた。案の定、クロッグミの登場だ！　もっとも、二十四羽ではない。わずか四羽とはまた控えめなことだ。話はこの夏までさかのぼるわけだ。それが今回の事件にどうからんでくるのか、ニール警部には想像もつかなかった。まともな犯人がまともな理由から犯した殺人を論理的に地道に捜査してきたつもりの警部としては、クロッグミのこんな騒ぎに惑わされて脇道にそれてしまうことだけは避けたかったが、これから先は、常軌を逸した犯行である可能性も心にとめておく必要がありそうだと覚悟した。

15

「お嬢さん、またしてもご迷惑をかけて申しわけないのですが、ぜひともはっきりさせておきたい点がありまして。これまでにわかったかぎりでは、フォーテスキュー夫人の生きている姿を最後に見た人はお嬢さんです――いや、最後に見たのは犯人だから、その前ということになりますが。あなたが客間を出られたのは五時二十分ごろでしたね？」

「だいたいそれぐらいです」エレインは答えた。「正確な時刻はわかりませんけど」弁解するようにつけくわえた。「しじゅう時計を見ているわけではないので」

「ええ、そうでしょうとも。ほかの方々が客間を出ていき、フォーテスキュー夫人と二人だけになったあと、どんな話をされましたか？」

「それが何か問題になるのでしょうか？」

「そういうわけではありませんが、フォーテスキュー夫人の胸の内を知る手がかりになるかもしれないと思いまして」

「それって、つまり——自殺かもしれないってこと？」

ニール警部は彼女の表情が明るくなったことに気づいた。自殺で片づけることができれば、家族にとっては好都合に決まっている。警部自身は自殺の線など考えてもいなかった。アデル・フォーテスキューはどう見ても自殺しそうなタイプではない。たとえ彼女が夫を毒殺し、犯行が露見するのを覚悟したとしても、自殺を考えることはけっしてないだろう。殺人罪で裁判にかけられても無罪になるはずだ、と楽天的に考えていただろう。ただ、警部自身、自殺説をとりたがるエレイン・フォーテスキューに反論するつもりはなかった。そこで、正直に言った。

「少なくとも、可能性はあります。さあ、フォーテスキュー夫人とどんな話をしたのか教えてもらえますね？」

「じつは、わたし自身のことを……」エレインはためらった。

「とおっしゃると……？」警部はにこやかな表情を浮かべ、問いかけるように言葉を切った。

「あの——わたしの友人が近くまで来ていたので、アデルに訊いてみたんです。この屋敷に泊まるよう、友人に言ってもかまわないかって」

「ほう。で、そのご友人というのは？」

「ジェラルド・ライトという男性で、教師をしています。ゴルフ・ホテルに泊まってるんです」

「きわめて親しいお友達というわけですね？」

ニール警部は親戚のおじさんみたいな笑みを浮かべ、そのせいで、少なくとも十五歳は老けこんだ顔になった。

「近いうちに興味深い発表が期待できそうですな」

エレインがぎこちなく否定のしぐさを見せ、頬を赤らめるのを目にして、警部は気が咎めた。なるほど、その男に惚れているわけだ。

「わたしたち——正式に婚約してはいないし、こんなときに発表もできないけど——まあ、その——愛しあってて——結婚するつもりなんです」

「それはめでたい」ニール警部は愛想よく言った。「ライト氏はゴルフ・ホテルに泊まっているのですね？　いつからでしょう？」

「父が亡くなった日に、わたしが彼に電報を打ったんです」

「そこでライト氏はすぐに飛んでこられた。なるほど」

警部は口癖となっているこの〝なるほど〟を、親しみのこもった頼もしい声で口にした。

「ライト氏をこの屋敷に泊めたいとあなたが頼んだとき、フォーテスキュー夫人はなんと言いました？」

「『ええ、いいわよ。泊めたい人がいるのなら遠慮なくどうぞ』って」

「賛成してくれたのですね？」

「大賛成ってわけじゃなかったけど。だって、そのあとで――」

「ほう、そのあとで夫人が何か言ったのですか？」

エレインはふたたび頬を赤らめた。

「『もっといい男が見つかりそうなものなのに』って。アデルの言いそうなことだわ」

「ああ、そうでしたか」ニール警部は慰めるように言った。「身内はそういうことを言いたがるものです」

「ええ、そうなの。でも、世間の人にはジェラルドの本当の値打ちがわからないんです。頭がよくて、型にはまらない進歩的な考え方をする人だから、それで世間の人をむっとさせてしまうの」

「そのせいで、あなたの父上ともうまくいかなかったのかな？」

エレインは真っ赤になった。

「父は偏見が強くて、まっとうな判断ができない人でした。ジェラルドの感情を傷つけてしまった。じつを言うと、ジェラルドは父の態度に大きなショックを受けて姿を消してしまい、何週間も連絡がなかったの」

父親の死によってあなたが莫大な遺産をもらうことにならなかったら、男はいまだに連絡をよこさなかっただろう——ニール警部は思った。だが、次のように言っただけだった。

「フォーテスキュー夫人とほかにも何か話されましたか？」

「いえ。それだけだったと思います」

「それが五時二十五分ごろのこと。フォーテスキュー夫人が遺体となって発見されたのは六時五分前だった。その三十分間に、あなたは客間に戻ってはいませんね？」

「ええ」

「何をしておられました？」

「あの——ちょっと散歩に出ました」

「ゴルフ・ホテルまで？」

「え——ええ。でも、ジェラルドはいませんでした」

ニール警部はふたたび「なるほど」と言ったが、今度は〝では、これで〟という含みがあった。エレイン・フォーテスキューは立ちあがった。

「もういいんですか？」

「けっこうです。ありがとうございました、お嬢さん」

エレインが出ていこうとしたとき、ニール警部はさりげなく言った。

「クロツグミの件については何もご存じないでしょうね？」

エレインは目を丸くして警部を見た。

「クロツグミ？　パイに入ってたクロツグミのこと？」

そうか、〝クロツグミを二十四、パイに焼き〟だったな——警部はひそかに思った。ただし、「あれはいつのことでした？」と尋ねるにとどめておいた。

「あれね！　三カ月か四カ月前だったわ——父の書斎のデスクにも何羽か置いてあったし。父は激怒して——」

「ほう、激怒ですか。みんなにあれこれ質問しておられましたか？」

「ええ——もちろん——でも、誰が犯人なのか、とうとうわからなかったの」

「父上が激怒された理由について、何か思いあたることはありませんか？」

「だって——薄気味悪いいたずらだったから。そうでしょ？」

ニール警部はじっと考えこみながらエレインを見つめた——しかし、言い逃れをしようとしている表情ではなかった。

「そうだ、あとひとつだけお尋ねします。フォーテスキュー夫人が遺言書を作っておられたかどうか、ご存じありませんか？」

「知りません――でも――たぶん作ってるでしょうね。ふつう、誰だって作るでしょ？」

「ふつうはね――だが、かならずしもそうとはかぎらない。あなたご自身はどうです？」

「いえ――まだ作っていません――これまでは財産なんてなかったから――もちろん、いまは――」

境遇の変化を自覚した表情が彼女の目に浮かんだのを、警部は見てとった。

「そうですね。五万ポンドとなると莫大な金だ。いろいろと変わっていくでしょう」

エレイン・フォーテスキューが部屋を出ていってから数分のあいだ、ニール警部はすわったまま前方をにらみ、考えこんでいた。新たな手がかりが得られた。四時三十五分ごろ、庭にいる男の姿を目にしたというメアリ・ダブの証言から、新たな可能性が生まれたわけだ。もちろん、メアリ・ダブが真実を語っているとすればだが。ニール警部はつねづね、人の言葉を鵜呑みにしないよう心がけている。しかし、メアリ・ダブの供述を吟味してみるに、彼女が嘘をつく理由はどこにもなさそうだ。庭にいる男の姿を見たとメアリ・ダブが言ったのはおそらく真実だろう。それがランスロット・フォーテスキューでなかったのは明らかだ。もっとも、メアリ・ダブがランスロットだと思いこんだ理由も、そのときの状況からすれば納得できる。ランスロット・フォーテスキューではなかったが、似たような背格好だったし、その時刻に庭に男がいたのなら、しかも、イチイの生垣の陰に姿を消したというのなら、人目を忍んでやってきたのだろう。いったい誰なのか、何をしていたのか、考えなくてはならない。

この証言に加えて、メアリ・ダブは二階から誰かの足音が聞こえたとも言っていた。今度はこれがほかの事実と結びつく。アデル・フォーテスキューの居間で見つかった小さな泥のかたまり。あの部屋にあった優美な小ぶりのデスクのことが思いだされた。アンティークに見せかけた愛らしいデスクで、秘密の引出しがついていた。そこに入っていたのは三通の手紙。ヴィヴィアン・デュボワからアデル・フォーテスキューに宛てた手紙だ。ニール警部は職業柄、これまでにさまざまな種類のラブレターを目にしてきた。情熱的な手紙、馬鹿馬鹿しい手紙、感傷的な手紙、しつこく口説く手紙など。また、用心深い手紙もあった。ニール警部が見たところ、引出しに入っていた三通はこの用心深いタイプのようだ。離婚訴訟の裁判の場で読みあげられたとしても、〝プラトニックな友情から生まれたものとして通用するだろう。ただし、ニール警部は〝プラトニックな友情なんかくそくらえ！〟と、あまり上品ではない感想を抱いた。手紙が見つかったとき、ただちに警視庁へ送っておいた。その時点でいちばん問題だったのは、アデル・フォーテスキューの犯行として、もしくはアデル・フォーテスキューとヴィヴィアン・デュボワの共犯として裁判を進めるに足るだけの証拠が、その手紙に含まれていると公訴局がみなすかどうかということだったからだ。どう考えても、妻の単独犯行によって、もしくは愛人との共謀によって、レックス・フォーテスキューが毒殺されたとしか思えない状況だった。三通の手紙を読めば、用心深い文面ではあるものの、ヴィヴィアン・デュボワがアデルの不倫相手であることは明らかだ。ただ、ニール警部が見たかぎりでは、犯行をそそのかすような言葉は見あたらなかった。会話のなかでそそのかしたのかもしれない。デュボワはそうしたことを手紙に書くような軽率な男ではなさそうだ。

手紙を処分するようヴィヴィアン・デュボワがアデル・フォーテスキューに頼み、アデル・フォーテスキューはすでに処分したと答えたのだろう、とニール警部は正確に推測した。

ところが、警察はさらに二件の殺人事件を抱えこんでしまった。夫を殺したのはアデル・フォーテスキューではなかったわけだ。

いや、こうも考えられるぞ——ニール警部は新たな説を思いついた——アデル・フォーテスキューはヴィヴィアン・デュボワとの結婚を望んだが、デュボワが求めていたのはアデルではなく、夫の死によって彼女のふところに入るはずの十万ポンドの金だった。たぶん、レックス・フォーテスキューの死は自然死として処理されるものと予期していたのだろう。脳卒中か心臓発作。なにしろ、この一年、誰もがフォーテスキュー氏の健康状態を心配していたのだから（ついでだが、その点も調べてみなくては、とニール警部はつぶやいた。重要なことかもしれないと無意識のうちに感じていた）。さて、話をもとに戻すと、レックス・フォーテスキューの死はデュボワの思惑どおりの展開にはならなかった。ただちに毒殺と鑑定され、具体的な毒物名まで判明してしまった。

もしアデル・フォーテスキューとヴィヴィアン・デュボワの犯行だとしたら、その後、二人はどんな様子だっただろう？　デュボワは恐怖に駆られ、アデルは動転した。愚かな言動に走ったかもしれない。デュボワに電話をかけ、思慮分別も忘れて話を始めたため、デュボワは水松荘の人々に聞かれたのではと危惧したことだろう。では、次に何をしたのか？

この疑問に答えを出すのは時期尚早ではあったが、ニール警部はゴルフ・ホテルにすぐさま問い合わせをすることにした。四時十五分から六時のあいだ、デュボワがホテルにいたかどうかを確認するためだ。彼もランス・フォーテスキューと同じように背が高くて浅黒い肌をしている。庭をこっそり抜けて勝手口まで行き、二階へ上がって、それからどうしただろう？　手紙を捜したが見つからなかった？　その場でしばらく待ち、誰もいない隙に階段を下りて客間に入ると、お茶はすでに終わって、アデル・フォーテスキューだけが部屋に残っていた？

いやいや、先走りしすぎたようだ――。

メアリ・ダブとエレイン・フォーテスキューの事情聴取はすんだ。今度はパーシヴァル・フォーテスキューの妻の話を聞く番だ。

16

ニール警部がパーシヴァル夫人を捜したところ、夫人は二階にある専用の居間で手紙を書いていた。警部が入っていくと、不安な顔で立ちあがった。

「何か——あのう——ご用でしょうか——」

「いやいや、どうぞそのままで。あといくつかお尋ねしたいことがあるだけです」

「あら、そうでしたの。わかりました、警部さん。ほんとに恐ろしい事件です。そうでしょう？　怖くてたまりません」

夫人は神経をピリピリさせながらアームチェアに腰を下ろした。近くに背もたれのまっすぐな小さい椅子があったので、ニール警部はそこにすわった。これまでになくしげしげと夫人を観察した。どちらかと言えば平凡なタイプの女だと思った。あまり幸せそうには見えない。落ち着きがなく、人生に満足できず、さほど知的でもなさそうだ。もっとも、病院に勤務していたころは有能なベテラン看護婦だったのかもしれない。金のある男と結婚して安楽な暮らしを手に入れたものの、満たされてはいないのだろう。服を買い、小説を読み、甘いものを食べる日々。だが、ニール警部はレックス・フォーテスキューが亡くなった日の夜に夫人が見せた熱っぽい興奮を覚えている。その興奮のなかに見えたのは猟奇的な満足ではなく、夫人の人生を包みこんでいる退屈という乾いた砂漠だった。警部の鋭い視線を受けて、夫人は震えるまぶたを伏せた。神経をピリピリさせ、罪悪感に苛(さいな)まれているように見えるが、そう断定していいものかどうか、警部にはわからなかった。

「恐縮です」警部は相手をなだめるように言った。「ご家族のみなさんに何度もくりかえし質問しなくてはならないのです。どなたもさぞ迷惑にお思いのことでしょう。わたしも重々承知してはおりますが、正確な時刻を確認するのがきわめて重要なことでして。あなたはあの日のお茶にやや遅れて顔を出されましたね？　ミス・ダブがあなたを呼びに二階へ行ったと聞いております」

「ええ。ええ、そうでした。ミス・ダブがやってきて、お茶の用意ができていると言ったのです。そんな時間になっていたとは思いもしませんでした。手紙を書いていたものですから」

ニール警部はライティング・デスクにちらっと視線を向けただけだった。「そうでしたか。たしか、散歩に出ておられたように聞きましたが」

「ミス・ダブから？　ええ――そう言われればそうでした。手紙を書いていたのですが、この部屋は風通しが悪くて頭痛がしてきたので、外に出て――あの――少し散歩したんです。庭を歩いただけですけど」

「なるほど。誰かに会われませんでしたか？」

「誰かに会う？」パーシヴァル夫人は警部を凝視した。「どういう意味でしょう？」

「散歩の途中で誰かを見かけなかったか、もしくは、誰かがあなたの姿を見はしなかったかと、ふと気になったものですから」

「遠くに庭師の姿が見えました。それだけです」パーシヴァル夫人は訝しげに警部を見ていた。

「それから、あなたは家に入り、この部屋に戻ってコートを脱いでいた。すると、お茶の用意ができたことをミス・ダブが知らせに来たわけですね？」

「そうです。ええ、それで一階に下りました」

「客間には誰がいましたか？」

「アデルとエレイン。それから一分か二分して、ランスが到着しました。夫の弟です。ご存じですね。ケニアから帰国したのです」

「それから、みなさんでお茶を？」

「はい、いただきました。そのあと、ランスはエフィーおばさまに挨拶するため二階へ行き、わたしは手紙の続きを書いてしまおうと思ってこの部屋に戻りました。客間に残ったのはエレインとアデルだけでした」

ニール警部はなるほどと言いたげにうなずいた。

「そうでしたね。あなたが客間を出られたあと、ミス・エレインはフォーテスキュー夫人と五分から十分ほど話をしていたようです。ご主人はまだ帰宅しておられませんでしたね？」

「ええ、まだでした。パーシーが――ヴァルが――帰ってきたのは六時半から七時ごろのあいだでした。ロンドンの会社で仕事に追われていたようです」

「汽車でお帰りでしたか？」

「はい。駅からはタクシーでした」

「汽車で帰ってこられるのは珍しいことですか？」

「ときどきあります。しょっちゅうではありませんけど。あの日はたぶん、ロンドン市内の駐車しにくいところを何カ所かまわったのだと思います。帰りはキャノン・ストリート駅で列車に乗るほうが便利だったのでしょう」

「なるほど」ニール警部はさらに続けた。「フォーテスキュー夫人が生前に遺言書を作成しておられたかどうか、あなたのご主人に尋ねてみました。作っていないと思う、とのことでした。その点に関して何かご存じないでしょうか?」

意外にも、パーシヴァル夫人は勢いよくうなずいた。

「ええ、知っています。アデルは遺言書を作っていました。わたしにそう言ったんです」

「なんと! いつのことです?」

「そうですね、それほど前ではありません。ひと月ぐらい前かしら」

「まことに興味深い」

パーシヴァル夫人は熱心に身を乗りだした。生き生きした表情になっていた。特ダネを提供できるのがよほどうれしいのだろう。

「夫は遺言書のことを知りません。知っている人は誰もおりません。わたしもたまたま知っただけなんです。ちょっと町に出たときに、文房具屋さんで買物をして出てきたら、弁護士事務所から出てくるアデルの姿が目に入ったんです。〈アンセル&ウォラル〉という事務所です。ハイ・ストリートにありますでしょ」

「ほう。地元の弁護士事務所ですね?」

「はい。『こんなところで何をしてらしたの?』とアデルに尋ねたら、向こうは笑って『あら、知りたい?』って言うんです。そのあと、二人で一緒に歩きはじめてから、アデルはこう言いました。『教えてあげるわ、ジェニファー。遺言書を作ってきたのよ』と。わたしは『まあ、どうしてそんなことを? 病気とかそういうわけじゃないでしょう?』と申しました。すると、アデルは『ええ、もちろん病気じゃないわ。元気そのものよ。でも、誰だって遺言書を作ったほうがいいでしょ。ただ、わが家の顧問弁護士をしているあの高慢ちきなロンドンのビリングズリーさんに頼む気にはなれなかったの。陰険な人だから、家族に告げ口するに決まってるわ。わたしの遺言書はわたしだけのものだから、自分で納得のいくように作って、みんなには内緒にしておくつもりよ』と言ったのです。わたしが『じゃ、アデル、わたしも誰にもしゃべらないことにするわね』と言うと、アデルは『しゃべってもかまわないのよ。だって、あなたは遺言書の中身を知らないんだし』と答えました。でも、わたしは誰にも話しませんでした。夫にも。女は女どうし、団結しなくては。そう思われません、警部さん?」

「見上げたお心がけです」ニール警部は如才なく言った。

「わたし、けっして意地悪な人間ではないつもりですけど、アデルのことはあまり好きになれませんでした。おわかりいただけますでしょ? ほしいものを手に入れるためなら手段を選ばない人だと、ずっと思っていました。でも、死んでしまった人のことを悪く言ってはいけませんわね」

「いやあ、ありがとうございました。こころよくご協力いただきまして」

「とんでもありません。わたしでお役に立てることがあれば、なんなりと。ほんとに恐ろしい事件ですもの。ところで、午前中においでになった老婦人はどなたでしょう？」

「ミス・マープルという人です。小間使いのグラディスに関する情報を提供するために、わざわざ来てくれました。グラディス・マーティンは昔、あの人の家で働いていたそうです」

「本当に？　興味深いこと」

「そうそう、もうひとつお尋ねしたいことがありました。クロッグミについて何かご存じないでしょうか？」

パーシヴァル夫人は大きな動揺を見せた。ハンドバッグを床に落としてしまい、身をかがめて拾いあげた。

「クロッグミ？　どんな種類のクロッグミでしょう？」

消え入りそうな声だった。ニール警部は薄く笑って答えた。

「ただのクロッグミです。生きているものでも、死んだものでも、あるいは、象徴的に使われているものでもかまいません」

パーシヴァル夫人は声を尖らせた。

「おっしゃる意味がわかりません。なんのことでしょう？」

「では、クロツグミについては何もご存じないのですね？」

パーシヴァル夫人はのろのろと答えた。

「この夏のことをおっしゃってるのね。パイに入っていたクロツグミ。つまらないいたずらです」

「フォーテスキュー氏の書斎のデスクにも置いてあったそうですね？」

「すべて馬鹿げたいたずらでした。警部さんが誰からお聞きになったのか存じませんが、お義父(とう)さまは困惑していました」

「困惑？　それだけですか？」

「ああ。おっしゃる意味はわかります。そうですね──ええ、困惑しただけです。見慣れない人間がうろついてはいないかと、わたしたちにお訊きになりました」

「見慣れない人間！」ニール警部は眉を上げた。

「だって、そうおっしゃったんですもの」パーシヴァル夫人はむきになった。

「見慣れない人間か」ニール警部はそうくりかえして考えこんだ。それから尋ねた。

「フォーテスキュー氏が怖がっている様子はなかったですか？」

「怖がる？　どういう意味でしょう？」

「神経を尖らせていませんでしたか？　見慣れない人間のことで」

「そうですね。たしかにそんな感じでした。もちろん、わたしの記憶もあやふやですけど。何カ月も前のことですもの。馬鹿げたいたずらとしか思えません。たぶん、執事のクランプのしわざでしょう。精神的にとても不安定な男ですし、お酒が好きなのは間違いありません。ひどく無礼な態度をとることもよくあります。義父に何か恨みでもあるのかと思いたくなるほどです。その可能性もあるとお思いになりません、警部さん？」

「どんな可能性でもあるものですよ」ニール警部はそう言って部屋を出た。


パーシヴァル・フォーテスキューはまだロンドンのほうだったが、ニール警部が次男のランスロットを捜すと、読書室にいた。妻を相手にチェスをしているところだった。

「お邪魔をして恐縮ですが」警部は申しわけなさそうに言った。

「暇つぶしにやってるだけだから。そうだね、パット？」

パットはうなずいた。

「くだらない質問をするものだとお思いになるかもしれませんが、クロツグミのことを何かご存じないでしょうか？」

「クロッグミ？」ランスは愉快そうな表情になった。「どんな種類のクロッグミです？　本物の鳥？　それとも、奴隷貿易のことかな？」

ニール警部は不意に、相手の警戒心を和らげるような笑みを浮かべた。

「自分でもよくわからないままにお尋ねしたのです。捜査を進めていたら、クロッグミという言葉が出てきたものですから」

「まさか――」ランスは急に真顔になった。「昔のクロッグミ鉱山のことではないでしょうね？」

ニール警部は鋭い口調で言った。

「クロッグミ鉱山？　なんです、それは？」

ランスは眉をひそめ、当惑の表情になった。

「困ったことに、警部さん、ぼく自身もよく覚えていないんです。父がかつていかがわしい商取引をしていたことを、漠然と記憶しているだけで。場所はたしか、アフリカの西海岸のほうでした。以前、エフィーおばがそのことで父を罵っていましたが、具体的なことは覚えていません」

「エフィーおば？　ミス・ラムズボトムのことですね？」

「ええ」

「あとでわたしからご本人に伺ってみます」ニール警部は言った。哀れな声でつけくわえた。「なんとも手強いお年寄りですな。あの人の前に出ると、わたしはいつもガチガチに緊張してしまいます」

ランスは笑った。

「そう。エフィーおばはなかなかの人物です。でも、うまくご機嫌をとれば、警部さんのお役に立つと思いますよ。昔のことを調べたい場合はとくに。記憶力が抜群だし、好ましくない出来事を思いだすのが大好きな人だから」考えこみながら、ランスはさらに続けた。「ほかにもあります。ぼくはここに戻った日、しばらくしてから挨拶に行ったんです。ええと、お茶のすぐあとでした。すると、おばはグラディスのことを言っていました。ほら、殺された小間使いですよ。もちろん、そのときはまだ、殺されたなんて誰も知らなかったけど。でも、『グラディスは何か知っているはずだ。それを警察に隠しているに違いない』と、エフィーおばが言っていました」

「大いにありそうな話ですな。いまはもう何も話せなくなってしまった、かわいそうに」

「まったくです。エフィーおばはその子に、何か知っているのならすべて話したほうがいいと忠告したそうです。残念ながら、グラディスは忠告に従わなかった」

ニール警部はうなずいた。ミス・ラムズボトムとの対決に備えて気をひきしめ、老婦人の砦に突撃することにした。驚いたことに、先にミス・マープルが来ていた。二人で海外伝道団について論じているところだった。

「わたしは失礼します、警部さん」ミス・マープルは急いで立ちあがった。

「いやいや、どうぞそのままで」ニール警部は言った。

「この屋敷にお泊まりになるよう、ミス・マープルにお願いしていたところだったのよ」ミス・ラムズボトムが言った。「あのろくでもないゴルフ・ホテルにお金を無駄遣いすることはありません。あこぎな商売をしてるんだから。客はひと晩じゅう酒を飲んだり、賭博をしたり。ミス・マープルには敬虔なキリスト教徒の家に泊まっていただくほうがいいわ。わたしのとなりの部屋が空いています。先日は宣教師のドクター・メアリ・ピーターズが泊まっておられました」

「まあ、ご親切にどうも」ミス・マープルが言った。「でも、喪中のお宅にお邪魔してはご迷惑でしょうし——」

「喪中ですって？　くだらない。この家の誰がレックスのために涙を流すというんですす？　アデルについても同じことですよ。それとも、警察に遠慮してらっしゃるの？

かまいませんよね、警部さん？」

「わたしにはなんの異存もありません」

「ほら、大丈夫でしょ」ミス・ラムズボトムは言った。

「なんてご親切なんでしょう」ミス・マープルは感謝をこめて言った。「ホテルに電話して、予約を取り消してまいります」ミス・マープルが部屋を出ていくと、ミス・ラムズボトムは警部にきつい調子で言った。

「さて、警部さんのご用件は？」

「クロツグミ鉱山に関して何かお話が伺えないかと思いまして」

ミス・ラムズボトムは突然、甲高い笑い声を上げた。

「おやまあ。ようやくそこにたどり着きましたか！　先日わたしがあげたヒントを追ったわけね。さて、どんなことが知りたいの？」

「話していただけるならなんでも」

「そんなに詳しい話はできませんよ。ずいぶん昔のことだから――ええと、二十年から二十五年ほど前になるかしら。東アフリカにある鉱山の採掘権か何かのことだった。レックスはマッケンジーという男と一緒に鉱山の経営に乗りだすことにしたの。二人で調査に出かけたけど、マッケンジーは現地で熱病にかかって死んでしまった。帰国したレックスの話だと、その鉱山にはなんの価値もないということだった。わたしが知ってるのはそれだけですよ」

「ほかにも何かご存じのような気がしますが」ニール警部は水を向けた。

「あとはどれも噂ばかり。法律の世界じゃ噂は歓迎されないんでしょ？」

「ここは法廷ではないので」

「まあ、たいしたことは話せないわ。マッケンジーの遺族が騒ぎ立てた。わたしが知ってるのはそれだけです。遺族はレックスがマッケンジーをだましたと言いだした。たぶん事実でしょうね。レックスはずる賢い悪党だったから。ただ、何をしたにせよ、すべて合法的だったことは間違いない。悪事の証拠はどこにもなかった。マッケンジーの妻は精神的に不安定なタイプだった。この屋敷に押しかけてきて、『復讐してやる』と脅し文句を並べていった。レックスが夫を殺したと言って。芝居がかったくだらない大騒ぎだった！　理性をなくしてたんだろうね——たしか、あのあとしばらくしてから病院に入ったはずだ。ここに来たときも子供を二人ひきずってきて、その子たちは死ぬほど怯えてた。子供が大きくなったら復讐させるとかなんとか、マッケンジーの妻は言っていた。くだらない。まあ、わたしに話せるのはこれぐらいかしら。それから、忘れないでほしいけど、レックスが手を染めた悪事はクロッグミ鉱山の件だけじゃないからね。

調べればほかにもごろごろ見つかるはずだ。警部さんは何を手がかりにクロッグミ鉱山にたどり着いたんです？　マッケンジー家につながる証拠が何か見つかったとか？」

「遺族がその後どうなったか、ご存じありませんか？」

「まるっきり知らない。ひとつ言っておくと、レックスがじかに手を下してマッケンジーを殺したとは、わたしは思ってないけど、見殺しにした可能性はある。神さまの前ではどちらも同じことだけど、法律の前だとそうではない。レックスは天罰を受けたんだ。天網恢恢疎にして漏らさずってやつね。さて、そろそろおひきとり願いましょうか。これ以上はもう何も話せないし、警部さんが質問なさっても無駄なだけですよ」

「お話を伺ってたいへん参考になりました」

「あのマープルって人に、こちらに戻るよう言ってちょうだい」ミス・ラムズボトムは背後から警部に声をかけた。「国教会の信者の例に漏れず、軽薄なところはあるけど、慈善を施す方法はちゃんと心得ている人だわ」

ニール警部は電話をかけた。まず、〈アンセル＆ウォラル弁護士事務所〉へ。次にゴルフ・ホテルへ。電話がすむとヘイ部長刑事を呼び、しばらく出かけてくると告げた。

「弁護士の事務所まで行ってくる――そのあとゴルフ・ホテルにまわるから、緊急の用件があればそちらに連絡してくれ」

「承知しました、警部」

「それから、クロツグミに関係したことをなんでもいいから見つけてほしい」肩越しにニール警部はつけくわえた。

「クロツグミ？」ヘイ部長刑事はきょとんとした顔でくりかえした。

「そう――クロイチゴのジャムじゃないぞ――クロツグミだ」

「わかりました」ヘイ部長刑事はまごつきながら答えた。

17

ニール警部はアンセル弁護士に会ってみて、相手を萎縮させるよりも自分が委縮するタイプの事務弁護士だという印象を受けた。あまり流行っていない小さな法律事務所のパートナーなので、自分の権利を主張するのではなく、力の及ぶかぎり警察に協力したいという思いのほうが強いようだ。

「はい、亡くなられたアデル・フォーテスキュー夫人のために遺言書を作成しました。五週間ほど前に事務所に来られたのです。世間にはあまり例のないことだと思いましたが、もちろん、こちらからは何も申しあげませんでした。弁護士をやっておりますと、あまり例のない事態に遭遇することも多々ありまして、もちろん、そのあたりのことは警部さんにもご理解いただけることと思います」

ニール警部はうなずいて、理解していることを示した。相手がフォーテスキュー夫人であれ、その他の誰であれ、アンセル弁護士がフォーテスキュー家の法律業務を担当したことは過去に一度もなかったことを、警部のほうですでに確認している。

「夫人がこの件をご主人の顧問弁護士に依頼しようとしなかったのは、当然のことでした」アンセル弁護士に言った。

冗漫な表現を刈りこむと、残った事実は単純なものだった。アデル・フォーテスキューが作成した遺言書によれば、死亡時に所有していた財産はすべてヴィヴィアン・デュボワに遺贈されるとのこと。

「しかしながら」アンセル弁護士は探りを入れるような顔でニール警部を見た。「財産といっても、たいした額ではありませんでした」

ニール警部はうなずいた。アデル・フォーテスキューが遺言書を作成した時点では、たしかにそうだっただろう。しかし、レックス・フォーテスキューの死亡によってアデルは十万ポンドを相続し、そこから相続税を差し引いた額がいまやヴィヴィアン・エドワード・デュボワのものになったわけだ。

ゴルフ・ホテルでは、ヴィヴィアン・デュボワがニール警部の到着を不安な面持ちで待っていた。ホテルをチェックアウトするつもりで、荷造りもすでに終えていたのだが、ニール警部から電話があり、ホテルで待っていてほしいと丁重に頼まれたのだ。警部の口調はとても感じがよくて、しきりに恐縮していた。しかし、型どおりの言葉遣いの背後にあったのは依頼に見せかけた命令だった。ヴィヴィアン・デュボワは抵抗したが、そう強くは出られなかった。

到着した警部にデュボワは言った。

「わかってください、警部さん。ここに足止めされたらもうお手上げです。緊急の仕事が入ったために、そちらを片づけなきゃいけないんです」

「あなたが仕事をお持ちだとは存じませんでした、デュボワさん」ニール警部はにこやかに言った。

「こんなご時世ですからね、遊んで暮らせるようないいご身分の者なんてどこにもいませんよ」

「フォーテスキュー夫人の死に大きなショックを受けられたことでしょう。お二人はとても親しくされていた。そうですよね？」

「はあ……。魅力的な人でした。よくゴルフのお供をしたものです」

「さぞお力落としのことでしょう」

「ええ、たしかに」デュボワはため息をついた。「本当にもう、悪夢のような事件です」

「夫人が亡くなった日の午後、夫人に電話をされたそうですね？」

「ぼくが？　覚えていません」

「四時ごろだったということですが」

「あ、そういえば、たしかに電話しました」

「そのときのやりとりを覚えておられますか？」

「たいした話じゃありません。気分はどうかと尋ね、ご主人の死に関して新たにわかったことはないかと訊いただけです。まあ、型どおりの挨拶ですよ」

「なるほど」警部はさらに尋ねた。「それから散歩に出られたのですね？」

「あの――え――ええ、そうでした。ただ、散歩じゃなくて、ゴルフ場を二、三ホールまわったんです」

ニール警部は穏やかな口調で言った。

「それは違うでしょう、デュボワさん……あの日はゴルフなどしておられない……あなたが水松荘の方角へ歩いていくのを、ホテルのポーターが見ていますよ」

二人の目が合ったが、すぐにデュボワのほうからおどおどと視線をそらした。

「よく覚えていないんですが……」

「もしかして、フォーテスキュー夫人に会いに行かれたのでは？」

デュボワはつっけんどんに答えた。

「いえ。そんなことはしていません。屋敷には近寄りもしませんでした」

「では、どちらへ？」

「ええと——スリー・ピジョンズという宿屋のところまで歩き、そこからゴルフ場の脇を通ってひきかえしたんです」

「水松荘へ行っていないのはたしかですね？」

「ええ、ぜったいに」

警部は首をふった。

「おやおや、デュボワさん、正直におっしゃったほうが身のためですよ。屋敷へいらしたのは、ちゃんとした理由があったからかもしれない」

「言っときますがね、あの日はフォーテスキュー夫人に会いに行ってはいません」

警部は立ちあがった。

「それでは、デュボワさん」愛想よく言った。「正式に供述してくださるようお願いしなくてはならないようです。供述をおこなうさいには弁護士の同席を求める権利がありますので、ぜひそうなさるようお勧めします」

デュボワ氏の顔から血の気がひき、蒼白になった。

「脅迫か。人を脅迫する気だな」

「いや、いや、それは違います」ニール警部は愕然としたような声を出した。

「警察官にはそのような行為は許されておりません。まさにその逆です。あなたには弁護士を呼ぶ権利があると申しあげただけです」

「言っときますがね、ぼくは事件とは無関係だ！　なんの関係もない」

「まあまあ、デュボワさん、あの日の午後四時半ごろ、あなたは水松荘にいた。じつは、屋敷の窓から外を見て、あなたの姿に気づいた人がいるのです」

「庭にいただけだ。屋敷には入っていない」

「ほう？　間違いありませんか？　勝手口から入り、階段をのぼって、二階のフォーテスキュー夫人の居間に入ったりしませんでしたか？　デスクの引出しに入っているはずの品を捜していたんじゃないですか？」

「警察が押収したんだな、たぶん」デュボワはむっつりと言った。「すると、アデルの馬鹿が大事にとっといたわけだ――燃やすと約束したのに――けどね、警部さんが思ってるような意味のものじゃないんだ」

「フォーテスキュー夫人ととても親しい間柄だったことは否定されませんね？」

「ええ、否定なんかしませんよ。手紙を押収された以上、隠しても始まらない。ぼくとしては、あの手紙に深い意味を読みとる必要はないとしか言えません。ぼくたちが――いえ、夫人が――レックス・フォーテスキューを亡き者にしようなんて考えたことは一度もない。そもそも、ぼくはそんな人間じゃないんだ」

「だが、夫人はそういう女だったかもしれない」

「くだらない」ヴィヴィアン・デュボワは叫んだ。「彼女も殺されたじゃないですか」

「ええ、そう。そうですね」

「だったら、夫も彼女も同じ犯人に殺されたと考えるのが自然では？」

「可能性はありますね。もちろん。だが、ほかの考え方もある。例えば――あくまでも仮定ですがね、デュボワさん――フォーテスキュー夫人が夫を殺害し、夫の死後、夫人はほかの人物にとって危険な存在となった。その人物はたぶん犯行に直接手を貸してはいないだろうが、少なくとも、夫人をそそのかして、いわばまあ、犯行の動機を作ったと言ってもいい。その人物からすれば、夫人は危険な存在だった」

デュボワはしどろもどろになった。

「ぼ、ぼくを犯人にしようったって、そうはいくか。冗談じゃない」

「夫人は遺言書を作っていました。全財産をあなたに遺しています。彼女が所有するすべてのものを」

「ぼくは金なんかほしくない。一ペニーだってもらうつもりはない」

「もちろん、財産といってもたいしたものではありません。宝石と毛皮があるだけで、現金はほとんどないでしょう」

デュボワは唖然として警部を見つめた。

「だけど、夫が死ねば――」

そこであわてて黙りこんだ。

「そう考えたのですか、デュボワさん？」ニール警部の声には鋼鉄のような響きがあった。「それはまた興味深い。レックス・フォーテスキューの遺言書の内容をご存じかどうか、伺いたいのですが――」

ニール警部がゴルフ・ホテルで次に会ったのはジェラルド・ライトだった。痩せていて、教養はありそうだが、ひどく高慢な感じの青年だ。ニール警部が受けた印象では、身体つきがヴィヴィアン・デュボワに似ていなくもないようだ。

「どのようなご用件でしょう、警部さん？」

「ちょっとした情報がいただけるのではないかと思いまして、ライトさん」

「情報？　本気ですか？　ぼくは何も知りませんけど」

「水松荘で立て続けに起きた事件に関することなんです。もちろん、お聞きになっていますね？」

ニール警部はその問いかけに軽い皮肉をこめた。ジェラルド・ライトは相手を見下すような微笑を浮かべた。

「〝聞いている〟という言葉は正確じゃありませんね。どの新聞も事件のことで持ちきりですよ。わが国の報道機関は信じられないぐらい血に飢えている！　われわれはなんという時代に生きていることか！　いっぽうで原子爆弾を製造し、もういっぽうでは残忍な殺人事件を新聞が喜々として報道する！　さてと、情報がほしいと言われましたね。どんな情報か、ぼくにはわからないのですが。水松荘の事件については何も知りません。レックス・フォーテスキュー氏が殺されたとき、ぼくはマン島にいたんです」

「そのあとすぐこちらに来られた。そうでしたね、ライトさん？　ミス・エレイン・フォーテスキューから電報をもらって」

「われらが警察は何もかもご存じというわけですね。ええ、エレインから電報が来ました。ぼくはもちろん、急いで飛んできました」

「そして、近日中に結婚するご予定ですね？」

「そのとおりです、警部さん。かまわないでしょう？」

「それはミス・フォーテスキューのご自由です。お二人の出会いはしばらく前のことでしたね。具体的には、六ヵ月か七ヵ月前だった」

「そうです」

「あなたとミス・フォーテスキューは結婚の約束をなさった。ところが、フォーテスキュー氏は大反対で、父親の反対を押しきって結婚するのなら、娘にはびた一文たりとも与えないとあなたに告げた。そこで、あなたは約束を破棄して去っていった」

ジェラルド・ライトは相手を哀れむような笑みを浮かべた。

「ずいぶんおおざっぱな要約ですね。じつを言うと、ぼくは自分の政治信条に殉じたのです。レックス・フォーテスキューは悪辣な資本家だった。金のために自分の政治信条を曲げるなんて、当然ながら、ぼくにはできなかった」

「しかし、五万ポンドを相続したばかりの女性と結婚することにはなんの抵抗もないわけですか？」

ジェラルド・ライトは満足そうな薄笑いを浮かべた。

「ええ、少しもありません。その金は地域社会の福祉のために使うつもりです。だが、ここまで出向いてこられたのは、ぼくの財政状態や政治信条について議論するためではありませんよね？」

「もちろんです、ライトさん。事実を確認するために、あなたのお話を伺いたかっただけです。ご承知のとおり、アデル・フォーテスキュー夫人は十一月六日の午後、青酸カリの中毒により死亡しました。

その日の午後、あなたも水松荘の近くにおられたということなので、事件に関係したことを何か見聞きされたのではないかと思ったのです」

「その時刻にぼくが水松荘の近くにいたとおっしゃるが、何を根拠にそのようなことを？」

「あなたは午後四時十五分にこのホテルをあとにされた。ホテルを出ると、水松荘の方角へ歩いていった。屋敷に向かったと考えるのが自然だと思いますが」

「行こうと思わないでもなかったが、行ったところで無意味だと考えなおしたのです。六時にこのホテルでミス・フォーテスキュー——エレイン——と会う約束になっていたし。本通りから脇道に曲がってしばらく散歩し、六時ちょっと前にゴルフ・ホテルに戻ってきました。ところが、エレインは姿を見せなかった。状況を考えれば無理もない」

「散歩中、誰かに会われませんでしたか？」

「本通りを歩いていたとき、車が二、三台、通りかかったと思います。顔見知りと出会わなかったかと尋ねておられるのなら、答えはノーです。小道は細くて荷馬車ぐらいしか通れないし、ひどくぬかるんでて、車の通行はまず無理です」

「では、四時十五分にホテルを出てから六時に戻ってくるまで、あなたがどこにいたかについては、ご自身の証言しかないわけですね？」

ジェラルド・ライトはあいかわらず高慢ちきな微笑を浮かべていた。

「われわれ双方にとってきわめて残念なことですが、仕方がありません」

ニール警部は穏やかに言った。

「では、四時三十五分ごろ、水松荘の階段の踊り場にある窓から外を見た者がいて、庭にいるあなたの姿を目にしたと証言しているとしたら——」あとは言葉を濁した。

ジェラルド・ライトは眉を上げ、首を横にふった。

「その時刻だとすでにかなり暗くなっていたはずだ。姿をはっきり見ることは誰にもできなかったと思いますが」

「ヴィヴィアン・デュボワ氏をご存じですか。あなたと同じくこのホテルに泊まっている人です」

「デュボワ。デュボワ？ いや、知りませんね。浅黒い肌をした背の高い男性ですか？趣味のいいスエードの靴をはいている人？」

「そうです。デュボワ氏もあの日の午後、やはり散歩に出ています。ホテルを出て水松荘のそばを通ったそうです。ひょっとして、途中でお会いになりませんでしたか？」

「いえ。いえ。会った覚えはありません」

ジェラルド・ライトの顔に初めて、心配そうな表情がかすかに浮かんだ。ニール警部は考えこむ様子で言った。

「そもそもあの日の午後は散歩に向いた天気ではなかった。とくに、薄暗くなってから、ぬかるんだ小道を歩くとはねえ。不思議な話だ。誰もがエネルギーを発散させたがっていたとは」


屋敷に戻ったニール警部は、したり顔のヘイ部長刑事の出迎えを受けた。

「クロツグミのことで収穫がありました、警部」

「ほんとか？　よくやった」

「はい、パイに入ってたそうです。日曜の夕食に出すため、調理前のパイが用意してあったそうです。台所の戸棚かどこかにしまってあったのを誰かがとりだし、パイ皮を剝がしてなかの子牛肉をどけ、かわりにあるものを入れておいた。さあ、何が入ってたと思います？　庭師の小屋から盗みだしたクロツグミの死骸ですよ。悪趣味ないたずらをしたもんだ。そうでしょう？」

「〝お城料理のすばらしさ〟か」ニール警部は言った。

きょとんとしているヘイ部長刑事を残して立ち去った。

18

「ちょっと待ってて」ミス・ラムズボトムが言った。「この一人遊びを終わらせてしまうから」

キングとそれに付随した邪魔なカードを空いたスペースに移すと、赤の七と黒の八を置き、スペードの四と五と六を場札にのせ、さらに何枚かのカードを手早く動かしてから、ミス・ラムズボトムは満ち足りた表情で椅子にもたれた。

「ダブル・ジェスターができた。めったにできるものじゃないのよ」

そう言って心地よさそうに椅子にもたれていたが、やがて暖炉のそばに立つ女性のほうへ視線を上げた。

「で、あなたがランスの奥さん?」

ミス・ラムズボトムに呼ばれてこの部屋に来ていたパットがうなずいた。

「はい」

「背が高いのね。それに健康そうだし」

「とても健康です」

ミス・ラムズボトムは満足そうにうなずいた。

「パーシヴァルの嫁は顔色が悪くてね。甘いものを食べすぎだし、おまけに運動不足。さあ、すわって、すわって。わたしの甥（おい）とはどこで知りあったの？」

「ケニアです。わたしが友人の家に滞在していたときでした」

「たしか、前に結婚してらしたとか……」

「はい。二回」

ミス・ラムズボトムは大きく鼻を鳴らした。

「離婚したってこと？」

「いえ」パットの声がかすかに震えた。「二人とも――亡くなりました。最初の夫は戦闘機のパイロットで、戦死したのです」

「じゃ、二番目のご主人は？　あ、待って――噂を聞いたことがある。拳銃自殺なさった。そうよね？」

パットはうなずいた。

「原因はあなた？」

「いいえ。わたしのせいではありません」

「ご主人は競馬関係の方だったでしょ?」

「はい」

「わたしは生まれてこの方、競馬場に足を踏み入れたことは一度もありません。ああいう賭けごとも、トランプ賭博も、みんな悪魔のしわざですよ」

パットは何も答えなかった。

「わたしは劇場や映画館にも行かないことにしてるの。まあ、いまの世の中、汚(けが)れてますからね。この屋敷にも邪悪がはびこってたけど、主が悪を打ち倒してくださった」

パットは依然として何も言えなかった。ミス・ラムズボトムの精神状態が気にかかった。だが、鋭い視線を向けられてどきまぎするばかりだった。

「ねえ」ミス・ラムズボトムが問いかけた。「あなた、夫の家族のことをどの程度ご存じなの?」

「結婚した女がふつうに知る程度のことでしたら」

「ふむ、それもそうね。じゃ、いちおう教えといてあげましょう。わたしの妹は馬鹿、その夫のレックスは悪党。パーシヴァルは卑怯者だし、あなたの夫のランスは昔から家族の鼻つまみ者だった」

「まあ、ご冗談ばっかり」パットは意に介さなかった。

「そうかもしれない」ミス・ラムズボトムは思いもよらぬ返事をした。「人に単純なレッテルを貼るのはいけないことだわね。だけど、パーシヴァルを甘く見てはいけないよ。善人というレッテルを貼られる人間は抜けたところがあると、世間では思いがちだ。だが、パーシヴァルが抜けてるなんてとんでもない。殊勝な顔をしてるが、かなりの切れ者だ。わたしはどうしても好きになれない。それから、ランスのことは信用してないし、いい子だとも思わないけど、好きにならずにはいられない子だね……無鉄砲な性格で――昔からそうだった。これからはあなたが監督して、暴走しないよう気をつけてやって。ランスに伝えてちょうだい――パーシヴァルを甘く見ないように、パーシヴァルの言うことを鵜呑みにしないように、と。この家の者は嘘つきばかりだ」ミス・ラムズボトムは満足そうにつけくわえた。「みんな、地獄の業火に焼かれてしまうがいい」

ニール警部は警視庁との電話を終えようとしていた。

電話の向こうで副総監が言った。

「きみに依頼されたその件、かならず収穫があるはずだ――個人経営の療養所をあちこち当たっているからな。もちろん、女性がすでに死亡した可能性もあるが」

「そうかもしれません。ずいぶん昔のことですから」

古い罪は長い影をひくものだ。ミス・ラムズボトムもそう言った――何やら意味ありげな言い方だった――警部にヒントを与えようとするかのように。

「荒唐無稽な推理だな」副総監は言った。

「わたしも承知しています。しかし、頭から無視できない気がするのです。ぴったり符合しすぎていて――」

「うん――そうだな――ライ麦――クロツグミ――被害者の名前――」

ニール警部は言った。

「それ以外の線も集中的に追っています――デュボワが怪しい――それにライトも――二人のどちらかが勝手口の外にいるのを小間使いのグラディスが目にして、何をしているのかをたしかめようと思い、お茶のトレイを廊下に置いて外に出たのかもしれません。男はその場でただちにグラディスを絞殺し、遺体を洗濯ロープのところまで運んで、洗濯ばさみで鼻をつまんだ――」

「なんとも常軌を逸しておる！　悪意も感じられる」

「そのとおりです、副総監。それを知って、あの老婦人は――ミス・マープルのことですが――激昂（げきこう）したのです。品のいい老婦人ですが、かなりの切れ者だ。屋敷に泊まることになりました――ミス・ラムズボトムのとなりの部屋です――邸内の出来事を残らず探りだしてくれるに違いありません」

「次はどう動くつもりだね、ニール警部?」

「ロンドンの弁護士と会う約束になっています。レックス・フォーテスキューの事業内容をもう少し調べてみたいのです。それから、古い話になりますが、クロツグミ鉱山について、もう少し話を聞きたいと思っています」

〈ビリングズリー・ホースソープ&ウォルターズ法律事務所〉のビリングズリー氏は洗練された人物で、弁護士という職業柄、うわべだけのにこやかな態度の陰に用心深さを隠している。ニール警部がこの弁護士に会うのは二回目だが、前回に比べるとその用心深さが影を潜めていた。水松荘で三重の悲劇が起きたため、ビリングズリー氏も衝撃のあまり、弁護士としての自制心を捨て去ったのだろう。いまでは、知るかぎりの事実を警察に話したくてうずうずしていた。

「まったくもって異様な事件ですな。すこぶる異様な事件だ。長年弁護士をやってきましたが、このような事件は初めてです」

「率直に申しあげますと、ビリングズリー先生、できるかぎりお力をお借りしたいと思っております」

「承知しました。わたしにできることなら喜んで協力しましょう」

「それではまず、亡くなったフォーテスキュー氏をどの程度ご存じだったかをお尋ねします。また、氏の会社の事業内容についてはどこまでご存じですか？」

「レックス・フォーテスキューについては詳しく知っていました。なにしろ、ええと、十六年にわたるつきあいでしたから。ただ、ひとつ申しあげておくと、あの会社の法律事務を担当しているのはうちの事務所だけではありません」

ニール警部はうなずいた。それは彼も知っている。〈ビリングズリー・ホースソープ&ウォルターズ法律事務所〉は、レックス・フォーテスキューの会社のいわば正当なる法律業務を扱うところだ。正当とは言いがたい取引に関しては、いささかうしろ暗いところのある二流の事務所をいくつか使っている。

「それでは、どういったことをお知りになりたいのでしょう？　フォーテスキュー氏の遺言書のことは前に申しあげましたね。パーシヴァル・フォーテスキューが残余財産受遺者となります」

「わたしが関心を持っているのは、フォーテスキュー夫人の遺言書のことです。フォーテスキュー氏の死によって、夫人が十万ポンドを相続することになったと聞いていますが」

　ビリングズリー弁護士はうなずいた。

「莫大な金です。内密に申しあげると、警部さん、現在の会社の状態ではとうてい支払いきれないでしょう」

「つまり、会社の経営状態がよくないということですか？」

「率直に言いましょう。ここだけの話にしてもらいたいのですが、倒産しかねない状態です。一年半ほど前からそうでした」

「何か特別な原因でも？」

「まあ、そうですね。レックス・フォーテスキュー氏が原因と言うべきでしょうか。この一年、レックス・フォーテスキューのすることは常軌を逸していました。優良株を売却したり、投機株を買いこんだりして、しじゅう、おおげさな自慢話ばかりするのです。周囲の忠告には耳を貸そうともしません。息子のパーシヴァルが――ご存じですよね――ここに来て、父親に意見してくれとわたしに頼みこんだものです。息子自身からも意見をしたものの、一蹴されてしまったようです。まあ、わたしも精一杯やってみましたが、フォーテスキュー氏は聞く耳を持たなかった。まるで人が変わってしまったようだった」

「だが、鬱状態に陥っていたわけではないのでしょう？」

「ええ。正反対でした。やたらと元気で、大言壮語が目立ったものです」

ニール警部はうなずいた。頭に浮かんだある考えが強固なものになりつつあった。パーシヴァルと父親の衝突の原因がいくらかわかってきた。ビリングズリー弁護士の話はさらに続いた。

「しかし、夫人の遺言書のことをお尋ねになっても、わたしにはお答えできません。夫人の遺言書は作成しておりませんので」

「はい。それは存じています。わたしはただ、誰かに遺贈できるだけの金を夫人が持っていたかどうかを確認したいだけなのです。具体的に申しますと、十万ポンドを」

ビリングズリー弁護士は首を強く横にふっていた。

「いえ、いえ。その点は違います」

「では、夫人が十万ポンドを所有できるのは生存中のみということでしょうか？」

「いや――完全に夫人の財産となります。ただ、フォーテスキュー氏の遺言書には、相続の際に適用される条項がついていました。その条項によると、夫人が遺産を相続するには、夫の死後一カ月は生きていることが必須条件でした。いまの時代にはかなり一般的に用いられている条項と言っていいでしょう。これが遺言書に加えられるようになったのは、空の旅の危険性を考慮したためです。二人の人間が航空機事故で亡くなった場合、どちらが先に死亡したかを判定するのはきわめて困難で、そこから多数の厄介な問題が生じることになります」

ニール警部は目を丸くして弁護士を見た。

「すると、アデル・フォーテスキューには十万ポンドの遺産が入らなかったということですね。その金はどこへ行くのでしょう?」

「会社に戻ることになります。厳密に言えば、残余財産受遺者のもとに」

「つまり、パーシヴァル・フォーテスキューのことですね」

「そうです。遺産はパーシヴァル・フォーテスキューのものになります。そして、会社の現在の経営状態からすれば」弁護士はつい不用意につけくわえた。「パーシヴァルにはどうしてもその金が必要です」

「きみたち警察官というのは、いろいろ知りたがるものだな」ニール警部の友人の医者が言った。

「おいおい、ボブ、さっさと言えよ」

「まあ、ここには二人しかいないから、わたしから聞いたと言いふらしても無駄だぞ。

いいな。だが、きみの想像は当たっていたと言っておこう。症状を聞くかぎりでは、やはり進行性麻痺による痴呆症のようだ。家族もそれを疑って医者の診察を受けさせようとした。だが、本人がうんと言わなかった。この病気にかかると、きみが言ったとおりの症状が出てくる。判断力の欠如、誇大妄想、苛立ちと怒りから生じる発作的な暴力——自慢話——自分は偉大だという幻想——天才的な大実業家だという妄想に駆られる。こんな人物が経営にあたっていれば、健全な会社でもじきにつぶれてしまうだろう——監禁でもしないかぎりは——だが、それも簡単にできることではない——とくに、家族が自分を止めようとしていることに気づいていたなら。そうだな——死んでくれて、きみの友人たちにとっては幸運だったと言っておこう」

「わたしの友人たちではない」ニール警部は言った。前に一度引用した言葉をくりかえした。

「〝そろいもそろって不愉快な連中だ〟……」

19

水松荘の客間にフォーテスキュー家の全員が集まっていた。パーシヴァル・フォーテスキューが炉棚にもたれて、家族会議の進行役を務めていた。

「我慢するしかないのだろうが、とにかく不便で仕方がない。警察がひっきりなしに出入りしていて、しかも、われわれには何も言ってくれない。何かの線を追って捜査を進めているのだろうが、そのあいだ、こっちは不便を強いられるばかりだ。予定は入れられない。今後の計画を立てることもできない」

「警察も配慮に欠けるわね」パーシヴァルの妻が言った。「あんまりだわ」

「誰もこの家から出てはいけないらしい」パーシヴァルは話を続けた。「だがとにかく、今後どうするかをみんなで話しあったほうがいいと思う。おまえはどうするつもりだ、エレイン？　たぶん、結婚する気だろうが――あのなんとかという男と――そうだ、ジェラルド・ライトだ。いつにするか、もう決めたのか？」

「早ければ早いほうがいいわ」エレインが言った。

パーシヴァルは渋い顔をした。

「じゃ、半年後ぐらいに？」

「まさか。どうして半年も待たなきゃいけないの？」

「世間体を考えたら、そのほうがいいと思う」

「くだらない。待っても一ヵ月ね。それ以上は待てないわ」

「まあ、どうしてもと言うなら。ところで、結婚後の予定を何か立ててるのか？」

「学校を創ろうかと思ってるの」

パーシヴァルは首をふった。

「こんな時代に学校経営なんて危険すぎる。人手不足だから、事務員を集めるのが大変だし、教員の確保もむずかしい――なあ、エレイン、学校を創ると言えば聞こえはいいが、わたしだったら慎重に考えるだろうな」

「ちゃんと考えたわよ。この国の未来は正しい教育にかかっているっていうのが、ジェラルドの意見なの」

「明後日、ビリングズリー弁護士と会うことになっている。さまざまな財政問題を検討しなきゃならん。おやじがおまえに遺してくれた金は、おまえ自身とおまえの子供たちのために信託財産にしてはどうか、と弁護士が言っていた。当節はそういうのが健全なやり方なんだ」

「信託なんてお断わりよ。学校を創るにはお金が必要だわ。学校にぴったりの建物が売りに出てるそうなの。場所はコーンウォール州。広い敷地にしっかりした建物。かなり増築する必要があると思うけど——校舎を増やさなきゃね」

「えっ——おまえ、もらった遺産をすべて注ぎこむつもりか？　おいおい、エレイン、賢明とは言えないぞ」

「後生大事に残しておくより、有効に使ったほうがはるかに賢明だと思うけど。あちこちで会社がつぶれてるでしょ。お兄さんだって、お父さまが亡くなる前によく言ってたじゃない——どこも経営状態が悪化してるって」

「まあ、つい言いたくなるものだ」パーシヴァルは曖昧に答えた。「だが、ひとつ忠告しておこう。もらった金を残らず使って、建物の購入や設備投資や学校の経営に注ぎこむなんて、正気の沙汰ではない。失敗に終わったらどうなると思う？　一文無しになってしまうぞ」

「成功させてみせるわ」エレインは頑固に言った。

「ぼくはおまえに賛成だよ」椅子にだらしなく腰かけたランスが妹に励ましの言葉をか

けた。「やってみればいい。ぼくの想像するところ、風変わりな学校になりそうだが、それがおまえの希望なんだろう？——おまえとジェラルドの。全財産をなくしたとしても、とにかく、やりたいことをやったという満足が得られる」

「いかにもおまえの言いそうなことだな、ランス」パーシヴァルがとげとげしく言った。

「はいはい、わかってますよ」ランスは答えた。「ぼくは金遣いの荒い放蕩息子さ。だけどね、兄さん、ぼくのほうが実り多き人生を送ってきたつもりだ」

「何を実り多いと呼ぶかによる」パーシヴァルは冷たく言った。「ついでに、おまえ自身の計画も聞いておこう、ランス。ケニアに戻るか——それとも、カナダへ行くか——それとも、エベレスト登山とか、何か途方もないことをやってのけるつもりか？」

「おや、どうしてそんなふうに思うんだい？」ランスが訊いた。

「この国でおとなしく暮らすことには昔から耐えられないやつだった。そうだろう？」

「年をとるにつれて、人間は変わるものだ。腰を落ち着けたくなる。ねえ、兄さん、ぼくはこれからまじめな実業家としてやっていきたいと思ってるんだ」

「そ、それはつまり……」

「会社に入って兄さんと一緒にやっていきたい」ランスはニッと笑った。「いや、もちろん、社長は兄さんだよ。利益の大半は兄さんがとればいい。ぼくは共同経営者でかまわない。だけど、会社の株を保有してる以上、ぼくにも経営状態を知る権利がある」

「うん——まあ——いいだろう。そんなふうに考えているのなら。ただ、言っておくが、退屈で仕方がないと思うようになるぞ」

「それはどうかな。退屈なんかしないと思うよ」

パーシヴァルは眉をひそめた。

「うちの会社に入りたいなどと、まさか、本気で言ってるんじゃあるまいな？」

「経営に参加する気かって？　そうだよ、そのつもりだ」

パーシヴァルは首を横にふった。

「言っておくが、会社の経営状態はきわめて悪い。おまえにもそのうちわかるだろう。エレインが遺産の取り分をすぐにでも要求してきた場合、それを支払うのがやっとという状況だ」

「ほらね、エレイン」ランスは言った。「おまえはじつに賢明だ。もらえるうちにさっさともらっておいたほうがいい」

「やめろ、ランス」パーシヴァルは怒りの声をあげた。「いくら冗談でも悪趣味すぎる」

「ほんとですよ、ランス。何かおっしゃるときは、もっと気をつけてくださらないと」

パーシヴァルの妻も言った。

みんなから少し離れて窓ぎわの椅子にすわっていたパットは、一人一人を観察していた。ランスがパーシヴァルに嫌みを並べた目的がこれだとすれば、その目論見はみごと成功したことになる。パーシヴァルはとりすました冷静さをすっかり失っている。またしても腹立たしげにどなった。

「まじめに言ってるのか、ランス？」

「大まじめだよ」

「うまくいくわけがない。おまえのことだから、じきに飽きてしまうさ」

「ご心配なく。ぼくにとってはすてきな気分転換だ。ロンドンの会社、出たり入ったりするタイピストたち。ぼくにも金髪の秘書をつけてほしいな。ミス・グローヴナーみたいな――たしか、グローヴナーって名前だったよね？　兄さん、彼女を自分の秘書にしたんだろ？　ぼくもああいうタイプを雇うとしよう。『はい、ランスロットさま。いいえ、ランスロットさま。お茶をお持ちしました、ランスロットさま』ってね」

「もうっ、くだらん冗談はやめろ」パーシヴァルがどなった。

「なんでそう怒るんだよ、大好きな兄さん。会社経営の重荷をぼくと分かちあえるのが楽しみじゃないのかい？」

「会社が現在どれほどの危機に瀕しているか、おまえにはまったくわかっていない」

「まあね。じゃ、詳しく教えてくれよ」

「最初に言っておくと、この半年――いや、一年ほど、おやじはすっかり人が変わってしまった。財政面から見て、信じられないほど愚かなことばかりしていた。優良株を売り払ったり、ボロ株をあれこれ買いあさったり。ときには金をどぶに捨てるようなまねをしていた。浪費を楽しんでたと言ってもいい」

「こう言っちゃなんだが」ランスは言った。「おやじがタキシン入りの紅茶を飲んでくれて、家族にとっては幸運だったわけだ」

「身も蓋もない言い方だな。だが、じっさい、おまえの言うとおりだ。会社が倒産を免れたのはひとえにそのおかげだからな。だが、今後はきわめて堅実な経営方針をとって、慎重に進まなくてはならん」

ランスは首を横にふった。

「ぼくは賛成できないな。慎重に経営を進めたところで、なんの得にもなりゃしない。ときには危険に挑戦しなきゃ。何か大きいことをすべきだ」

「わたしは反対だ」パーシヴァルは言った。「慎重さと倹約、それをわが社のモットーにしていく」

「ぼくのモットーは違う」

「おまえは共同経営者に過ぎないんだぞ。忘れるな」

「わかった、わかった。でも、ぼくにだって少しは発言権があるはずだ」

パーシヴァルはいらいらした様子で室内を歩きまわった。

「言うだけ無駄だ、ランス。おまえは可愛い弟だが――」

「ほんとにそう思ってる？」ランスが言葉をはさんだ。パーシヴァルの耳には入っていない様子だ。

「……二人でうまくやっていけるとは思えない。考え方が違いすぎる」

「その点が強みになるかもしれないよ」

「堅実に進もうと思ったら、おまえとの共同経営はやめるしかない」

「ぼくの経営権を買いとろうってこと？――そう考えてるのかい？」

「それが唯一の賢明な方法だと思う。おたがいの考え方があまりにも違うから」

「エレインに遺産の取り分を渡すだけでも大変なのに、どうやってぼくに代金を支払うつもりだい？」

「まあ、現金で払うとは言っていない」パーシヴァルは言った。「そうだな――会社が保有する株を分けることにしよう」

「兄さんは優良株を自分用に残しておき、ぼくに最悪の投機株を押しつける気だね？」

「おまえだって投機株のほうが好きだと思うが」

ランスは不意に笑みを浮かべた。

「まあ、仰せのとおりかも。だけど、ぼく一人の好みで決めるわけにはいかない。これからはパットのことも考えないと」

兄と弟はパットのほうに目を向けた。パットは口を開きかけたが、ふたたび閉じた。ランスにどんな魂胆があるのか知らないけど、傍から余計な口出しはしないほうがよさそうね。この人が何かを狙っているのは間違いない。でも、それが具体的になんなのか、まだよくわからない。

「銘柄を並べてみてくれ、兄さん」ランスは笑いながら言った。「いんちきなダイヤモンド鉱山株、廃鉱になったルビー鉱山株、原油が出ない油田の採掘権。ぼくのことを見かけどおりの大馬鹿者だと思ってるのかい？」

パーシヴァルは言った。

「もちろん、社の持ち株のなかには危険な投機株もある。だが、覚えておいてくれ。大化けして莫大な利益を生むこともあるからな」

「兄さん、口調が変わってきたじゃないか。ええ？」ランスはニッと笑った。「おやじが最近になって買ったボロ株とか、クロッグミ鉱山の古い株なんかを押しつける気だね。それはそうと、あの警部からクロッグミ鉱山のことを訊かれなかったかい？」

パーシヴァルは眉をひそめた。

「ああ、訊かれた。警部が何を知りたいのかよくわからないが。わたしからは、たいした話はできなかった。あのころ、おまえもわたしも子供だったしな。うっすらと覚えているのは、おやじが現地へ出かけていき、帰ってきたときには、ぜんぜんだめだったと言ってたことだけだ」

「なんの鉱山だった？　金鉱？」

「たしかそうだったと思う。おやじの話では、金なんか採れそうもないということだった。うちのおやじはそういう読みを間違える人間ではなかった」

「誰がおやじに鉱山の話を持ちかけたんだ？　マッケンジーって男じゃなかったかい？」

「そうだ。マッケンジーは現地で亡くなった」

「現地で亡くなったのか」ランスは考えこみながら言った。「何か大騒動がなかったっけ？　うっすら記憶に残ってるんだが……マッケンジー夫人だ。そうだね？　ここに押しかけてきた。おやじに向かってわめきちらした。悪態をぶつけていた。ぼくの記憶が正しければ、夫を殺したとか言っておやじを責め立てていた」

「そうだったかな」パーシヴァルはそっけなく答えた。「まったく覚えていない」

「いや、ぼくは覚えてるよ。もちろん、兄さんより少し小さかった。でも、それでかえって強烈な印象を受けたのかもしれない。子供のぼくには、まるで芝居のようだった。クロッグミ鉱山ってどこにあった？　西アフリカだったかな？」

「ああ、たぶんそうだ」

「そのうち採掘権について調べてみなくては。会社に出たときに」

「言っておくが、おやじの調査に間違いはないぞ。現地から戻ったときに、金は採れそうもないと言ったのなら、金は採れなかったんだ」

「たぶんそうだろう」ランスは言った。「マッケンジー夫人も気の毒に。あれからどうなったのかな。一緒に連れてきた二人の子供はどうしてるんだろう。不思議だな——考えてみたら、もう一人前の大人だよね」

20

パインウッド私立療養所を訪れたニール警部は面会室に腰を下ろし、グレイヘアの初老の女性と向かいあっていた。その女性はヘレン・マッケンジー、六十三歳だが、見た目はもう少し若い。淡いブルーの目には表情がなく、顎の輪郭はぼやけていて弱々しい印象だ。上唇がたまに痙攣している。膝に大判の本がのせてあり、ニール警部が話しかけるあいだも、そこに視線を落としたままだった。ニール警部は頭のなかで、いましがた療養所の院長のドクター・クロスビーと交わした言葉を反芻していた。

〝あの人は当人の希望でこちらに来た患者さんです。強制入院ではありません〟ドクター・クロスビーはそう言った。

〝では、危険性はないのですね?〟

〝ええ、ありません。ほとんどの場合、ふつうの感覚で話しかけてもらっても大丈夫です。それに、いまは調子のいい時期に当たっているので、ごく自然に会話ができるでし

ょう〃

これを心に留めたうえで、ニール警部は挨拶にとりかかった。

「会ってくださって感謝します。わたしはニールといいます。最近亡くなったフォーテスキューという人のことで伺いました。レックス・フォーテスキューという男性です。この名前はご存じだと思いますが」

マッケンジー夫人は本に視線を据えたままだった。

「なんのお話だかわかりませんけど」

「フォーテスキュー氏ですよ。レックス・フォーテスキュー氏」

「いいえ。聞いたこともありません」

ニール警部はいささか驚いた。これがドクター・クロスビーの言っていた〝ごく自然に会話ができる〟状態と言えるだろうか?

「ずっと以前にご存じだったはずですが」

「あら、違います。昨日会ったばかりです」

「そうでしたか」ニール警部は心もとなく思いつつも、事情聴取をおこなうさいのいつもの手順に頼ることにした。「たしか、何年も前に、フォーテスキュー氏の自宅をお訪ねになりましたね。水松荘という屋敷です」

「あの仰々しい家のこと？」

「そうです。ええ、そういう言い方もできましょう。フォーテスキュー氏はアフリカのとある鉱山の件で、あなたのご主人と関わりを持っていた。たしか、クロツグミ鉱山と呼ばれていたはずです」

「わたし、本を読まなきゃ。あまり時間がないので、早く読んでしまわないといけないんです」

「ええ。よくわかりますとも」しばらく沈黙したのちに、ニール警部は話に戻った。「マッケンジー氏とフォーテスキュー氏は鉱山を調査するために、二人でアフリカへ出かけました」

「あれは夫の鉱山でした。夫が発見して、採掘権を得たのです。採掘を始めるための資金が必要だったので、レックス・フォーテスキューのところへ相談に行きました。わたしがもっとしっかりしていて、事情通だったなら、夫を止めていたでしょう」

「そうですね。わかります。ところが、二人はアフリカへ出かけ、ご主人は熱病で亡くなられた」

「わたし、本を読まなきゃ」マッケンジー夫人は言った。

「フォーテスキュー氏がご主人からクロツグミ鉱山をだましとったのでしょうか？」

マッケンジー夫人は本から目を上げようともせずに答えた。

「あなた、頭の悪い方ね」

「ええ、そうでしょう、たぶん……しかし、ずいぶん昔の話ですし、とっくに終わったことを調べなおすのはかなり困難なことでして」

「終わったなんて誰が言ったの？」

「ほほう。終わったとは思っておられないのですね？」

「〝正しい解決がなされないかぎり、問題が解決したとは言えない〟これはキプリングの言葉です。最近の人はキプリングなんて読まないでしょうけど、彼は偉大な作家でした」

「近いうちに正しい解決がなされると思われますか？」

「レックス・フォーテスキューは死んだ。そうでしょ？　そうおっしゃったわね？」

「毒殺されたのです」

警部がいささか当惑したことに、マッケンジー夫人は笑いだした。

「嘘ばっかり。熱病で死んだのよ」

「わたしはレックス・フォーテスキューの話をしているのですが」

「わたしもそうよ」夫人は不意に顔を上げ、水色の目で警部をじっと見た。「ねえ、あの男は自分のベッドで死んだ。そうなんでしょ？」

「セント・ジュード病院で亡くなりました」ニール警部は言った。

「わたしの夫がどこで死んだのか、誰も知らないのよ。どうして死んだのか、どこに埋められたのかもわからない……レックス・フォーテスキューの言葉を信じるしかなかった。フォーテスキューは嘘つきだというのに！」

「不正行為（ファウル・プレイ）があったとお考えですか？」

「不正（ファウル・プレイ）、不正（ファウル・プレイ）、メンドリ（ファウル）は卵を産む、そうでしょ？」

「ご主人の死はレックス・フォーテスキューの責任だと思っておられるのですね？」

「今日は朝食に卵を食べたのよ。とても新鮮だった。びっくりしません？　たしか三十年前のものなのに」

ニール警部は深く息を吸った。この調子では何も聞きだせそうにないが、とにかく続けることにした。

「レックス・フォーテスキューが亡くなる何カ月か前のことですが、氏のデスクに何者かがクロツグミの死骸を置きました」

「まあ、おもしろい。ずいぶんおもしろいお話ですこと」

「誰がそんなことをしたのか、お心当たりはないでしょうか？」

「心当たりがあっても、なんの役にも立たないわ。大事なのは行動することです。わたしはそのためにみんなを育てました。行動できる人間になるようにと」

「お子さんたちのことですか？」

マッケンジー夫人は即座にうなずいた。

「そうよ。ドナルドとルビー。父親を亡くしたときは九歳と七歳でした。わたしは子供たちに言って聞かせました。毎日のように。夜になるといつも二人に誓わせました」

ニール警部は身を乗りだした。

「何を誓わせたんです？」

「決まってるでしょ。フォーテスキューを殺すことを」

「なるほど」

ニール警部はごく当たり前のことを聞いたかのように相槌を打った。

「で、お子さんたちが実行したわけですか？」

「ドナルドは兵士としてダンケルクへ赴きました。それきり戻ってきませんでした。戦死を告げる電報が届きました。〝名誉の戦死を深くお悔やみ申しあげます〟って。それも行動ですけど、そんな行動はとってほしくなかったわ」

「まことにお気の毒です。では、お嬢さんのほうは？」

「わたしに娘はおりません」

「いまおっしゃったばかりじゃありませんか。ルビーというお嬢さんのことを」

「ルビー。ええ、ルビーね」マッケンジー夫人は身を乗りだした。「わたしがルビーをどうしたかご存じ?」

「いえ、知りません。お嬢さんに何かされたんですか?」

マッケンジー夫人は不意に声をひそめた。

「本のここのところを見て」

警部はそのとき初めて、夫人の膝にのっているのが聖書であることに気づいた。かなり古いもので、夫人が表紙を開くと、扉のページにいくつかの名前が書かれているのが見えた。家庭用聖書で、子供が生まれるたびに名前を記入するという古い習慣を守ってきたわけだ。マッケンジー夫人は細い指で最後のふたつの名前を示した。〝ドナルド・マッケンジー〟と〝ルビー・マッケンジー〟。どちらも生年月日がついている。しかし、ルビー・マッケンジーの名前が太い線で消してあった。

「ほらね? 娘を聖書から抹消しました。永遠に縁を切ったのです! 人間の善行・悪行を記録するという天使がルビーの名前を捜しても、見つけることはできないでしょう」

「聖書からお嬢さんの名前を消した？　なぜそんなことを？」

マッケンジー夫人はずるそうな目で警部を見た。

「理由はおわかりのはずよ」

「いや、わかりません。本当にわからないんです」

「約束を守らなかったからよ。わたしとの約束を守ろうとしなかったの」

「お嬢さんはいまどちらにおられるのでしょう？」

「さっき言ったでしょう。わたしに娘はいないって。ルビー・マッケンジーなどという者はもうおりません」

「亡くなったということですか？」

「亡くなった？」マッケンジー夫人は急に笑いだした。「死んだほうが本人のためにはよかったでしょうね。ずっとよかったはずだわ。ずっと、ずっと」ため息をつくと、椅子にすわったまま、落ち着かなげに向きを変えた。やがて、礼儀正しい態度に戻った。「申しわけありませんが、これ以上お話しすることはありません。なにしろ、時間がありませんの。聖書を読まなくてはならないし」

ニール警部がさらに話しかけても、夫人はもう返事をしなかった。迷惑そうなしぐさをかすかに見せて、指で聖書の行をなぞりながら読みつづけるだけだった。

ニール警部は立ちあがって面会室を出た。院長とふたたび短時間だけ話をした。

「身内の方が面会に来ることはありますか？」警部は尋ねた。「例えば、娘さんとか」

「前の院長のときに、娘という人が面会に来たそうです。ただ、会ったとたん患者がひどく興奮したため、面会は遠慮してもらいたいと院長が娘さんに頼んだとのことです。以後、すべて弁護士を通すようになりました」

「では、ルビー・マッケンジーが現在どこにいるのか、ご存じないわけですね？」

院長は首を横にふった。

「まったくわかりません」

「例えば、結婚したかどうかもご存じない？」

「知りません。わたしにできるのは、当療養所との連絡にあたっていた弁護士事務所の住所をお教えすることぐらいです」

弁護士のことなら、ニール警部のほうですでに調べてあった。そちらから警部に話せることは何もなかった。というか、その弁護士がそう言っていた。マッケンジー夫人のために信託財産が設定されていて、手続きを担当したのがその弁護士事務所だった。数年前に手続きがおこなわれ、以後、マッケンジー家の娘の姿を見た者はいない。

ニール警部はルビー・マッケンジーの外見を聞きだそうとしたが、はかばかしい結果は得られなかった。患者に面会に来る身内はかなりの数にのぼるので、何年もたつと記憶が薄れてきて、面会者の外見を混同しがちになる。療養所に長年勤務している婦長の話だと、小柄な黒髪の女性だったという。ところが、勤続年数の長いもう一人の看護婦の記憶に残っているのは、がっしりした体格の金髪女性だった。

「ざっとこんなところです」ニール警部は副総監に報告をおこなった。「犯行現場に奇怪な小細工がされていますが、そのすべてがマザー・グースの歌詞と符合します。何か意味があるに違いありません」

副総監は考えこみながらうなずいた。

「パイのなかのクロツグミはクロツグミ鉱山に結びつく。亡くなったフォーテスキュー氏のポケットにはライ麦が、アデル・フォーテスキューの紅茶のそばにはスコーンと蜂蜜があった。もっとも、決め手にはならんぞ。お茶のときは誰だって蜂蜜を塗ったスコーンを食べるからな！　三番目の殺人では、小間使いがストッキングで絞殺され、鼻を洗濯ばさみでつまんであった。たしかに奇怪な小細工だが、無視するわけにはいかん」

「ちょっと待ってください、副総監」

「どうした？」

ニール警部はむずかしい顔をしていた。

「いまの副総監のお話です。なんとなく違和感があります。どこかが間違っている」警部は首をふり、ため息をついた。「だめだ。違和感の正体がわからない」

21

ランスとパットは水松荘の周囲に広がる手入れの行き届いた庭を散歩していた。

「ねえ、ランス、むっとされては困るんだけど」パットは遠慮がちに言った。「こんな趣味の悪い庭は初めてだわ」

「むっとなんかしてないよ。そんなに趣味が悪い？　ぼくにはわからないなあ。庭師が三人がかりでせっせと手入れをしてるみたいだよ」

パットは言った。

「たぶん、それがいけないのよ。お金に糸目をつけずに庭造りをすると、持ち主の好みが反映されなくなってしまうの。ツツジの茂みを趣味よく配置したり、季節に合わせた草花を植えたりすればいいのに」

「じゃ、きみならイングリッシュ・ガーデンに何を植えたい？」

「わたしの庭だったら、タチアオイ、ヒエンソウ、フウリンソウがいいわ。花壇はいらないし、このいやらしいイチイの木もお断わりよ」

パットは黒々としたイチイの生垣に冷ややかな目を向けた。

「つい事件のことを連想するからな」ランスは気軽な口調で言った。

「犯人のことを考えると、背筋が寒くなるわ。きっと、復讐心に凝り固まった恐ろしい人物ね」

「へえ、きみはそんなふうに見てるのかい？　おもしろい！　ぼくには打算的で冷酷な人物としか思えないが」

「そういう見方もできるでしょうね」パットは軽く身を震わせた。「どっちにしても同じことよ。三人も殺して……犯人はぜったい異常人格だわ」

「そうだね」ランスは低い声で言った。「当たってるかもしれない」それから、急に鋭い声になった。「パット、お願いだ。この屋敷を出てくれ。ロンドンに戻ったらどうだい？　あるいは、デヴォンシャーか湖水地方へ行くとか。ストラトフォード・アポン・エイヴォンを訪ねるとか、ノーフォーク州の湖沼地方をまわるという手もあるぞ。きみが屋敷を出ることには、警察もとやかく言わないはずだ。事件とは無関係なんだから。おやじが殺されたとき、きみはパリにいたし、あとの二人のときはロンドンにいた。きみをここに置いておくのが、ぼくは死ぬほど心配なんだ」

パットはしばらく沈黙したのちに、静かに言った。

「あなた、犯人に心当たりがあるのね？」

「いや、ない」

「でも、薄々見当がついている……だから、わたしのことが心配なんでしょ……正直に言ってくれればいいのに」

「無理だよ。何も知らないんだから。だけど、きみにはとにかくここを離れてもらいたい」

「いえ、わたしはどこへも行きません。ここにいます。どんなことがあろうと。その覚悟よ」不意に声を詰まらせて、パットはつけくわえた。「ただ、わたしがいると、物事がかならず悪いほうへ向かうみたい」

「何を言ってるんだ、パット？」

「わたしは災いをもたらす女。そういうことなのよ。知りあった人すべてに災いをもたらす女なの」

「愛らしいお馬鹿さん、ぼくには災いなんかもたらさなかっただろ。きみと結婚したおかげで、おやじが連絡をよこして、〝帰ってこい。仲直りしよう〟と言ってくれたんだ」

「そうね。ところが、帰ってきたらこの騒ぎ。わたしはやっぱり、災いをもたらす女なんだわ」

「いいかい、愛しい人、きみの思い過ごしだ。迷信に決まってる」

「わたしにはどうにもできないの。世の中には災いをふりまく人間がいて、わたしもその一人なの」

ランスは彼女の肩に手をかけて激しく揺さぶった。「きみはぼくの大切なパットで、ぼくがきみと結婚できたのはこのうえもない幸運だった。それをきみの頭に叩きこんでおいてくれ」やがて冷静さをとりもどし、これまでより落ち着いた声で言った。「だけど、まじめな話、くれぐれも用心してほしい。頭のねじのはずれたやつがうろついているのなら、きみが銃で撃たれたり、毒を飲まされたりするのだけは阻止したい」

「おっしゃるとおり、毒を飲まされる危険はありそうね」

「ぼくがそばにいないときは、あの老婦人にくっついててくれ。なんて名前だったかな。マープルだ。屋敷に泊まるよう、エフィーおばさんがあの人に勧めたのはなぜだと思う?」

「エフィーおばさまの行動の理由なんて、誰にもわからないわ。ランス、わたしたちはいつまでここに滞在するの?」

ランスは肩をすくめた。

「よくわからない」

「わたしたちがこちらの家族に歓迎されてるとは思えないわ」パットはためらいがちに言葉を続けた。「この屋敷はいまじゃお義兄さまのものでしょ？　わたしたちが泊まってると、ご迷惑なんじゃないかしら」

ランスは突然くすっと笑った。

「だろうね。だけど、いましばらくは我慢してもらうしかない」

「そのあとは？　どうするつもり？　東アフリカに帰るの？」

「きみがそうしたいのなら」

パットは大きくうなずいた。

「それはよかった」ランスは言った。「だって、ぼくも同じ意見なんだ。この国にはもうなんの未練もない」

パットの顔が明るくなった。

「うれしい！　先日のあなたの口ぶりからして、こちらにとどまる気じゃないかって心配だったの」

ランスの目にいたずらっぽい輝きが浮かんだ。

「ぼくたちの計画のことは黙っててくれよな、パット。兄貴のパーシヴァルにちょっと嫌がらせをしてやりたいから」

「まあ、ランスったら。お願いだから気をつけて」

「大丈夫だよ。しかし、パーシーが何をしてもお咎めなしというのが、ぼくには納得できないんだ」

愛らしいオウムのように小首をかしげて、ミス・マープルは広い客間の椅子にすわり、パーシヴァル・フォーテスキュー夫人の話に耳を傾けていた。ミス・マープルはこの客間にはなんとも不似合いな存在だった。色とりどりのクッションに囲まれて錦織りの豪華なソファに腰かけているが、そのほっそりした姿を見るかぎりでは、ひどく居心地が悪そうだ。背筋をぴんと伸ばしてすわっているのは、少女のころに背骨矯正板でしつけられ、だらしないすわり方をすると叱責されたおかげと言えよう。そばに置かれた大きなアームチェアには、凝ったデザインの喪服をまとったパーシヴァル夫人がすわり、のべつ幕なしにしゃべっていた。銀行のエメット支店長の奥さんにそっくりだわ、とミス・マープルは思った。前にエメット夫人が訪ねてきた日のことを思いだした。休戦記念日のバザーの相談をするために来たのだが、相談が終わったとたん、エメット夫人はとめどなくしゃべりはじめた。セント・メアリ・ミード村での夫人の立場はかなり微妙だ。古い家柄を誇るご婦人方の仲間には入れてもらえない。この人々は昔に比べると零落してしまったものの、教会をとりまく瀟洒(しょうしゃ)な家々に住み、上流家庭の家系図をすべて詳しく知っている。もっとも、厳密に言うと〝上流階級〟ではないのかもしれないが。銀行支店長のエメット氏が身分の低い女と結婚したことは誰もが知っていて、おかげで、夫人はひどく孤独な立場に追いやられている。商売人の妻たちとつきあうことも当然ながらできないからだ。村人のくだらない階級意識が頭をもたげて、エメット夫人を永遠に島流しにしているというわけだ。

誰かとおしゃべりしたいという欲求がエメット夫人のなかで膨らんでいて、ミス・マープルを訪ねた日、その欲求が堰(せき)を切ったようにあふれでたため、ミス・マープルが夫人の言葉の奔流を受け止めたのだった。あのときミス・マープルはエメット夫人を気の毒に思い、今日は今日でパーシヴァル・フォーテスキュー夫人に同情していた。

パーシヴァル夫人はずいぶんと苦悩を抱えこんできたので、見ず知らずの相手に胸の内を明かすことができて、心が軽くなっていた。

「もちろん、文句を言うつもりはないんです」パーシヴァル夫人は言った。「わたしは愚痴っぽい人間じゃありませんから。人は苦労に耐えなきゃいけないって、いつも自分に言い聞かせています。自分の力でどうにもならないことは我慢するしかないし、誰にも愚痴を言ったことはありません。安心して話せる相手を見つけるのがひと苦労ですもの。考えてみれば、この屋敷での暮らしはとても孤独です——本当に孤独なんです。もちろん、贅沢させてもらえますし、夫婦専用の部屋をもらって同居しているおかげで、よけいなお金を使わずにすみます。でも、自分たちの家を持つのとはやはり違いますわね。同意していただけると思いますけど」

ミス・マープルは同感だと答えた。

「幸い、わたしどもの新居はほぼ完成して、もうじき引っ越せることになりました。塗装業者と内装業者の作業が終わるのを待つばかりです。あの人たちったら、ほんとに仕事が遅いんですよ。もちろん、夫はこの屋敷でずっと暮らせばいいのにと言っていますけど、男と女は違いますもの。そうお思いになりません？」

ミス・マープルは同意して、男と女はずいぶん違うと答えた。心からそう思っているので、こう答えるのになんの抵抗もなかった。ミス・マープルが思うに、〝紳士階級〟というのは女とはまったく別の生き物だ。朝食にはベーコンに加えて卵二個を要求し、栄養たっぷりの食事を日に三度とりたがる。また、夕食前は口答えされるのをいやがるし、口論するのも避けたがる。

パーシヴァル夫人のおしゃべりはさらに続いた。

「ご存じのように、夫は一日じゅうロンドンの会社に出ております。帰宅したときには疲れはてていて、早く腰を下ろして本を読もうと思っているだけです。いっぽう、わたしは気の合う話し相手もなく、この家でいつも一人ぼっちです。贅沢はさせてもらっていますよ。食事も豪華だし。でも、つくづく思うんですけど、人には心から楽しめる友達づきあいが必要ですね。この界隈の方たちにはどうしてもなじめません。ブリッジを楽しむ派手な方たちはいらっしゃいますよ。でも、上手なブリッジではないんです。わたし自身は誰にも負けないぐらいブリッジが得意ですけど、このあたりのみなさんは大金持ちでしょ。すごい額のお金を賭けるし、お酒もずいぶん飲むんです。わたしに言わせれば、いかにも成金階級という感じですわね。もちろん――移植ごてを手にして歩きまわり、ガーデニングをするのが大好きなお年寄りも、何人かいらっしゃいますけど」

ミス・マープルは少々うしろめたそうな顔になった。彼女自身も根っからのガーデニング好きだからだ。

「亡くなった人のことを悪く言いたくはないんですが」パーシヴァル夫人は早口で話を続けた。「義父のフォーテスキュー氏はほんとに愚かな再婚をしたものです。相手の女は――義理の母と呼ぶ気にはどうしてもなれませんけど――わたしとほぼ同じ歳なんですよ。はっきり申しあげると、あの女は根っからの男好き。ものすごく男好きなんです。おまけに、ひどい浪費家だし！　義父はあの人にベタ惚れだったから、どれだけ請求書がまわってきても気にかけなかった。パーシーはかんかんに怒っていました。夫はふだんからお金に細かい人で、無駄遣いが大嫌いなんです。ところが、義父の様子がひどく変になって、とても怒りっぽくなり、逆上してわめきちらしたり、お金を湯水のように使ってボロ株を買いあさったりするようになったものですから、もう――喧嘩ばっかり」

ミス・マープルはようやく言葉をはさむことができた。

「ご主人もさぞお困りだったでしょうね」

「ええ、そうなんです。この一年、パーシーはひどく頭を痛めていました。そのせいで、人が変わったようになってしまって。わたしへの態度も違ってきました。話しかけても返事もしてくれないんです」夫人はため息をつき、ふたたび話を続けた。「それから、義理の妹のエレインですけど、これがまたひどく変わった子で、アウトドアの活動が大好きなんです。よそよそしいわけではないけど、思いやりのあるタイプではないですね。ロンドンへショッピングに出かけようとか、お芝居や何かに行こうという気はまったくなし。着るものにも興味のない子です」夫人はまたしてもため息をついて低くつぶやいた。「でも、もちろん、愚痴をこぼすつもりはありませんのよ」気が咎めたらしく、あわてて言った。「お目にかかったばかりの方にこんなお話をするなんて、ずいぶん妙な女だとお思いでしょうね。でも、正直なところ、重圧と衝撃が大きすぎて——いちばんの問題はやはり衝撃でしょうね。あとから衝撃が襲ってくるんです。神経がぴりぴりして、ですから——そのう、誰かに話を聞いてもらわずにはいられませんでした。あなたを見ていると、トレフューシス・ジェイムズという優しい老婦人のことが思いだされます。七十五歳のときに大腿骨骨折で入院なさったんです。ずいぶん長い入院生活だったので、わたし、その方とすっかり親しくなりました。わたしが退職するときにはキツネの襟巻を贈ってくださったりして、ほんとに親切な方でした」

「あなたのお気持ちはよくわかりますよ」ミス・マープルは言った。

これも心からの言葉だった。夫が彼女に飽きてしまったのは明らかで、妻のことなど眼中にないし、妻のほうは気の毒に、近所で友達を作ることもできない。ロンドンでのショッピングも、芝居見物も、豪邸での暮らしも、夫の家族と温かな心の交流がない寂しさを埋めてはくれない。

「こんなことを申しあげるのは失礼かもしれませんが」ミス・マープルは老婦人らしい穏やかな声で言った。「亡くなられたフォーテスキュー氏はあまり善良な方ではなかったようですね」

「おっしゃるとおりです。ここだけの話ですけど、率直に申しあげて、ほんとにいやな人でした。殺したいと思う人間がいたとしても、少しも不思議ではありません」

「お心当たりはないのかしら。誰が――」ミス・マープルはこう言いかけて、はっと黙りこんだ。「まあ、どうしましょう。不躾な質問をしてしまって――犯人についてのあなたのお考えを伺うことすら遠慮すべきでした」

「いえいえ、わたしはあの感じの悪いクランプが怪しいと思っています。あの男のことは以前から嫌いでした。一応の礼儀は心得ていて、けっして無礼な人間ではないはずですが、それでもやっぱり無礼なんです。厚かましいと言ったほうがいいかしら」

「そんな男でも、人を殺すとなれば動機が必要ですよ」

「ああいうタイプの男が動機を必要とするのかどうか、わたしにはよくわかりません。もしかしたら、何かあって義父に叱られたのかもしれない。それに、ときどき、お酒を飲みすぎるようですし。でも、わたしが本当に気になるのは、精神的にちょっと不安定なタイプだということです。ほら、屋敷のまわりをうろついて誰彼かまわず撃っていた従僕だか、執事だかの事件が前にありましたでしょ。クランプもそれに似た感じです。ただ、じつを言いますと、わたしは、義父を毒殺したのはアデルじゃないかと疑っていました。でも、いまとなっては疑うわけにいきませんわね。あの人も殺されてしまったんですもの。もしかしたら、アデルがクランプに小言を言ったのかもしれない。それで、頭に来たクランプがサンドイッチに毒を入れ、それをグラディスに見られたものだから、グラディスまで殺してしまったんじゃないかしら——あんな男を屋敷に置いておくなんて、ほんとに危険だわ。ああ、どうしよう。ここから逃げだせればいいのに。でも、意地悪な警官たちが許してくれないでしょうね」パーシヴァル夫人は衝動的に身を乗りだし、ふっくらした手をミス・マープルの腕にかけた。「ときどき、逃げなきゃって思うんです。早く事件が解決しないと、わたし——わたし、本当に逃げだしてしまうかもしれません」

そう言うと、パーシヴァル夫人は椅子にもたれてミス・マープルの表情を探った。

「でも、たぶん——利口なやり方ではないでしょうね」

「ええ——あまり利口とは言えませんね——警察にすぐ見つかってしまいますよ」

「そうでしょうか？　本当に？　警察ってそんなに利口でしょうか？」

「警察を見くびるのはとても愚かなことですよ。とくに、あのニール警部は頭が切れる人だし」

「あら！　どちらかと言えば鈍い人だと思ってましたけど」

ミス・マープルは首を横にふった。

「わたし、怖くてならないんです」パーシヴァル夫人はためらいがちに言った。「この家にいるのは危険な気がして」

「あなたにとって危険という意味ですか？」

「え――ええ、そうです――」

「もしかして、何か――ご存じなの？」

パーシヴァル夫人ははっと息をのんだ様子だった。

「いえ、とんでもない――何も存じません。わたしが何を知っているというのです？ ただ――神経質になっているだけです。あのクランプという男が――」

いえ、違う――手を握りしめたり、ゆるめたりしているパーシヴァル夫人を見ながら、ミス・マープルは思った――この人が気にしているのはクランプのことではない。何かわけがあって、ひどく怯えているのだ。

22

あたりが暗くなってきた。ミス・マープルは編物を抱えて読書室の窓辺へ移動した。ガラス窓から外を覗くと、テラスを行きつ戻りつしているパット・フォーテスキューの姿が見えた。ミス・マープルは窓の掛け金をはずして声をかけた。

「お入りになったら？　さあ、早く。コートも着ずに外にいるのは寒すぎるし、じっとり濡れてしまいますよ」

パットはすなおに誘いに応じた。部屋に入ってきて、窓を閉め、ランプを二個ともした。

「ええ。気持ちのいい夕方とは言えませんわね」ミス・マープルのそばのソファに腰を下ろした。「何を編んでらっしゃるの？」

「これ？　小さな上着なのよ。赤ちゃん用の。若いお母さんたちにいつも言うんですけど、赤ちゃんの上着は何枚あっても多すぎることはありません。これは少し大きめのサイズ。いつも大きめに編むことにしているの。赤ちゃんはすぐ大きくなってしまいますからね」

パットは暖炉の火のほうへ長い脚を伸ばした。

「こういう部屋にいると、なんだかほっとします。暖炉に火が燃えていて、ランプがともり、あなたはベビー服を編んでらっしゃる。家庭的なくつろいだ雰囲気で、まさにイングランドの理想の光景ね」

「いかにもイングランドらしい光景ですよ」ミス・マープルは言った。「水松荘のような屋敷はそう多くはありませんけど」

「多くないほうがいいわ。だって、幸せな家だとは言えないような気がしますもの。お金が好きなだけ使えても、贅沢なものに囲まれていても、ここに住む人たちが幸せだとは思えないんです」

「ほんとね」ミス・マープルも同意した。「わたしもここが幸せな家だとは思えないわ」

「アデルは幸せだったかもしれません。もちろん、一度も会ったことがないので、本当はどうだかわかりませんけど。パーシヴァルの奥さんのジェニファーはひどく悲しそうだし、エレインはある青年に夢中になっている。もっとも、心の奥の奥では、自分が愛されていないことをたぶん承知しているのでしょう。ああ、早くこの家から逃げだしたい！」パットはミス・マープルを見て、不意に笑みを浮かべた。「あのね、ランスに言われたんです。なるべくあなたのそばにいるようにって。あの人、そうすればわたしの身は安全だと思ってるみたい」

「ご主人は鋭い方ね」ミス・マープルは言った。

「ええ。なかなか鋭いところのある人です。ただ、いったい何を恐れているのか、わたしに率直に話してくれればいいのにと思います。ひとつだけはっきりしていることがあります。この家の誰かが心を病んでいるのです。そういう人はどんな思考経路をたどるのかわからないから、恐ろしい気がします。次に何をするか予測がつきませんもの」

「あなたもお辛いでしょうね」ミス・マープルは言った。

「いえ、わたしなら大丈夫。こんなときだから、わたしがしっかりしなくては」

ミス・マープルは優しく言った。「ずいぶん苦労してらしたんでしょうね」

「あら、とても幸せなときもあったんですよ。アイルランドで楽しい子供時代を送りました。乗馬、狩猟、それから、太陽がさんさんと降り注ぐ、風通しのいい大きながらんとした屋敷。子供時代が幸せだったなら、それを奪うことは誰にもできません。そうでしょう？　何をしてもうまくいかないような気がしてきたのは、大人になってからでした。戦争がきっかけだったのでしょうね」

「ご主人は戦闘機のパイロットだったとか？」

「ええ。結婚して一カ月もしないうちに、夫のドンは撃墜されて亡くなりました」パッットは暖炉の火にじっと目を向けた。「そのときは、わたしも死んでしまいたかった。そんなひどいことって、残酷なことってないでしょ。でも――最後には――これでよかったのだと思えるようになりました。戦時中のドンの活躍はすばらしかった。勇敢で、怖いもの知らずで、快活でした。でも、なぜか、平和な世界にはなじめない人だったような気がするのです。あの人には――どう言えばいいのかしら――傲岸不遜なところがありました。社会に溶けこむことも、落ち着いて暮らすこともできなかったでしょう。何かにつけて周囲と衝突したと思います。ある意味で――そうですね――反社会的な人でした。ええ、社会に溶けこめない人だったのです」

「そこまで見抜いてらしたとは、あなたも聡明な方ね」ミス・マープルは編物のほうへ身をかがめ、一目編んでから小声で数えた。「表編み三目、裏編み二目、一目飛ばして二目一度……」それから、声を大きくした。「じゃ、二人目のご主人は？」

「フレディですか？　拳銃自殺しました」

「まあ。お気の毒に。なんという悲劇だったのでしょう」

「彼と一緒になれてとても幸せでした。でも、結婚して二年ほどたったころ、わたし、フレディが――そのう、ときたま隠しごとをしているのに気づきはじめたのです。ただ、二人のあいだでは、べつに問題ではありませんでした。だって、フレディはわたしを愛してくれていたし、わたしも彼を愛していたから。何が起きているのか、知らずにすませようとしました。わたしが卑怯だったんです。でも、わたしの力で彼を変えることはできませんでした。人を変えるなんて、誰にもできないのね」

「そうね」ミス・マープルは言った。「人を変えることはできません」

「彼と出会って、恋に落ちて、結婚しました。だから、黙って我慢するしかないと思ったのです。そのうちに事態がどんどん悪化して、あの人はそれ以上耐えられなくなり、拳銃自殺をしてしまいました。フレディの死後、わたしはケニアの友人の家にしばらく身を寄せることにしました。イングランドにとどまって――あれこれ知っている古い知人たちと顔を合わせるのが辛くてならなかったのです。そして、ケニアでランスに出会いました」パットの表情が変化して柔らかくなった。いまも暖炉の火を見つめていて、ミス・マープルはそんな彼女を見守っていた。パットはやがて、顔を上げて言った。

「ねえ、ミス・マープル、パーシヴァルのことをどうお思いになります?」

「そうねえ、顔を合わせる機会はあまりないのですよ。朝食のときぐらいかしら。それに、わたしがこちらに泊めてもらっているのがあまりお気に召さないみたい」

パットは急に笑いだした。

「ケチな方ですもの。お金のことになると、ほんとにケチ。ランスの話だと、昔からそうだったんですって。ジェニファーもよくこぼしています。ミス・ダブがつけている家計簿をパーシヴァルが細かく点検して、いちいち文句を言うみたい。でも、ミス・ダブのほうも負けていないそうです。ほんとにしっかりした方ですね。そうお思いになりません？」

「ええ、たしかに。あの方を見ていると、わたしが住んでいるセント・メアリ・ミード村のラティマー夫人を思いだします。婦人義勇隊とガールガイドの世話役をしていて、ほとんどすべてのことを引き受けてたの。でね、五年のあいだ誰も気づかなかったんですけど――あら、つまらない噂話はやめておきましょう。見たこともない場所や、会ったこともない人など、あなたにはなんの馴染みもないのに、そうした話を聞かされるぐらい退屈なことはありませんもの。どうか許してくださいね」

「セント・メアリ・ミードってすてきな村ですの？」

「さあ、どういうところがすてきな村なのか、よくわかりませんけど……愛らしい村なのはたしかですね。善良な人もいれば、ものすごく不愉快な人もいます。よその村と同じように、ひどく妙なこともいろいろ起きます。どこへ行こうと、人間のすることにはほぼ変わりがないのです」

「ミス・ラムズボトムのお部屋をずいぶん訪ねてらっしゃるんじゃありません？」パットは言った。「わたし、あの方がなんとなく苦手で」

「苦手？　どうして？」

「だって、変わった方なんですもの。宗教に関して狂信的なところがおありだし。あのう――ちょっと――異常な方だと思われません？」

「どんなふうに異常だと？」

「あら、よくおわかりでしょ。ご自分の部屋にこもったきりで、外にはけっして出ずに、人の罪というものについて考えていらっしゃる。それでとうとう、天罰を下すのが人生における自分の使命だと思うようになったのかもしれません」

「あなたのご主人もそう考えてらっしゃるの？」

「ランスが何を考えているのか、わたしにはわかりません。何も言ってくれないから。でも、ひとつだけたしかなことがあります――犯人は異常者で、しかも家族のなかにいる――ランスはそう確信しています。でも、パーシヴァルはきわめてまともですよね。奥さんのジェニファーはただのつまらない人で、情けないタイプ。いささか神経質ではあるけど、それだけのことだわ。エレインはちょっと変わり者。激しい気性の子ね。例の青年に熱を上げているけど、相手が財産目当てだってことは一瞬たりとも認めようとしない」

「あなたはその青年が財産目当てだとお思いなの？」

「ええ、そうです。そう思われません？」

「当然そうでしょうね。わたしの村にいるエリスって青年と同じですよ。裕福な金物屋の娘のマリオン・ベイツと結婚したんです。娘さんのほうはあんまり器量好しじゃなくて、彼にもう夢中でした。でも、結婚生活はうまくいっています。エリス青年や、そのジェラルド・ライトのような男は、貧しい娘と恋に落ちて結婚した場合には、いやな性格が表に出てしまうでしょうね。結婚を後悔して、相手の娘のせいにしようとする。でも、金持ちの娘と結婚すれば、いつまでも大事にするものなんですよ」

パットは話をもとに戻し、眉をひそめて言った。「外部の人間の犯行だとはぜったいに思えません。だから——だから、家のなかがこんな雰囲気になってるんです。誰もがほかの誰かを監視している。きっと、もうじき何かが起きて——」

「これ以上人が死ぬことはないはずよ」ミス・マープルは言った。「少なくとも、わたしはそう思っています」

「断言はできないでしょう?」

「いえ、正直なところ、断言してもいいぐらいよ。犯人の男はすでに目的を達したんですもの」

「男?」

「いえ、女かもしれません。とりあえず〝男〟と言っただけで」

「目的とおっしゃいましたね。どんな目的でしょう?」

ミス・マープルは首をふった。その点はミス・マープル自身にもまだはっきりしていなかった。

23

今日もまた、タイピスト室でミス・サマーズがお茶の用意をしたばかりだが、またしても沸騰しきっていない湯を茶葉に注いでしまった。歴史はくりかえすというやつだ。カップを受けとったミス・グリフィスはひそかに考えた――やはり、サマーズのことをパーシヴァルさんに相談しなくては。なんとかしないとね。でも、お宅のほうが大変そうだから、会社関係の些細なことで煩わせるのも申しわけないし。

そこで、これまで何度もしてきたように、ミス・グリフィスはきびしい声で言った。

「今日も沸騰してないお湯を使ったのね、サマーズさん！」

すると、ミス・サマーズは頰をうっすらと染めて、いつもどおりの返事をした。

「す、すみません。沸騰したと思ったものですから」

そのあとにいつものやりとりが続こうとしたとき、ランス・フォーテスキューが入ってきたため、会話は中断された。漠然とあたりを見まわすランスに気づいて、ミス・グリフィスはあわてて立ちあがり、挨拶しようと前に出た。

「ランスさま」と叫んだ。

ランスはそちらに向き直り、輝くばかりの笑みを浮かべた。

「やあ。ミス・グリフィスじゃないか」

ミス・グリフィスは感激した。十一年ぶりなのに、わたしの名前を覚えてくださったなんて。あたふたした声で言った。

「忘れずにいてくださってうれしいです」

すると、ランスは魅力を全開にして、気さくな口調で言った。

「忘れるわけないだろ」

興奮のざわめきがタイピスト室に広がった。ミス・サマーズはお茶の悩みを忘れ去った。口を軽く開いたまま、ランスに見とれていた。ミス・ベルはタイプライター越しに熱っぽくランスを見つめ、ミス・チェイスはこっそりコンパクトをとりだして鼻に白粉をはたいた。ランス・フォーテスキューは周囲を見渡した。

「ここは何もかも昔のままだね」

「ええ、ほとんど変わっていませんわ、ランスさま。それにしても、よく日に焼けて、お元気そうですこと！　外国で楽しい日々を過ごしてこられたのでしょうね」

「まあ、そうとも言えるかな。だけど、これからはロンドンで楽しい人生を送ろうと思ってるんだ」

「会社に復帰なさるんですか？」

「たぶん」

「まあ、なんて喜ばしいことでしょう」

「だけど、仕事の腕はすっかり錆びついてしまった。また最初からきみに教えてもらわなくては、ミス・グリフィス」

ミス・グリフィスは楽しそうに笑った。

「復帰していただけるなら、こんなうれしいことはありません、ランスさま。大歓迎です」

ランスは感謝の視線をミス・グリフィスに送った。

「なんて優しいことを言ってくれるんだ。ほんとに優しい人だね」

「わたしたち、一度も信じたことはありません……わたしたちの誰も……」ミス・グリフィスは不意に黙りこみ、頬をピンクに染めた。

ランスは彼女の腕を軽く叩いた。

「ぼくという悪魔のことを、噂どおりの悪辣なやつだと信じたことは一度もなかったというんだね。うん、そう悪い人間じゃないと思うよ……でも、もう過去のことだ。いまさらとやかく言っても始まらない。今後のことを考えなきゃ。ところで、兄貴はいる？」

「社長室のほうだと思います」

ランスは軽くうなずいて奥へ向かった。社長室の手前の秘書室に入ると、不愛想な顔をした中年女性が机の向こうで立ちあがり、険悪な声で言った。

「お名前とご用件を伺ってもよろしいですか？」

ランスは怪訝な顔で女性を見た。

「あなたが——ミス・グローヴナー？」

ミス・グローヴナーは魅力たっぷりの金髪の美女だと聞いていた。レックス・フォーテスキューの検視審問を報じた新聞記事の写真でも、まさにそのとおりだった。どう考えても、この女性はミス・グローヴナーではない。

「ミス・グローヴナーは先週退職しました。わたしはハードカースルと申します。パーシヴァル・フォーテスキュー社長の個人秘書です」

パーシーのやりそうなことだ——ランスは思った——魅力的な金髪の美女をやめさせて、かわりにゴルゴーンみたいな恐ろしい女を秘書にする。身の安全のため？　それとも、安くつくから？

　気さくな口調で言った。

「ぼくはランスロット・フォーテスキュー。会うのは初めてだね」

「まあ、大変失礼いたしました、ランスロットさま」ハードカースル夫人は謝った。

「会社にいらしたのは今日が最初でいらっしゃいますね？」

「最初だけど、最後にはしないつもりだ」笑みを浮かべて、ランスは言った。

　秘書室を横切り、父親が使っていた社長室のドアを開いた。意外なことに、机の前にすわっていたのはパーシーではなくニール警部だった。警部は机に山と積んだ書類を選（よ）り分けている最中だったが、顔を上げて会釈をした。

「おはようございます、フォーテスキューさん。今日からお仕事というわけですな」

「じゃ、ぼくが会社に入る決心をしたのが警部さんのお耳にも入ったんですね」

「お兄さんから伺いました」

「へーえ、兄貴が？　喜んでるようでしたか？」

　ニール警部は微笑を隠そうと努めた。

「兄貴も気の毒に」ランスは言った。

　ニール警部は興味津々の目でランスを見た。

「シティの人間になることを本気でお考えですか？」

「ぼくには似合わないと思ってるんじゃないでしょうね、警部さん？」

「そういうタイプには見えないので」

「どうして？　ぼくもおやじの子ですよ」

「そして、母上の子供でもある」

ランスは首をふった。

「なんにもわかってないんだな、警部さん。母はヴィクトリア時代に憧れるロマンティックな人だった。母の愛読書はテニスンの『アーサー王物語』でした。ぼくたちの風変わりな名前からおわかりかもしれませんが。病気がちな人で、いつも現実から逃避していたように思います。そういう母に、ぼくは似ていません。感傷的なタイプではないし、ロマンスに憧れる気持ちもない。徹底的な現実主義者なんです」

「人というのは、自分で思っているとおりの人間とはかぎりませんよ」ニール警部は指摘した。

「ええ、それも真理ですね」ランスは言った。

椅子に腰を下ろし、いかにも彼らしい態度で長い脚を前に伸ばした。一人で笑みを浮かべていた。やがて、思いがけないことを言った。

「うちの兄貴より警部さんのほうが鋭い洞察力をお持ちですね」

「なんのお話でしょう?」

「兄貴をちょっと脅してやっただけなんです。ぼくが本気でシティの人間として生きていく決心をしたと兄貴は思いこんでいる。ぼくが会社の経営に首を突っこむものと思っている。金遣いが荒くなって会社の金を横領し、兄貴をゴタゴタに巻きこむんじゃないかと警戒している。冗談半分でやってみるだけでも価値がありそうだ! ただ、本気で考えてるわけじゃありません。会社で働く人生なんてまっぴらだ。戸外を飛びまわって冒険に出会うのがぼくの夢なんです。こんなところにいたら息が詰まってしまう」それからあわてててつけくわえた。「でも、ここだけの話ということで。兄貴には黙っててくださいね。ねっ?」

「そんな話題は出ないと思いますよ」

「兄貴をちょっとからかってやらなきゃ。少しばかり冷汗をかかせてやりたい。仕返ししたいんです」

「それはまた妙な言い方ですね。仕返し? 何か恨みでも?」

ランスは肩をすくめた。

「まあ、昔の話ですよ。いまさら蒸し返しても仕方がない」

「そう言えば、過去に小切手の件がありましたね。そのことをおっしゃっているのですか?」

「よくご存じですね!」

「たしか裁判沙汰にはならなかったと記憶しています」警部は言った。「父上がもみ消しに走られた」

「そう。そして、ぼくを家から追いだした。それだけです」

ニール警部はじっと考えこむ様子でランスを見つめたが、警部が考えていたのはランス・フォーテスキューのことではなく、パーシヴァルのことだった。正直で、仕事熱心で、吝嗇家(りんしょくか)のパーシヴァル。捜査をどの方面へ広げても、パーシヴァルという謎めいた壁にぶつかる気がする。パーシヴァルの外面的なものは誰もがよく知っているが、奥に秘められた人柄がどうもつかみにくい。観察したかぎりでは、おもしろみのない目立たないタイプで、父親の意のままになっていた人物という印象だ。副総監の以前の言いまわしを借りるなら〝気どり屋パーシー〟だ。ニール警部はいま、ランスの言葉を通じてパーシヴァルの人柄を子細に見極めようとしていた。遠慮がちに切りだした。

「お兄さんはこれまでずっと——どう言えばいいのかな——父上の意のままに動いてこられたようですね」

「うーん」ランスはその点について考えこんでいる様子だった。「どうかなあ……。まあ、あの二人を見れば、世間がそう思うのも当然でしょうね。ただ、本当のところはぼくにもわからない。これまでの人生をふりかえってみると、驚いたことに、兄貴は人の言いなりになっているような顔をしながら、いつだって自分の思いどおりにしてきました。わかりますよね」

わかるとも――ニール警部は思った――たいしたものだ。目の前の書類を選り分けて一通の手紙をとりだし、デスク越しにランスのほうへ押しやった。

「これはあなたがこの八月に出された手紙ですね？」

ランスはそれを手にとり、ざっと見てから警部に返した。

「そうです。この夏、ケニアに戻ってから書いたものです。おやじがとっておいたんですね。どこにありました？　この社長室に？」

「いえ。水松荘に残されていた父上の書類にはさんでありました」

目の前の机に置かれた手紙を、警部は何やら考えこむ様子で凝視した。長い手紙ではなかった。

父さんへ

パットとも相談し、父さんの提案に従うことにしました。こちらの整理をするのにしばらくかかるでしょう。おそらく、十月末か十一月上旬ごろまでかかると思います。帰国の時期が近くなったら連絡します。父さんと力を合わせれば、昔よりうまくやっていけると思います。とにかくベストを尽くすつもりです。いまのぼくに言えるのはそれだけです。元気でいてください。

ランス

「手紙の宛先はどこにされましたか？　会社か、それとも、水松荘か」

ランスは顔をしかめて、思いだそうと努めた。

「弱ったな。思いだせない。三ヵ月近く前のことだし。たぶん会社宛だったと思います。うん、きっとそうだ。この会社の住所にしました」一瞬黙りこみ、それから好奇心をあらわにして尋ねた。「なぜです？」

「ちょっと気になったものですから」ニール警部は答えた。「父上はこの手紙を社長室の個人的書類のあいだにはさんでおかずに、水松荘に持ち帰られた。そちらの机の引出しに入っていました。なぜそんなことをされたのかと気になりましてね」

ランスは笑った。

「兄貴の目に触れないようにするためでしょう、たぶん」

「なるほど。そうかもしれません。すると、お兄さんは会社に置いてある父上の個人的な書類を見ることができたわけですね？」

「いえ……」ランスは口ごもり、しかめっ面になった。「そういう意味で言ったのでは……。その気になれば、好きなときに書類に目を通すことができたでしょうが、いくら兄貴でもそこまでは……」

ニール警部はランスのかわりにあとを続けた。

「そこまではしないはず？」

ランスは大きな笑みを浮かべた。「ええ、そう思います。露骨に言えば、盗み見ですからね。ただ、昔からそういうことをするタイプではありませんでしたが」

ニール警部はうなずいた。彼もやはり、パーシヴァルのやりそうなことだと思っていた。警部から見たパーシヴァルの人柄とも一致する。

「おや、噂をすればなんとやら……」ドアが開いてパーシヴァル・フォーテスキューが入ってきた瞬間に、ランスがつぶやいた。パーシヴァルは警部に挨拶しようとしたが、ランスの姿に気づいて、渋い顔で足を止めた。

「おや、来てたのか？　今日来るなんて言わなかったじゃないか」

「急に仕事への意欲が湧いてきてね。だから、何か手伝えることはないかと思って来てみたんだ。何をすればいい？」

パーシヴァルはそっけなく答えた。

「さしあたっては何もない。まったくない。おまえにどういう仕事を担当してもらうかは、相談のうえで決めるとしよう。おまえの部屋も用意しなくてはならん」

ランスはニッと笑って尋ねた。

「ところで、なぜまた魅力的なグローヴナーをクビにして、馬面の女に替えたんだい？」

「やめろ、ランス」パーシヴァルは声を尖らせた。

「まさに改悪ってやつだな。魅力的なグローヴナーに会えると思って、楽しみにしてきたのに。なんでクビにしたんだ？　彼女がいろいろ知りすぎてたとか？」

「馬鹿な。何を言いだすんだ？」パーシヴァルは青白い顔を紅潮させて、腹立たしげに言った。警部のほうを向いた。「弟の言うことは気にしないでください」と、冷たく言った。「くだらん冗談ばかり言うやつでして」ランスに向かってさらにつけくわえた。

「ミス・グローヴナーが優秀な秘書だとは、わたしはけっして思っていなかった。ハードカースル夫人には立派な推薦状があるし、言葉遣いがきちんとしているのに加えて、すばらしく有能だ」

「たしかに言葉遣いはきちんとしている」天井のほうへ目を向けて、ランスはつぶやいた。「なあ、兄さん、会社の人件費を切り詰めるのには、ぼくは賛成できないな。悲劇が続いたこの何日間か、会社のみんながぼくたちを支えてくれたことを考えたら、全員の給料を上げてやってもいいぐらいだと思わないか？」

「冗談はやめろ」パーシヴァルはどなった。「そんな必要はどこにもない」

ニール警部はランスの目にいたずらっぽい表情が浮かんでいることに気づいた。しかし、パーシヴァルは激怒のあまり、それに気づく余裕もなかった。

「おまえは昔から、非常識きわまりない突飛なことを考えるやつだった。会社の現状を考えたら、経費節減しか道はないんだ」

ニール警部は申しわけなさそうに咳払いをした。

「その点についてもお尋ねしたいと思っていました」パーシヴァルに向かって言った。

「なんでしょう、警部さん？」パーシヴァルはニール警部のほうに注意を移した。

「確認しておきたいことがあるのです。この半年以上、おそらく一年ほどのあいだ、父上の日々の態度と行動に、あなたの不安は高まるばかりだったようですね」

「ふつうではありませんでした」パーシヴァルはきっぱりと言った。「どう考えても、ふつうではなかったのです」

「父上を説得して医者の診察を受けさせようとしたが、だめだった。父上が頑なに拒否されたのですね？」

「そうです」

「こんなことをお尋ねするのはなんですが、あなたは父上が一般にGPIと呼ばれている病気を、つまり、進行性麻痺による痴呆症を患っているとお考えになったのではありませんか？　誇大妄想の症状に加えて、ひどく怒りっぽくなり、いずれは重い精神障害を発症することになる」

パーシヴァルは驚きの表情になった。「ご炯眼に感服しました。まさにその点を恐れていたのです。だから父に病院で治療を受けてもらおうと必死になりました」

ニール警部はさらに続けた。

「ところが、あなたが父上を説得できずにいるうちに、父上は会社に大きな損害を与えかねない状態になってきたわけですね？」

「おっしゃるとおりです」パーシヴァルはうなずいた。

「憂慮すべき事態ですな」

「本当に大変でした。わたしがどれほど悩んでいたか、誰にもわからないでしょう」

ニール警部は穏やかに言った。

「会社経営という観点からすれば、父上の死はまことに幸運な出来事でしたね」

パーシヴァルは尖った声で言いかえした。

「わたしが父の死をそんなふうに見ているなどとは思わないでいただきたい」

「あなたがどんなふうに見るかという問題ではないのです、フォーテスキューさん。わたしは事実を述べているだけです。父上は会社の経営が行き詰まる前に亡くなられた」

パーシヴァルは苛立たしげに言った。

「ええ、そうです。たしかにおっしゃるとおりです」

「ご家族のみなさんにとっても幸運だった。なにしろ、会社のおかげで贅沢に暮らしてこられたのだから」

「ええ。しかし、警部さん、何をおっしゃりたいのかよくわからないのですが……」パーシヴァルは不意に黙りこんだ。

「いや、何を言うつもりもありません。事実を整理しようとしているだけです。さて、ほかにも確認したいことがあります。弟さんが何年も前にイングランドを去ったあと、ずっと音信不通だったと言われましたね」

「そのとおりです」パーシヴァルは答えた。

「なるほど。ところが、それは事実ではない。そうでしょう？　あなたはこの春、父上の健康状態をひどく心配しておられた時期に、アフリカの弟さんに手紙を出し、父上の行動を危惧していることを知らせた。おそらく、弟さんの力を借りて父上に診察を受けさせ、場合によっては入院させなくてはと考えたのでしょう」

「わ――わたしは――いや、なんのお話だか……」パーシヴァルはひどく狼狽していた。

「そうですね、フォーテスキューさん？」

「いや、あの、相談するのが筋だと思いまして。なにしろ、ランスロットは共同経営者だったわけですし」

ニール警部は視線をランスに向けた。ランスはニヤニヤ笑っていた。

「お兄さんの手紙を受けとりましたか？」

ランスはうなずいた。

「どう返事されました？」

ランスの笑みが大きくなった。

「よけいなお節介はやめて、おやじの好きにさせてやれ、と言ってやりました。自分のしてることぐらい、おやじも心得ているはずだから、と」

ニール警部の視線がパーシヴァルのほうに戻った。

「弟さんの返事はそういう内容でしたか？」

「え――ええ――だいたいそんなところです。ただし、文面はもっと乱暴でした」

「警部さんには修正版をお伝えしたほうがいいと思ってね」ランスはそう言って、さらに続けた。「警部さん、ざっくばらんに言うと、おやじから手紙をもらって、ぼくが様子をたしかめに帰ってきたのには、そういう理由もあったわけです。おやじとしばらく話をしましたが、正直なところ、とくにおかしなところがあるとは思えませんでした。少々興奮しやすかった。それだけです。会社を経営していく能力は充分にあると思われました。とにかく、アフリカに帰ってパットと相談したあと、とりあえずこっちに戻ってきて――どう言えばいいのかな――様子を見てみようと決めました」

ランスはそう言いながら、パーシヴァルにちらっと視線を向けた。

「それは違うだろ」パーシヴァルは言った。「そういう言い方をされては困る。わたしは何もおやじを病院に押しこめようというのではなく、健康状態を心配してただけなんだ。いや、正直に言えば、心配ごとはほかにも……」そこで黙りこんだ。

ランスがすぐさまあとを続けた。

「ふところ具合がどうなるか心配だったんだろ？　兄さんのケチなふところ具合が」そう言って立ちあがると、不意に態度を一変させた。「わかったよ、パーシー、ここまでにしておこう。会社に復帰するふりをして、兄さんを少し困らせてやるつもりだったんだ。そうそう兄さんの好きにさせてたまるかと思ったんでね。だけど、こんなことを続けるのはもううんざりだ。正直なところ、兄さんと同じ部屋にいるだけで吐き気がする。兄さんは昔から、腹黒くて意地悪な卑怯者だった。人の様子をこっそり窺ったり、覗き見をしたり、嘘をついたり、問題を起こしたり。ほかにもあるぞ。証明はできないが、あの小切手を偽造したのも兄さんに違いないと、ぼくはずっと思っていた。あれで大騒ぎになって、ぼくは会社を追いだされてしまった。ぼくが兄さんを疑ったのは、まず、あまりに稚拙な偽造だったからだ。あんな偽造じゃ、誰だって気づくに決まっている。ぼくはそれまでの素行が悪すぎたせいで、やってないと言っても信じてもらえなかったが、しばしば考えたものだった——もしぼくがおやじの署名を偽造したのなら、はるかにうまくできたはずだけど、おやじはたぶん知らなかったんだろう、って」

話を続けるうちに、ランスの声が高くなった。

「さてと、パーシー、こんな馬鹿げたゲームを続けるのはもうたくさんだ。この国にも、シティにもうんざりした。ピンストライプのズボンに黒い上着をはおり、上品ぶった声で話し、くだらないペテンみたいな商取引をする、兄さんみたいなケチな連中にはうんざりだよ。兄さんの提案どおり、財産分けをしてもらい、パットを連れてことは違う国に戻ることにする——のびのびと呼吸して動きまわることのできる国に。株券は兄さんの好きなように分けてくれ。優良株と堅実な株を兄さんがとって、二パーセント、三パーセント、三・五パーセントの配当をもらえばいい。ぼくはおやじが最後になって買いあさったという、いわゆるおんぼろの投機株をもらうことにしよう。大部分はたぶん紙くず同然だろう。だけど、そのうちひとつかふたつが大化けして、最後はきっと、利回り三パーセントの堅実な株で安全策をとる兄さんよりもぼくのほうが大きな配当を手にするに違いない。おやじは抜け目のない商売人だった。危険な賭けをしたことだって何度もあった。その賭けで、五倍、六倍、七倍の利益を出してきたんだ。ぼくはおやじの判断力と運に賭けることにする。小心者の兄さんには……」

ランスが兄のほうへ歩を進めると、パーシヴァルはあわててあとずさり、デスクの角をまわってニール警部のそばへ行った。

「大丈夫だよ」ランスは言った。「兄さんには指一本触れないから安心しろ。兄さんはぼくが出ていくのを望んでた。こうやって追いだしたいんだ。さぞ満足だろうな」

大股でドアのほうへ向かいながら、ランスは話を続けた。

「なんなら、古いクロツグミ鉱山の採掘権ももらっといてもいいぜ。マッケンジー家の人間がぼくたちを狙ってるのなら、ぼくがアフリカへ連れてってやるよ」

ドアのところでふりむいて、さらにつけくわえた。「復讐――もう何年もたってるから――ありそうもない気がするけど、ニール警部さんはその可能性を真剣に考えているようだ。そうでしょう、警部さん？」

「くだらん」パーシヴァルは言った。「そんなことあるわけがない！」

「警部さんに訊いてみるんだな」ランスは言った。「クロッグミの件と、おやじのポケットに入ってたライ麦の捜査に力を入れてるのはどうしてかって」

ニール警部は上唇を軽くなでながら言った。

「この夏に起きたクロッグミの話を覚えておいでですね、パーシヴァルさん。わたしが捜査しているのにはちゃんとした理由があるのです」

「くだらん」パーシヴァルはふたたび言った。「マッケンジー家のことなど、長いあいだ誰も耳にしていなかったのに」

「いや」ランスが言った。「誓ってもいいが、ぼくたちの近くにマッケンジー家の者がいるはずだ。警部さんもそう思ってるんじゃないかな」

表の通りに出たランスロット・フォーテスキューに、ニール警部はうしろから追いついた。

ランスは照れくさそうに笑ってみせた。

「あそこまで言うつもりはなかったんです。だけど、急にカッとしてしまって。やれやれ！　ま、いいか――いずれは同じ結果になっただろうから。いまから〈サヴォイ〉でパットと待ち合わせなんです。途中まで一緒に行きませんか、警部さん？」

「いや、わたしはベイドン・ヒースに戻ります。ただ、ちょっと伺いたいことがあるんですが」

「なんでしょう？」

「さっき社長室に入ってきて、わたしの姿を見たとき――驚いていましたね。なぜですか？」

「警部さんがおられるとは思いもしなかったから。兄貴がいるものと思ってました」

「お兄さんは外出中だと聞いていなかったのですか？」

ランスは不思議そうに警部を見た。

「いえ。社長室にいると言われただけです」

「そうでしたか――では、お兄さんが出かけたことを誰も知らなかったのでしょう。社長室には出入口がひとつしかありませんが、秘書室のほうに、廊下に直接出られるドアがあるんです。お兄さんはそこから出ていかれたのでしょう。だが、ハードカースル夫人があなたに何も言わなかったとは驚きですな」

ランスは笑った。

「お茶でも淹れようと思って秘書室を空けてたんじゃないかな」

「ええ——ええ——きっとそうですね」

ランスは警部を見た。

「何を考えてるんです、警部さん？」

「二、三の些細な事柄について首をひねっておりまして。それだけのことです」

24

ベイドン・ヒースへ向かう列車のなかで、ニール警部は《タイムズ》紙のクロスワード・パズルをやっていたが、なかなか解けなかった。答えの候補がいくつも浮かんで迷ってしまう。新聞記事を読んでも、同じようにうわの空だった。日本を襲った大地震、タンガニーカ（アフリカ東部、タンザニアの大部分を占める地域）でのウラニウム鉱床の発見、サウサンプトンの近くに打ち上げられた商船の船員の遺体、目前に迫った港湾労働者のストライキ。また、警察に抵抗して殴打された人々や、重症結核の治療に奇跡的な効果があった新薬についての記事も読んだ。

これらの記事が警部の心の奥で奇妙なパターンを作りあげた。やがて、クロスワード・パズルに戻ると、三つのヒントを続けざまに解くことができた。

水松荘に到着したときには、ある結論に達していた。ヘイ部長刑事に声をかけた。

「あの老婦人はどこだね。まだこちらに？」

す」

「ミス・マープルですか？　はい、まだいますよ。二階の婆さんとすっかり仲良しで

「なるほど」ニール警部はしばし足を止め、それから言った。「いまはどこだ？　ちょっと会いたいんだが」

二、三分すると、ミス・マープルがやってきた。顔をやや上気させ、息を切らしていた。

「何かご用でしたの、警部さん？　お待たせしなかったならいいのですが。ヘイ部長刑事さんがわたしを見つけるのに手間どったようで。わたし、台所でクランプ夫人と話しこんでいたのです。夫人が焼いたペストリーや、夫人の手際の良さを褒めたり、ゆうべのスフレがどんなにおいしかったかという話をしたりしてね。わたしがつねづね心がけているように、人と話をするときは徐々に本題に入っていくほうがいいと思いません？もっとも、警部さんにはなかなかむずかしいでしょうけど。単刀直入に質問しなくてはならないお立場ですもの。でも、わたしのような年寄りになりますと、世間で言うように、暇な時間が充分にありますから、あれこれ無駄話をするのが当然だと周囲は思いこんでいるものです。そして、料理人の心をつかもうと思ったら、まずペストリーを褒めればいいのです」

「あなたが料理人から聞きだそうとしたのは、グラディス・マーティンのことだったわけですね？」

　ミス・マープルはうなずいた。

「ええ。グラディスのことです。すると、クランプ夫人はあの子についていろいろ話してくれました。殺人事件とは関係のない話でしたけど。あの子の最近の気分や、雑多な(オッド)おしゃべりについて。〝オッド〟と言っても、妙なという意味じゃないんですよ。とりとめのないおしゃべりという意味に過ぎません」

「参考になりそうなことは聞きだせましたか？」

「はい。とても参考になる話が聞けました。事件の真相がかなりはっきりしてきた気がします。警部さんもそうお思いになりません？」

「はいとも、いいえとも、ちょっと……」ニール警部は答えた。

　ふと気づくと、ヘイ部長刑事はすでに部屋からいなくなっていた。警部はほっとした。というのも、警部がいまからしようとしているのは、控えめに言っても捜査の王道からはずれることだったからだ。

「あのう、ミス・マープル、折り入ってお話があります」

「なんでしょう、警部さん？」

「ある意味で、あなたとわたしは異なる視点に立っているといいでしょう。じつは、警視庁であなたのお噂を耳にしました」警部は微笑した。「あなたのお名前は警視庁内でかなり有名なようですね」

「どんな噂をお聞きになったのか存じませんが、なんの関係もない事件に巻きこまれたことが何度かありました。犯罪というのは特殊な出来事ですわね」

「あなたは警視庁で高く評価されておいでです」

「警視総監のヘンリー・クリザリング卿がずいぶん古くからのお友達ですの」

「いまも申しあげたように、あなたとわたしは異なる視点に立っています。正気の視点か狂気の視点かというわけです」

ミス・マープルは軽く首をかしげた。

「具体的にはどのような意味でしょう、警部さん？」

「ええと、まず正気の視点から事件を見てみましょう。殺人によって利益を得る者がいるわけです。とくに、ある一人の人物が。第二の殺人によっても、同じ人物が利益を得ます。第三の殺人は安全策を講じるための殺人と言っていいでしょう」

「でも、第三の殺人とはどのことをおっしゃっているの？」

澄みきった青磁色の目が鋭く警部を見た。警部はうなずいた。

「なるほど。その点を気にしておられるのですね。じつは、このあいだ副総監からわたしに話があったとき、副総監の言葉の何かに違和感を覚えたのです。この点だったのですね。わたしはもちろん、童謡のことを考えておりました。王さまはお庫（くら）にいた。女王は広間にいた。そして、腰元は洗濯物を乾していた」

「そのとおりです」ミス・マープルは言った。「童謡はその順序ですが、現実には、グラディスはフォーテスキュー夫人よりも前に殺されたに違いありません。そうでしょう？」

「同感です」ニール警部は言った。「間違いなくそうです。遺体が発見されたのは夜遅くなってからだったので、正確な死亡時刻はわかりません。だが、五時前後に殺されたと見てほぼ間違いないと思います。なぜなら、もしそうでなければ……」

ミス・マープルが口をはさんだ。「そうでなければ、あの子が二度目のトレイを客間に運んだに違いないというのでしょう？」

「おっしゃるとおりです。グラディスは最初のトレイにお茶をのせて運び、二度目のトレイを廊下まで持ってきた。そこで何かが起きたのです。何かを目にするか、耳にした。問題はそれがなんだったかということです。デュボワがフォーテスキュー夫人の部屋を出て階段を下りてきたのかもしれない。エレイン・フォーテスキューの交際相手のジェラルド・ライトが勝手口から入ってきたのかもしれない。いずれにしろ、その人物に誘われて、グラディスはトレイを廊下に置き、庭に出た。そして、おそらく、庭におびきだされたとたん殺されてしまったのでしょう。外は寒かったが、グラディスはメイド用の薄い制服しか着ていなかった」

「ええ、たしかにそうですね」ミス・マープルは言った。「〝若い腰元　庭へ出て　乾しに並べた　お召しもの〟には該当しないわけです。夕方のあんな時間に洗濯物を乾しに出るわけはありませんし、コートを着ずに洗濯物をとりこみに行くはずもありません。洗濯ばさみを使ったのも、すべてカムフラージュのためだったのです。童謡に合わせるための」

「いやはや、悪夢ですな。ただ、この点でどうもあなたと意見が食い違っております。わたしは童謡説を鵜呑みにする気になれないのです」

「でも、ぴったり符合しますでしょ。それは認めてくださいますね」

「ええ、たしかに」ニール警部は重苦しい口調で言った。「だが、順序が違っています。マザー・グースの歌詞ですと、腰元は三番目に登場します。だが、今回の事件では、三番目に殺されたのは女王なのです。アデル・フォーテスキューは五時二十五分から五十五分までのあいだに殺されています。グラディスはそのときすでに死んでいました」

「つまり、順序が狂ってくる。そうですね？」ミス・マープルは言った。「童謡と一致しなくなる――この点がとても重大というわけね？」

ニール警部は肩をすくめた。

「たぶん、わたしが気にしすぎているのでしょう。死亡時の状況がマザー・グースの歌詞と符合している。それで充分なのでしょうね。おっと、まるであなたに同調するような言い方になってしまった。わたしが事件をどう見ているかを、ざっと説明させてください。クロツグミやライ麦といった要素は排除して、ありのままの事実と、常識と、一般的な殺人の動機を中心に考えていきたいと思います。まず、レックス・フォーテスキューの死ですが、それによって利益を得るのは誰か？　まあ、遺産配分に与る者は何人かいますが、最大の利益を手にするのは長男のパーシヴァルです。当日の朝、パーシヴァルは水松荘にいなかった。父親の朝食のコーヒーや料理に毒を入れることはできなかった。まあ、警察も最初はそう考えました」

「おや」ミス・マープルの目が輝いた。「じゃ、何か方法があったんですね？　わたしもその点をずいぶん考えて、いくつか仮説を立ててみました。もちろん、裏付けとなる証拠はないのですが」

「あなたにならお教えしてもかまわないでしょう。タキシンはマーマレードの新しい瓶に仕込んであったのです。その瓶が朝食のテーブルに出され、フォーテスキュー氏がそれをトーストに塗ったというわけです。瓶はあとで庭の茂みに投げ捨てられ、かわりに、中身を少し減らした同じ形の瓶が食料貯蔵室に置かれました。捨てられた瓶が茂みで見つかり、その分析結果が先ほど届いたところです。間違いなくタキシンが検出されました」

「そうでしたか」ミス・マープルはつぶやいた。「とても単純で簡単なことだったのね」

「投資信託会社の経営状態は悪化しています。フォーテスキュー氏の遺言に従ってアデル・フォーテスキューに十万ポンドの遺産を渡すことになれば、おそらく倒産してしまうでしょう。夫人がフォーテスキュー氏の遺産を受けとるにあたっては、夫の死後一ヵ月以上生きていることという条件がついていました。あの夫人のことですから、夫の会社には愛着などなく、倒産しようが気にもかけなかったでしょう。ところが、夫の死後すぐに亡くなってしまった。夫人が亡くなったため、十万ポンドは残余財産受遺者の手に渡ることとなった。つまり、またしてもパーシヴァル・フォーテスキューです」

警部は苦々しげな口調で続けた。

「つねにパーシヴァル・フォーテスキューの名前が出てきます。ただ、マーマレードの瓶にあらかじめ毒を仕込んでおくことはできたかもしれないが、義理の母親を毒殺するのも、グラディスを絞殺するのも無理だったはずです。秘書の証言によれば、その日の午後五時にはロンドンの会社にいたようで、帰宅したときは七時近くになっていました」

「それだと犯行はかなりむずかしいですね」

「不可能です」ニール警部は暗い声で言った。「言い換えれば、パーシヴァルは容疑者から除外するしかない」ふだんの自制心と用心を捨て去り、聞き手がいることも忘れて、苦々しくつぶやいた。「どちらへ進んでも、どちらを向いても、つねに同じ人物にぶつかる。パーシヴァル・フォーテスキューに！　ところが、パーシヴァルは犯人ではありえない」警部は少し冷静さをとりもどした。「まあ、容疑者はほかにもいますがね。充分な動機を持った人々が」

「まず、デュボワ氏ですね」鋭い声でミス・マープルは言った。「それから、あのライト氏という若い人。警部さんのご意見にはわたしも賛成です。誰が得をするかという問題になったら、よほど疑ってかからなくては。人を無条件に信じることだけはぜったいに避けなきゃいけません」

ニール警部は思わず苦笑した。

「つねに最悪の場合を考えろと言われるのですね？」

華奢(きゃしゃ)な外見の魅力的な老婦人からこんな言葉を聞かされるとは、なんとも妙なことだ、と警部は思った。

「ええ、そうですとも」ミス・マープルは熱っぽく言った。「わたしはかならず最悪の事態を想定します。悲しいことに、たいていそれが現実となるのです」

「なるほど。では最悪の場合を見ていきましょう。犯人はデュボワかもしれない。ジェラルド・ライトかもしれない。ライトだとすれば、エレイン・フォーテスキューとの共犯で、エレインがマーマレードに毒を入れたとも考えられます。あるいは、パーシヴァル夫人の犯行かもしれない。事件現場にいたのですから。ただ、いま挙げたなかに、今回の事件の異常性と結びつきそうな人物は誰もおりません。クロツグミとも、ポケットのライ麦とも関係がなさそうです。これはあなたのお説で、もしかしたら当たっているかもしれない。だとすると、犯人は一人に絞られる。そうでしょう？　それは何年ものあいだ療養所に入っているマッケンジー夫人です。ただ、夫人にはマーマレードの瓶に毒を仕込むことも、午後のお茶に青酸カリを入れることもできません。息子のドナルドはダンケルクの戦いで戦死している。すると、残るは娘のルビー・マッケンジーだけだ。もしあなたのお説のとおり、三件の殺人がクロツグミ鉱山に端を発しているなら、ルビー・マッケンジーがこの屋敷に入りこんでいることになります。そして、ルビー・マッケンジーに該当する人物は一人しかおりません」

「ねえ、警部さん、結論を急ぎすぎてらっしゃるような気がしますけど」

ニール警部は聞く耳を持たなかった。

「一人しかいないのです」不機嫌な声で言った。

そして、席を立って出ていった。


メアリ・ダブは自分の部屋にいた。簡素な家具が置かれた狭い部屋なのに、居心地はよさそうだ。快適に暮らせるよう、ミス・ダブが工夫しているのだろう。ニール警部がドアをノックしたとき、ミス・ダブは御用聞きに渡す注文帳を調べているところだったが、顔を上げ、澄んだ声で答えた。

「どうぞ」

警部は部屋に入った。

「おすわりください、警部さん」ミス・ダブは椅子を示した。「少しだけお待ちいただけません？　魚屋から届いた請求書の金額が間違っているようなので、調べてしまわないと」

ニール警部は椅子に腰を下ろし、金額を計算する彼女を無言で見つめた。なんと冷静沈着な女性だろうと思った。これまでもしばしばあったように、落ち着き払った態度の陰にどんな個性が潜んでいるのかと興味をそそられた。パインウッド療養所で会った女性の面影がどこかにないものかと探してみた。肌の色は似ていなくもないが、目鼻立ちはまったく違う。やがて、ミス・ダブが注文帳から顔を上げて言った。

「お待たせしました、警部さん。どのようなご用件でしょう？」

ニール警部は静かに言った。

「じつは、ミス・ダブ、今回の事件にはひどく風変わりな点がありまして」

「はあ……」

「まず、奇妙なことに、フォーテスキュー氏のポケットからライ麦が見つかりました」

「たしかに不思議ですわね」ミス・ダブは同意した。「どういうことなのか、わたしにもさっぱりわかりません」

「次はクロツグミにからむ奇妙な出来事です。この夏、フォーテスキュー氏のデスクにクロツグミの死骸が四羽置かれていた。それから、パイの中身が子牛肉とハムからクロツグミに変わっていたこともあります。どちらのときも、あなたはここにおられたはずですが？」

「はい、おりました。記憶しております。もう気味が悪くて。たちの悪い無意味ないたずらだと、あのときは強く思ったものです」

「無意味とは言い切れないかもしれませんよ。クロッグミ鉱山のことを何かご存じないでしょうか？」

「クロッグミ鉱山なんて、聞いたこともありません」

「あなたはメアリ・ダブと名乗っておられる。本名ですか、ミス・ダブ？」

ミス・ダブは眉を吊りあげた。青い目に警戒の色が浮かんだことをニール警部はほぼ確信した。

「ずいぶん変わったご質問ですね、警部さん。わたしの名前はメアリ・ダブではないとおっしゃるの？」

「まさにそう言っているのです。本当の名前はルビー・マッケンジーじゃないんですか？」

ミス・ダブは警部を凝視した。一瞬、彼女の顔から抗議の色も驚愕も消え去り、まったくの無表情になった。ニール警部は思った――頭のなかで何かを計算しているのがはっきりわかる。一分か二分たってから、ミス・ダブは感情を抑えた声で静かに言った。

「どんな返事を期待してらっしゃるのでしょう？」

「正直に答えてください。あなたの名前はルビー・マッケンジーですか？」

「メアリ・ダブだと申しあげました」

「そう。だが、それを証明するものをお持ちですか、ミス・ダブ？」

「何をご覧になりたいの？　わたしの出生証明書？」

「はて、証拠になるかどうか……。〝メアリ・ダブ〟なる人物の出生証明書はお持ちかもしれない。だが、そのメアリ・ダブはあなたの友人かもしれないし、すでに亡くなっているかもしれない」

「ええ、さまざまな可能性が考えられるでしょうね」メアリ・ダブの声が嘲笑の響きを帯びた。「警部さんも判断に迷ってらっしゃるんじゃありません？」

「パインウッド療養所のスタッフなら、おそらくあなたの顔に見覚えがあるでしょう」

「パインウッド療養所？」メアリは眉を上げた。「なんです、それは？　どこにあるんです？」

「よくご存じのはずだが、ミス・ダブ」

「いいえ、聞いたこともありません」

「では、ルビー・マッケンジーであることを断固として否定なさるのですね？」

「否定しようなどとは思っておりません。ルビー・マッケンジーが何者なのか存じませんけど、わたしがその人だとおっしゃるなら、警部さんのほうで証明なさらなくては」

彼女の青い目には間違いなく嘲笑が浮かんでいた。嘲笑と、そして、挑戦が。警部の目をまっすぐに見て、メアリ・ダブは言った。「ええ、証明するのは警部さんの役目です。わたしがルビー・マッケンジーであることを証明できるならどうぞ」

25

「あの婆さん、警部を捜してますよ」ニール警部が階段を下りていくと、ヘイ部長刑事がこっそりささやいた。「いろいろと話したいことがあるみたいです」

「厄介な婆さんだ」ニール警部は言った。

「まったくです」顔の筋肉ひとつ動かさずにヘイ部長刑事は答えた。

警部はその場を去ろうとする部長刑事を呼び止めた。

「ミス・ダブが渡してくれたこのメモを見てくれ。以前の雇用先と雇用条件に関するメモだ。裏をとってもらいたい。ついでに、ほかにもひとつかふたつ調べてほしいことがある。問い合わせをしてほしい。いいね？」

警部は紙片に二、三行走り書きをしてヘイ部長刑事に渡した。

「ただちにとりかかります、警部」

読書室の前を通りかかったとき、話し声が聞こえてきたので、ニール警部はドアから覗いてみた。ミス・マープルはたしか警部を捜していたはずなのに、いまは編み棒をせっせと動かしながら、パーシヴァル・フォーテスキュー夫人との話に夢中になっていた。会話の断片がニール警部の耳に届いた。

「……昔からずっと思っていたのですが、看護婦さんに必要なのは強い使命感ですわね。とても崇高なお仕事です」

ニール警部はそっとあとずさった。ミス・マープルは警部の姿に気づいたようだが、素知らぬ顔だった。

優しく穏やかな声で話を続けた。

「わたしも以前に手首を骨折したとき、すばらしい看護婦さんのお世話になったんですよ。わたしが退院したあと、その看護婦さんはスパロー夫人の息子さんを担当することになりました。若くてすてきな海軍士官で、熱い恋が芽生えてついに婚約。なんてロマンティックだろうと思ったものです。二人は結婚して、とても幸せな家庭を築き、いまでは可愛いお子さんが二人います」ミス・マープルは情感たっぷりにため息をついてみせた。「そのときは肺炎で入院だったんですって。肺炎だと看護の良し悪しがものを言いますわね」

「おっしゃるとおりです」パーシヴァル夫人は答えた。「肺炎患者さんの場合は看護がすべてです。もっとも、最近はM&B社のよく効くお薬ができたおかげで、昔のように長引くことはなくなりました」

「あなたはきっと、優秀な看護婦さんでいらしたんでしょうね。病院がロマンスの始まりだったんでしょう？　パーシヴァル・フォーテスキュー氏の担当看護婦になったのがきっかけで。違います？」

「ええ。まあ、そうです——それが出会いでした」

あまり話題にしたくないという口調だったが、ミス・マープルは気づいた様子もなかった。

「なるほどねえ。もちろん、使用人たちの噂話に耳を傾けるのはしたないことですが、わたしのような年寄りになると、ゴシップというものにいつも興味津々なんですよ。あら、いやだわ、何を言うつもりだったのかしら。そうそう、思いだしました。最初はべつの看護婦さんがフォーテスキュー氏についてたけど、やめさせられた——たしかそう聞きました。きっと何かミスがあったんでしょうね」

「いえ、ミスというわけでは……。実家のお父さんか誰かが重病だったので、わたしがかわりに担当することになったんです」

「そうでしたか。そして、恋が芽生えて結婚。まあ、すてきですね。ほんとにすてき」

「さあ、どうですか……。ときどき思うんです」パーシヴァル夫人の声が震えた。「看護婦の仕事に戻りたいって」

「ええ、ええ、わかりますとも。お仕事に情熱を注いでらしたのね」

「当時はそういう意識もなかったのですが、いまになって考えると――いまは退屈な人生ですもの。来る日も来る日も、何もすることがないし、夫は仕事人間ですし」

ミス・マープルは首を横にふった。

「こういう時代ですから、男性は必死に働かなくてはね。いくらお金があっても、遊ぶ暇などないのでしょう」

「おかげで、妻はとても孤独になり、暇を持て余してしまいます。しばしば思うんです。ここに来なければよかったって。いいえ、自業自得でしょうね。こんなことをしたのが間違いだったんです」

「こんなこととおっしゃると？」

「ヴァルと結婚したのが間違いでした。いえ、いいんです――」パーシヴァル夫人は急にため息をついた。「こんな話はもうやめましょう」

ミス・マープルはすなおに応じて、パリで流行っているという最新のスカートを話題にした。

「さきほどはご遠慮くださって助かりました」ミス・マープルは書斎のドアをノックし、ニール警部からどうぞと返事があったので礼を言った。「確認したい小さな点がひとつかふたつあったのです」非難の口調でつけくわえた。「それなのに、話の途中で出ていってしまわれましたね」

「申しわけありません、ミス・マープル」ニール警部は魅力的な笑みを浮かべた。「失礼をお許しください。相談したいことがあってお呼び立てしておきながら、一人で勝手にしゃべってしまいました」

「いえ、ちっともかまいません」すぐさまミス・マープルは言った。「だって、わたしのほうはお話しできる材料がまだそろっていませんでしたから。百パーセントの確信がないかぎり、こちらの推理を披露する気にはなれません。自分で納得できないかぎりはね。そして、いまは納得しています」

「何を納得されたのですか？」

「もちろん、フォーテスキュー氏を殺した犯人は誰かということです。警部さんがマーマレードのことを話してくださったおかげで、はっきりしました。犯人の名前も殺害方法もお教えできます。また、犯人の精神状態はきわめて正常です」

ニール警部は目を軽くしばたたいた。

「あら、すみません」警部の反応に気づいて、ミス・マープルは言った。「ときどき、自分の思いをうまく言葉にできないことがあって」

「われわれが何について話しているのか、まだよくわからないのですが」

「でしたら、最初からおさらいしたほうがいいでしょう。お時間は大丈夫ですか？　わたしが事件をどう見ているかをお話ししましょう。まず、わたしはさまざまな人と話をしました。ミス・ラムズボトム、クランプ夫人、その夫のクランプ氏など。クランプ氏はもちろん、嘘つきですが、それはべつにかまいません。相手が嘘つきだとわかっていれば、だまされずにすみますもの。ただ、電話の件や、ナイロンのストッキングの件などをはっきりさせておきたかったのです」

ニール警部はまたしても目をしばたたき、どうしてこんなことになってしまったのか、なぜまたミス・マープルのことを頭脳明晰な理想の協力者だと思ったりしたのか、と首をかしげた。とはいえ、支離滅裂な人ではあるが、役に立つ情報を集めてくれたかもしれない、とひそかに考えた。ニール警部が捜査で輝かしい成功を収めてきたのは、人の話にじっくり耳を傾けるという方針のおかげだった。いまも警部には耳を傾ける準備ができていた。

「では、お話を伺いましょう、ミス・マープル。しかし、最初からお願いします」

「ええ、いいですとも。では、グラディスのことから始めましょう。そもそも、わたしがこちらに来たのはグラディスのためでした。そして、警部さんはご親切にも、わたしがグラディスの所持品を調べることを許してくださいました。そこからわかったことと、ナイロンのストッキングと、電話がかかってきたことと、その他二、三のことを考えあわせた結果、事件の真相をはっきりつかむことができました。フォーテスキュー氏とタキシンの件についてです」

「フォーテスキュー氏のマーマレードに誰がタキシンを入れたのか、推理なさったわけですね？」

「推理ではありません。事実です」

ニール警部は、これで三度目になるが、目をしばたたいた。

「グラディスがやったに決まっています」ミス・マープルは言った。

26

ニール警部はミス・マープルを凝視し、ゆっくりと首をふった。

「すると、なんですか」信じられないままに尋ねた。「グラディス・マーティンが意図的にレックス・フォーテスキューを殺害したというのですか？　失礼ながら、ミス・マープル、とうてい信じられません」

「いえ、もちろん、あの子には殺すつもりなどありませんでした。でも、結果的には殺してしまった。警部さんご自身もおっしゃいましたね。事情聴取のときに、あの子が動揺し、神経質になっていた、と。そして、罪悪感でおどおどしていた、とも」

「ええ。だが、まさか人を殺すはずは……」

「ええ、わたしもありえないと思います。いまも言ったように、あの子には人を殺すつもりはなかったのです。でも、あの子がマーマレードにタキシンを入れたのは事実です。もちろん、毒物だとは思いもせずに」

「いったいなんだと思ったのです？」ニール警部の声には、いまも信じられないという響きがあった。

「自白剤だと思いこんでいたのでしょう。女の子たちが切り抜いてとっておく新聞記事というのは、とても興味深くて、大いに参考になるものです。いつの時代も、女の子の興味を惹くものには変わりがありません。美容法とか、好きな人をふりむかせるテクニックとか。それから、魔法、おまじない、奇跡のような出来事。最近はそのほとんどが科学という衣をまとっています。魔法使いの存在を信じる者はもはやいませんし、誰かが杖をひとふりすれば相手がカエルになるなんて信じている者もいません。でも、ある種の注射によって身体の重要な組織を変化させると、その人間はカエルに似た特徴を示すようになる、という記事が新聞に出たなら、誰もが信じるでしょう。ですから、自白剤の記事を新聞で読んでいたグラディスは、これがその薬だと男に言われたときに、おそらく、頭から信じてしまったはずです」

「どこの男がそんなことを？」

「アルバート・エヴァンズ。もちろん、本名ではありません。でも、とにかく、この夏にその男は海辺の行楽地でグラディスに出会って誘惑し、男女の仲になった。そこから先はわたしの想像ですが、レックス・フォーテスキューにだまされたとか、ひどい目にあわされたとか、まあ、そういった話をグラディスに聞かせたのでしょう。とにかく、フォーテスキュー氏に悪事を白状させて弁償させたい、という点を強調したのだと思います。もちろん、わたしがその場にいたわけではありませんが、この推測でほぼ合っていると思います。男はグラディスをこちらの屋敷に送りこみました。近ごろは住み込みで働く使用人が不足していますから、希望するお屋敷で仕事につくのは簡単なのです。使用人の顔ぶれはたえず変わっていますものね。二人はその後、日時を打ちあわせました。〝約束の日を忘れちゃだめだよ〟と絵はがきに書いてあったのを覚えておいででしょう？　二人はその大切な日に向けて計画を練ったのです。グラディスは男に渡された薬をマーマレードに混ぜて、フォーテスキュー氏が朝食でトーストに塗るように仕向ける。それから、氏の上着のポケットにライ麦を入れておく。ライ麦に関して男がグラディスにどんな説明をしたのか、わたしにはわかりませんが、最初に警部さんに申しあげたとおり、グラディス・マーティンは人の言うことを単純に信じる子でした。感じのいい若者から言葉巧みに何か言われれば、一から十まで信じてしまったでしょう」

「それで……？」ニール警部は呆然たる声で言った。

「おそらく、次のような手筈になっていたのだと思います」ミス・マープルは話を続けた。「約束のその日、アルバートがフォーテスキュー氏に会いに会社へ行く、そのときにはもう自白剤が効きはじめていて、氏はすべてを自白することになる、と。フォーテスキュー氏が亡くなったと聞いたときの、あの哀れな子の気持ちはどんなだったでしょう」

「しかし」ニール警部は反論した。「それなら正直に白状したのでは？」

ミス・マープルは鋭い声で尋ねた。

「あなたが事情聴取をなさったとき、あの子は最初になんと言いました？」

「『あたし、なんにもしてません』と」

「ほらね」得意げにミス・マープルは言った。「いかにもあの子の言いそうなことじゃありません？　装飾品をこわしたりすると、グラディスはかならず言うんです。『あたし、なんにもしてません、ミス・マープル。どうしてこわれたのかわかりません』って。ああいう子たちって、ついそう言ってしまうんです。自分でやっておきながら、ひどくうろたえて、とにかく責任逃れをしようとする。殺すつもりはなかったのに人を殺してしまったとき、臆病な女の子がそれを白状するなんて、警部さんも思われないでしょう？　あの子の性格からすれば、とうてい考えられません」

「なるほど。たしかにそうですね」

ニール警部はグラディスを事情聴取したときの記憶をたどった。神経質、動揺、疚しげな様子、落ち着かない視線などが思いだされた。たいした意味はないのか、それとも、重大な意味があるのか……。迷いつつも、正しい結論に到達できなかったわけだが、警部としては、そんな自分を責める気にはなれなかった。

「グラディスがまず考えたのは、すべてを否定することでした。次に、混乱しつつも頭のなかで筋の通った説明をつけようとする――アルバートはあの薬がどんなに強いかを知らなかったのかもしれない。あるいは、分量を間違えてあたしにたくさんよこしたのかもしれない、と。それから、彼のために弁明や説明を考えようとする。連絡をくれればいいのにと思う。むろん、彼は連絡してきました。電話で」

「そんなことまでご存じなのですか？」ニール警部は声を尖らせた。

ミス・マープルは首を横にふった。

「いえ、あくまでも推測です。でも、あの日、誰からかわからない電話が何度もあったそうです。電話がかかってきて、クランプかその夫人が出ると、すぐに切れてしまったとか。アルバートがかけてきたのですよ。グラディスが受話器をとるまで何度もかけてきたのでしょうね。ようやくグラディスが出たので、会う約束をしたわけです」

「なるほど。グラディスは死亡したあの日、男と会う約束だったというのですね」

ミス・マープルは強くうなずいた。

「そうです。それを示唆する要素がありました。クランプ夫人の推測は当たっていたのです。グラディスはうんと上等のストッキングとよそ行きの靴をはいていました。誰かに会うつもりだった。ただ、会いに出かけるのではなかった。男のほうが水松荘に来る約束になっていた。ですから、グラディスはあの日、外ばかり眺め、そわそわしていて、お茶を運ぶのも遅れてしまった。やがて、二度目のトレイを持って廊下に出たとき、おそらく勝手口のほうへ目をやり、男が手招きしているのに気づいたのでしょう。そこでトレイを廊下に置きっぱなしにして、男に会うために出ていった」

「そして、男がグラディスを絞殺した」ニール警部は言った。

ミス・マープルは唇をキッと結んだ。「一分もかからなかったでしょう。でも、男からすれば、グラディスにしゃべられる危険だけは避けたかった。あの子は殺される運命だったのです。哀れで、愚かで、だまされやすい子。そのあと——男はグラディスの鼻を洗濯ばさみでつまんだのです！」猛烈な怒りで老婦人の声が震えた。「童謡の歌詞に合わせるために。ライ麦、クロツグミ、お庫、パンに蜂蜜、洗濯ばさみ。腰元の鼻を突ついた小鳥のかわりに洗濯ばさみを使うしかなかったのです——」

「そして、逮捕された場合は、精神疾患を抱えた犯罪者が収容されるブロードムアの病院に逃げこむつもりだったんですね。そうなれば、われわれは犯人を絞首刑にできなくなってしまう！」ニール警部はゆっくりと言った。

「いいえ、ちゃんと絞首刑にできます。犯人は精神疾患なんてまるっきり抱えていないんですもの！」

ニール警部は目を丸くしてミス・マープルを見つめた。

「あのう、ミス・マープル、お説は拝聴しました。ただ——そのう——事実だとあなたはおっしゃるが、あくまでも仮説に過ぎません。あなたは次のように言っておられる——ある男が今回の犯行をおこなった。男はアルバート・エヴァンズと名乗っていて、海辺の行楽地でグラディスという娘を誘惑し、犯行の道具として利用した。このアルバート・エヴァンズというのは、昔のクロツグミ鉱山の件で復讐を企てていた人物である。マッケンジー夫人の息子のドナルド・マッケンジーはダンケルクで戦死してはいなかった——そうおっしゃりたいのですか？　ドナルドはいまも生きている、すべての事件の背後に彼がいた、と？」

ところが、警部が驚いたことに、ミス・マープルは激しく首をふって否定した。

「違います！　違うんです！　そんなことは申しておりません。警部さんにはおわかりにならないの？　クロツグミ鉱山の話はすべてまやかしだってことが。犯人が利用しただけですよ。書斎のデスクに置いてあったクロツグミと、パイに入っていたクロツグミのことを耳にした犯人が、それを利用したのです。クロッグミが嫌がらせであったことは事実です。昔のいきさつを知っていて復讐を望んだ者がやったことです。ただ、あくまでもフォーテスキュー氏を脅したり、怯えさせたりするのが目的でした。時節を待って復讐を実行するよう言い聞かせながら子供を育てていくなんて、はっきり言って無茶ですよ。子供だってちゃんと分別を備えています。ただ、ペテンにかけられ、見殺しにされたであろう父親を持つ子供がいれば、相手に陰湿な嫌がらせをしてやりたいと思うことはあるでしょう。クロッグミを使ったいたずらはそれだったのです。そして、今回の犯人がそれを利用したわけです」

「犯人か……」ニール警部は言った。「ねえ、ミス・マープル、犯人の目星がついているのなら教えてください。誰なんですか？」

「意外な人物ではないと思いますよ」ミス・マープルは言った。「だって、犯人の名前を――いえ、もっと正確に表現するなら、犯人に違いないと思われる人物の名前を――申しあげたら、まさにそういう殺人に走りそうなタイプだと、警部さんもお思いになるはずですもの。精神疾患には無縁で、頭がよくて、良心のかけらも持たない人物。犯行の動機はもちろんお金です。それも、おそらく莫大なお金でしょう」

「パーシヴァル・フォーテスキューですか？」ニール警部はすがるような口調で尋ねた。

しかし、そう言う端から、正解ではないと悟っていた。ミス・マープルが挙げた犯人の特徴はパーシヴァル・フォーテスキューには当てはまらないからだ。

「いいえ、違います。パーシヴァルではありません。ランスです」

27

「ありえない」ニール警部は言った。

警部は椅子にもたれ、魅せられたようにミス・マープルを見つめていた。ミス・マープルが言ったとおり、意外な人物ではなかった。だが、〝ありえない〟という彼の否定はおざなりなものではなく、本心から出た言葉だった。ランス・フォーテスキューはミス・マープルが語った人物像に合致する。じつに鋭い描写だ。ただ、ランスに犯行の機会があったとは、ニール警部にはどうしても思えなかった。

ミス・マープルは椅子から身を乗りだすと、穏やかに、噛んで含めるように、幼い子供に算数の基礎を説明するような調子で、自分の意見を述べはじめた。

「ご存じのように、ランスは昔からそういう人物でした。つねにそうだったのです。骨の髄まで悪党なのです。ただ、悪人であるいっぽう、魅力的でもありました。とくに、女にとっては魅力的です。頭の回転が速くて、危険に挑む度胸もある。いつだって危険に挑んできたし、その魅力ゆえに、周囲の人々は彼のいい面だけを見て、悪く言う者などいませんでした。この夏、ランスは父親に会うために帰国しました。父親から手紙で呼ばれたというランスの言葉を、わたしはまったく信じておりません。もちろん、その証拠を警察のほうで握っておいでなら、話は違ってきますが」ミス・マープルは問いかけるように、いったん言葉を切った。

ニール警部は首を横にふった。「いいえ。父親がランスに手紙を出したことを裏づける証拠はありません。屋敷の捜索をしたときに、ランスが父親に宛てて書いたとされる手紙を押収しました。だが、到着した日に、書斎に置いてある父親の書類のあいだに手紙をすべりこませることぐらい、ランスには造作もなくできたはずです」

「頭の切れる男ですからね」ミス・マープルはうなずいた。「たぶん、この夏に帰国して、父親と仲直りしようとしたのでしょう。ところが、父親は頑固に拒絶した。ご存じのように、ランスは最近になって結婚したため、わずかな仕送りと、その足しにするためにあれこれ不正な手段で稼いでいたお金だけでは充分とは言えなくなりました。パットを深く愛していたので――ほんとに気立てのいい女性ですね――これまでのうしろ暗い暮らしを捨てて、落ち着いたまともな人生を送りたいと望むようになったのです。それには大金が必要です。この夏水松荘に戻ったとき、ランスはクロツグミの話を聞いたに違いありません。父親が話したのかもしれない。あるいは、アデルから聞いたのかもしれない。マッケンジー家の娘がこの家に入りこんでいることを鋭く見抜き、殺人の罪を着せるのにもってこいだと思いついた。父親の心を動かすのは無理だと悟ったとき、殺すしかないと冷酷に決心したに違いありません。もしかしたら、父親の健康状態が――そのう、あまりよくないことを――知っていて、死なれたらわずかな仕送りさえ断たれてしまうと危惧したのかもしれません」

「ランスはたしかに父親の健康状態を知っていました」

「そうでしたか――それで多くの説明がつきます。父親の名前がレックス、つまり〝王さま〟という意味であることと、クロツグミの件があったことで、マザー・グースの童謡を使おうと思いついたのでしょう。殺人に猟奇的な味つけをして、マッケンジー家の復讐だと思わせることにした。次にアデルを殺せば、遺産の十万ポンドが会社から出ていくのを阻止できる。でも、歌詞に合わせるためには被害者がもう一人必要です。〝洗濯物を乾す若い腰元〟の役が。そこで悪魔のような犯行を思いついたわけです。何も知らない娘を手先に使い、口を封じるために殺してしまう。しかも、それによって、第一の殺人に対して鉄壁のアリバイを作ることができる。そこから先は簡単でした。駅からこの屋敷に到着したのが五時少し前。グラディスが二度目のトレイを持って廊下に出たときでした。ランスは勝手口にまわってグラディスの姿を目にすると、手招きした。絞殺し、遺体を抱えて屋敷の裏手にある物干しロープのところまで運ぶのに、三分か四分しかかからなかったはずです。次に玄関へまわって呼鈴を押し、邸内に通され、家族と一緒にお茶を飲んだ。お茶のあとで、二階のミス・ラムズボトムのところへ挨拶に行った。階下に戻って客間に入ると、アデルが一人で最後のお茶を飲んでいたので、ソファに並んですわり、話しかけながら彼女のカップにこっそり青酸カリを入れた。そうむずかしくはなかったはずです。お砂糖に似た白い小さなかたまりですもの。おそらく、シュガーポットに手を伸ばして角砂糖を一個とるふりをし、アデルのカップに入れたのでしょう。『ほら、砂糖を足してあげたよ』と笑いながら言うと、アデルは『あら、どうも』と言って、スプーンでかき混ぜ、口に持っていく。しごく簡単で大胆な手口です。ええ、大胆な男ですもの」

ニール警部はゆっくりと言った。

「たしかに可能ではある――ええ。だが、ひとつ解（げ）せないことがあります――どうにも理解できないのです――この殺人でランスにどんな得があるというのです？　フォーテスキュー氏が死なないかぎり会社は近く倒産する運命だったとしても、ランスの遺産の取り分は三人も殺す必要があるほど莫大なものだったのでしょうか？　わたしにはそうは思えません。そんなはずはありません」

「その点がちょっと厄介ですね」ミス・マープルは認めた。「ええ、わたしも警部さんのご意見に賛成です。そこが厄介なところです。ふと考えたのですが……」そこで口ごもり、警部を見た。「あのう――わたし、経済面のことにはとても疎いのですが――クロッグミ鉱山には本当になんの価値もないのでしょうか？」

ニール警部は考えをめぐらした。頭のなかでさまざまな断片がつながりはじめた。投機株やボロ株をパーシヴァルから進んで譲り受けようとしたランス。今日、ロンドンでランスが別れぎわにパーシヴァルに投げつけた言葉。クロッグミ鉱山やその呪いとは早く手を切ったほうがいい――ランスはそう言った。金鉱。無価値な金鉱。だが、もしかすると、無価値ではないのかもしれない。いやいや、やはり価値はないはずだ。レックス・フォーテスキューが〝あの鉱山にはなんの価値もない〟と言ったそうだし、その判断に誤りがあったとは思えない。もちろん、最近になって再調査がおこなわれた可能性もある。鉱山の所在地はどこだった？　西アフリカだとランスは言っていた。そうだ。しかし、ほかの誰かの話だと――ミス・ラムズボトムだったかな？――東アフリカということだった。ランスはわざと間違えて、東アフリカを西アフリカと言ったのだろうか？　ミス・ラムズボトムは高齢で忘れっぽいが、それでも、ランスではなく、彼女のほうが正しいのかもしれない。東アフリカ。ランスは東アフリカから帰国したばかりだ。もしかして新しい情報をつかんできたのではないだろうか?

突然、新たな断片が収まるべきところにカチッと収まった。列車のなかで読んだ《タイムズ》紙の記事。タンガニーカでウラニウム鉱床が発見された、と書いてあった。そのウラニウム鉱床がクロツグミ鉱山の敷地に含まれているとしたら? それですべての説明がつく。東アフリカで暮らしていたランスはその情報をつかんだ。クロツグミ鉱山にウラニウム鉱床があるとすれば、莫大な金になる。巨万の富を手にできる! 警部はため息をついた。ミス・マープルを見た。

声を尖らせて尋ねた。「わたしにこのすべてを立証することができるなんて、どうして思われるんです?」

ミス・マープルは激励するようにうなずいた。奨学金試験を受けにいく利口な甥を、おばが励ますといった感じだ。

「大丈夫、できますよ。警部さんはとても、とても頭のいい方ですもの。わたしは最初からそう思っておりました。さあ、誰が犯人かわかったのだから、あとは証拠を手に入れるだけです。例えば、あの行楽地でランスの写真を見せてまわれば、見覚えがあるという人々が出てくるはずです。アルバート・エヴァンズという名前であそこに一週間滞在していた理由を尋ねたら、ランスはきっと返事に詰まるでしょう」

なるほど――ニール警部は思った――ランス・フォーテスキューは悪賢い男だが、無謀なところもある。やつが冒した危険はいささか大きすぎる。

かならず捕まえてやる――警部はひそかに決心した。だが、やはり疑念に襲われて、ミス・マープルを見た。

「すべては憶測に過ぎませんよね」

「ええ――でも、あなたもそれに間違いないと思っておいででしょう？」

「たぶんね。ああいうタイプの犯罪者には前にも出会っていますから」

ミス・マープルはうなずいた。

「ええ、重要なことですわね――わたしも同じ理由から、ランスが怪しいと思ったのです」

ニール警部はいたずらっぽくミス・マープルを見た。

「犯罪者についてよくご存じだからですか？」

「まさか――とんでもありません。きっかけはパットでしたの――いい人なのに――いつだって、ろくでもない男と結婚してしまう。だから、今度もまたそうじゃないかと思って、ランスに注意を向けることにしたのです」

「わたしも確信はしていますよ――頭のなかで。だが、説明の必要なことがまだたくさんあります。例えば、ルビー・マッケンジーの件とか。それについては、わたしから自信を持って――」

ミス・マープルは警部の言葉をさえぎった。

「おっしゃるとおりですけど、あなたが目をつけたのは見当違いの女性です。パーシヴァル夫人と話をしてください」

「パーシヴァル夫人」ニール警部は言った。「結婚前のお名前を教えていただけませんか？」

「えっ！」夫人はあえいだ。顔に怯えが浮かんだ。

「神経質になる必要はないのですよ。だが、正直におっしゃったほうが身のためです。結婚前のお名前はルビー・マッケンジーだった。合っていますね？」

「わたし――あの、いえ、あの――え、ええ――でも、それのどこがいけないんでしょう？」パーシヴァル夫人は言った。

「いや、いけないとは言っていません」ニール警部は穏やかに答え、さらにつけくわえた。「数日前、パインウッド療養所へ出向いて、あなたの母上と話をしてきました」

「母はわたしにひどく腹を立てています。わたしが面会にも行かないので。だって、母を興奮させるだけですもの。かわいそうな母。父をとても大切に思っていたのです」

「そして、あなたを育てあげ、芝居じみた復讐をさせようとしたのですね？」

「ええ。聖書にかけて、わたしたちに誓わせました。けっして恨みを忘れず、いつかあの男を殺すように、と。わたしは看護婦になって病院で実習を始めると、ほどなく、母は精神のバランスを崩していたのだと気づきました」

「ただ、あなた自身にも復讐したい気持ちはあったのでしょう？」

「ええ、もちろんです。レックス・フォーテスキューが父を殺したのも同然ですもの！銃やナイフは使わなかったにしても、死にかけていた父を見殺しにしたのは間違いありません。殺したのと同じことでしょう？」

「倫理的な観点からすれば同じです──ええ」

「だから、あの男に仕返しをしてやりたかった。フォーテスキューの息子が入院してきて、わたしの友人が担当看護婦になったので、彼女に頼みこんで担当を替わってもらいました。どうするつもりだったのか、自分でもよくわかりません……フォーテスキューの息子を殺そうなんて考えたことは一度もありません。看護に手落ちがあれば、患者さんを死なせる危険があることはわかっていました。でも、看護婦を職業とする者なら、そんなことはできるはずもありません。現実に、わたしもヴァルの回復を願って看護に全力を尽くしました。やがて、わたしに好意を持ったヴァルから結婚を申しこまれ、そこでわたしは考えました。〝これこそ、何よりもずっと賢明な復讐だ〟と。だって、フォーテスキューの長男と結婚すれば、父がだましとられたお金を奪いかえせるわけですもの。そのほうがはるかに利口な復讐だと思いました」

「たしかにそうですな」ニール警部は言った。「はるかに利口だ。クロッグミを机に置いたのも、パイに入れたのも、あなただったのですね？」

パーシヴァル夫人は赤くなった。

「はい。ほんとに馬鹿なことをしたものだと思います……でも、ある日、義父が世の中にはだまされやすい人間がいるものだという話を始め、他人をだまして大儲けしたことを得意げに語りだしたのです。それも、法律に触れない範囲で。そこで、わたしは義父を怖がらせてやりたくなりました。大成功でした。あの人、震えあがってましたわ」夫人は心配そうにつけくわえた。「でも、それ以上のことはしておりません！　本当です、警部さん。まさか――まさか、わたしが人を殺したなんて思ってらっしゃらないでしょうね？」

ニール警部は微笑した。

「ええ。大丈夫です。ところで、最近、ミス・ダブに金を与えてはいませんか？」

パーシヴァル夫人はギクッとした顔になった。

「どうしてご存じですの？」

「警察はいろいろと知っているものです」ニール警部はそう答え、心のなかでつけくわえた――そして、いろいろと推測するものだ。

パーシヴァル夫人はあわてて話を続けた。

「あの人、わたしのところに来て言ったんです。ニール警部がミス・ダブをルビー・マッケンジーじゃないかと疑っている、と。五百ポンド用意してくれたら、警部にそう思わせといてあげる。あなたがルビー・マッケンジーだってことをあの警部が知ったら、フォーテスキュー夫妻殺害の容疑者にされてしまうわよ、と言いました。お金を工面するのは大変でした。だって、パーシヴァルに話すわけにはいきませんもの。夫はわたしの正体を知らないのですから。仕方がないので、ダイヤの婚約指輪と、義父からもらった豪華なネックレスを売りました」

「ご心配なく、パーシヴァル夫人。お金はちゃんととりもどしてあげます」

ニール警部がふたたびミス・メアリ・ダブと話をしたのは翌日のことだった。

「ミス・ダブ、五百ポンドの小切手を書いてもらえませんかね。パーシヴァル・フォーテスキュー夫人宛に」

メアリ・ダブが珍しくも落ち着きを失うのを見て、ニール警部はほくそ笑んだ。

「あの馬鹿な女が話したのね」

「そうだ。恐喝はけっこう重い罪だぞ」

「あら、恐喝なんかしてないわ、警部さん。恐喝容疑でわたしを逮捕するなんて無理だと思うけど。パーシヴァル夫人のために便宜を図っただけですもの」

「小切手を渡してくれれば、恐喝の件は忘れてやろう」

メアリ・ダブは小切手帳をとってきて、万年筆を出した。

「まったく迷惑な話だわ」ため息をつきながら言った。「お金が足りなくて困ってるのに」

「急いで次の仕事を探すつもりなんだろう？」

「そうよ。せっかくここの仕事にありついたのに、予定が狂ってしまった」

ニール警部は同意した。

「そうだな。きみの立場が危うくなった。警察がいつきみの経歴を調べるかわからんからな」

メアリ・ダブはいつもの冷静な彼女に戻って、眉を上げた。

「あら、警部さん。言っときますけど、わたしの経歴はきれいなものよ」

「ああ、そうだろうな」ニール警部は愛想よくうなずいた。「きみのことをとやかく言うつもりはない。ただ、奇妙な偶然なんだが、きみが有能な家政婦として勤めてきた三軒の家はいずれも、きみがやめた三カ月ほどあとで盗難にあっている。犯人はミンクのコートや宝石類がしまってある場所を驚くほどよく知っていたらしい。奇妙な偶然だと思わないかね？」

「世の中には偶然もあるものよ、警部さん」

「そうだな。まあ、たまにはあるだろう。だが、頻発しないように願いたいね、ミス・ダブ。たぶん、いずれまたきみと顔を合わせることになりそうだ」

「でも――失礼なことは言いたくないけど、会わずにすめばそのほうがうれしいわ」

28

ミス・マープルはスーツケースに詰めた荷物を平らにならし、はみでていた毛糸のショールの端を折りたたんでから蓋を閉めた。泊めてもらっていた部屋を見まわした。大丈夫、忘れものは何もない。クランプがやってきてスーツケースを階下に運んだ。ミス・マープルはミス・ラムズボトムに別れの挨拶をするため、となりの部屋へ行った。

「こんなに歓待していただいたのに、なんのお礼もできませんで。どうかお許しくださいまし」

「いいんですよ」ミス・ラムズボトムは言った。

いつものようにトランプで一人遊びをしていた。

「黒のジャック、赤のクイーン」そう言いながら、横目で鋭くミス・マープルを見た。

「ついに探りあてたようね」

「はい」

「そして、あの警部にすべてを話したのね？　容疑を固めることはできる？」

「あの警部さんなら大丈夫だと思いますよ。時間は多少かかるかもしれませんが」

「わたしから質問するのはやめておきましょう」ミス・ラムズボトムは言った。「あなたは抜け目のないお人だ。会ったとたんにわかりましたよ。あなたがしたことを恨むつもりはありません。悪事は悪事、罰を受けねばなりません。この一族には邪悪な血が流れているのです。ありがたいことに、わたしの血筋から来たものではない。わたしの妹、エルヴァイラは愚かな女だった。だけど、邪悪ではなかった。黒のジャック……」

ミス・ラムズボトムはカードを手にとりながら、ふたたび言った。

「ハンサムだけど、心は黒い。ええ、わたしはそれが心配だった。でもねえ、悪い子ほど可愛いものです。あの子は小さいときから魅力があった。わたしまで言いくるめようとした……あの日、わたしの部屋を出た時刻のことで嘘をついた。わたしは気づかないふりで通したけど、変だと思いました……以来、ずっと疑っていた。でも、エルヴァイラが産んだ子ですからね——わたしの口からは何も言えなかった。いえ、もうやめましょう。あなたは正義の味方だ、ジェーン・マープル。そして、正義が勝利を収めねばなりません。ただ、ランスの嫁が不憫(ふびん)でね」

「わたしも同じ思いです」

玄関ホールでパットが別れの挨拶をしようと待っていた。

「ずっといてくだされば いいのに。お名残り惜しいです」

「そろそろお暇しなくてはね」ミス・マープルは言った。「わたしの用件は片づきました。あまり――後味のいいものではなかったけれど。でも、悪が栄えるのを許すわけにはいかないから」

パットは怪訝な顔をした。

「なんのお話かわかりませんけど」

「そうよね。でも、いずれわかるでしょう。失礼ながら、ひとつ助言させていただくと、これから先、何か――何か辛いことがあったら――幸せな子供時代を送った故郷にお戻りになるのがいちばんだと思いますよ。アイルランドにお戻りなさい。馬と犬のいるところに。ねっ？」

パットはうなずいた。

「ときどき思うんです。フレディが亡くなったときにアイルランドに戻ればよかったって。でも、そうしていたら――」パットの声が変化して、柔らかな響きを帯びた。「ランスと出会えなかったでしょう」

ミス・マープルはため息をついた。

「わたしたちもここにとどまるつもりはありません」パットは言った。「すべてが片づいたら、二人で東アフリカに戻ることにしました。心からホッとしています」

「神さまが守ってくださいますよ。人生を進んでいくには多大な勇気が必要です。あなたにはその勇気がおありだわ」

ミス・マープルはパットの手を軽く叩いてから手を放し、玄関の外で待っているタクシーに向かった。

ミス・マープルが自宅に帰り着いたのは、その夜も遅くなってからだった。

キティという、セント・フェイス児童養護施設を出たばかりの子が玄関をあけ、満面の笑みを浮かべてミス・マープルを迎えた。

「お帰りなさい！ 夕食にニシンを用意しておきました、家のなかもきちんと片づけてあります。大掃除したんですよ」

「まあ、ありがとう、キティ——やっぱりわが家がいちばんだわ」

ふと天井を見ると、壁との境の蛇腹部分にクモの巣が六つもかかっていた。こういう子たちは上を見たりしないのね！ それでも、心優しいミス・マープルは何も言わないことにした。

「郵便物は玄関ホールのテーブルに置いておきました。そのなかに一通、このディンミード荘じゃなくて、間違ってデイジーミード荘へ配達されてしまったのがあります。郵便屋さんがよく間違えるんですよね。ディンとデイジーがちょっと似てるから。それに、こんなに字が汚いんじゃ、間違えるのも仕方ないですよ。そこの家の人たち、旅行に出てて、やっと帰ってきたんですって。今日こっちに届けてくれました。〝大事な手紙でなければいいのですが〟というメモをつけて」

ミス・マープルは郵便物を手にした。キティが言った手紙はいちばん上にのっていた。インク汚れが飛んだ拙い筆跡を目にした瞬間、ミス・マープルの胸になつかしさがこみあげた。封を切った。

拝啓　マープルさま

とつぜんお手紙をさしあげることをお許しください。でもどうしていいかわからなくて、ほんとにわからなくて、あたし、悪いことするつもりはなかったんです。新聞でよまれたと思いますけど、人が殺されて、でもあたしがやったんじゃないです。ほんとです。だって、あたし、そんな悪いことしないし、あの人だってするはずありません。あの人ってアルバートのことです。うまく言えないけど、この夏に知りあって結婚のやくそくをしたんです。でも、バートにはお金がありません。死んだフォーテスキューさんにだまされて、ぜんぶとられてしまったから。でも、フォーテスキューさんはそんなことしてないって言うし、もちろん誰だってフォーテスキューさんを信じます。だってフォーテスキューさんはお金持ちで、バートは貧乏ですもん。でも、バートのお友達に新薬をつくる会社ではたらいてる人がいて、それって自白剤とかよばれてて、マープルさんもたぶん新聞でよまれたと思いますけど、いくら隠そうとしても本当のことを話してしまう薬なんですって。バートは十一月五日にフォーテスキューさんに会いに会社へ行くつもりで、弁護士さんも連れてくそうで、あたしはその日の朝、食事のときにフォーテスキューさんに薬をのませるようバートに頼まれました。そしたら、バートたちが会社につくまでに薬のききめが出てきて、バートの言ってることがぜんぶ本当だってフォーテスキューさんが白状するはずだったんです。あたし、それをマーマレードに入れました。でも、フォーテスキューさんは死んでしまった。きっと薬がつよすぎたんだと思います。でも、バートが悪いんじゃありません。バートはそんなことする人じゃないです。でも、警察には言えません。バートがわざとやったんだと警察に思われるから。そんなことないのはあたしがよく知ってます。ああ、マープルさん、どうすればいいのか、どう言えばいいのかわからない。警察がこの家にきてて、すごく恐ろしくて、いろいろ質問してこわい顔でにらむから、あたし、どうすればいいのかわからないんです。バートからは何も言ってきません。こんなことおねがいするのは申しわけないんですが、こっちにきてあたしを助けてくださったら、警察もマープルさんのことばに耳をかすと思います。マープルさんは昔からあたしにとてもやさしかったし、あたし、悪いことするつもりはなかったし、それはバートだって同じです。おねがいですから助けてください。

敬具

グラディス・マーティン

追伸　バートとあたしの写真を入れておきます。行楽地にきてた男の子の一人がとって、あたしにくれたんです。写真をもらったことをバートは知りません。写真をとられるのが大きらいな人だから。でも、ほら、すてきな人でしょ。

ミス・マープルは唇をきつく結び、食い入るように写真を見た。写真のなかの二人は見つめあっている。口を半開きにして男に憧れの目を向ける哀れなグラディスの顔からもうひとつの顔へ、ミス・マープルは視線を移した——浅黒い肌をしたハンサムなランス・フォーテスキューの笑顔へと。

哀れな手紙の最後の一文がミス・マープルの胸のなかで響きわたった。

〝ほら、すてきな人でしょ〟

ミス・マープルの目に涙が盛りあがった。哀れみのあとに怒りが湧いてきた。冷酷無情な殺人者への怒り。

やがて、哀れみも怒りも消えて、勝利の喜びが胸にあふれた。顎骨のかけらと数本の歯から絶滅動物を復元するのに成功した専門家が感じるのにも似た喜びだった。

解説　彼女は編み物するだけではない

ミステリ評論家
霜月蒼

ミス・マープルといわれて、どんなイメージが思い浮かぶだろう。

田舎町に住む白髪の老婦人。いつも優しげに微笑んでいて、彼女の家を訪れた村人がお茶を飲みながら村で起きた怪事件についての世間話を聞かせると、編み物の手を止め、穏やかに意外な犯人を指摘する。

というのが一般的ではないかと思う。僕もかつてはそうだった。しかし、それは間違いではないけれども正しくもない。そう教えてくれたのが、他ならぬ本書、『ポケットにライ麦を』だった。ミス・マープル長篇の第六作、一九五三年の作品である。

物語はロンドンの近代的なオフィスで幕を開ける。社長フォーテスキュー氏が、社員の淹れたお茶を飲み、苦悶の末に死亡する。検視の結果、毒物はイチイから析出される遅効性のものとわかり、朝食時に毒を盛られたものと思われた。そして不可解にも、氏の服のポケットにはライ麦がいっぱいに詰められていた。

事件を担当するニール警部らは被害者の邸宅〈水松荘（イチイ・ロッジ）〉を訪れる。そこには使用人のほか、氏の娘ほど若い後妻アデル、氏の前妻の姉ミス・ラムズボトム、長女エレイン、長男パーシヴァル夫妻が住んでおり、ほどなくしてアフリカに住む次男ランスロットも妻とともに帰宅する。警部の聴き取りにより、氏の遺産や会社の経営権をめぐって一族内に不和があること、また実業家として悪辣な行為も辞さなかったフォーテスキュー氏を憎む者も多いことが判明する――つまり誰もが殺人の動機を持っているのだ。そんな矢先、後妻アデルが青酸カリで毒殺され、小間使いのグラディスも他殺死体で発見された。グラディスの鼻にはなぜか洗濯ばさみが挟まれており……。

主な舞台は富豪の屋敷。焦点は殺された当主の遺産。それをめぐって誰もが殺人の動機を持つ――まさに「アガサ・クリスティーのマーダー・ミステリ」のイメージそのままだ。本格ミステリでは定番の「童謡殺人」の趣向も盛り込まれている。フォーテスキュー氏のポケットのライ麦、アデルの死の状況、そしてグラディスの鼻の洗濯ばさみ。さらには事件直前にフォーテスキュー氏の机上に置かれていたクロツグミの死骸。これらはマザー・グースの「六ペンスの唄」からとられたものだ。それがやがてアフリカの

「クロツグミ鉱山」をめぐる因縁話に発展して、本書に薄気味悪い雰囲気をもたらすことになる（なお「クロッグミ＝blackbird」の仄暗い語感のせいか、クリスティーは同じ詩にインスパイアされた「二十四羽の黒つぐみ」「六ペンスのうた」という短篇も書いている）。

童謡殺人のキモは「なぜわざわざそんなことをするのか」という動機にある。犯人の狂気を強調するためである場合もあるが、本書では犯罪計画上の必然性がある。クリスティーの別の長篇でも犯人がしかけた「ある効果」が「童謡の見立て」によってもたらされ、真犯人を隠す役割を果たしているのである。いかにもクリスティーらしいミステリ仕掛けと言っていい。

さて、グラディスの死体が発見されたところで章は切り替わり、いよいよミス・マープルの登場となる。第13章だ。

この場面、十行にも満たぬこの場面こそが、僕のミス・マープル像を刷新したものだった。カッコいいのである。そこにいるのは〝にこやかな老婦人〟ではない。クリスティーは車窓の外を見る彼女を客観的に捉え、こう書く――「色白の顔には悲嘆と憤懣が浮かんでいる」と。フォーテスキュー邸に向かう列車のなかで、事件について書かれた新聞三紙を無言で読み終え、怒りの横顔を僕たちに向けて、彼女は背筋を凜と伸ばして座っている。

ヒーローの到来である。彼女が殺人の起きた屋敷にやってきたのは復讐のためだ。養護施設で育った不幸な生い立ちの娘グラディスをひきとって、立派なお屋敷に勤められるくらいまで礼儀作法を教えこんだのはミス・マープルだったからだ。不幸な娘の死の報が彼女を呼び寄せた。ことに娘の死を冒瀆するような洗濯ばさみに、ミス・マープルは激怒していた。殺人者への苛烈な怒りが、この老婦人を駆動している。

思ってたのと違う――そう僕は思ったのだ。

冒頭にあげたミス・マープル像は間違いではない。お茶とともに田舎町セント・メアリ・ミードの噂話に耳を傾け、世間知を梃子に真相を見抜く老婦人たるミス・マープル像は、彼女のデビュー作、短篇集『火曜クラブ』におけるそれである。こうしたミス・マープル像は、最初の五長篇（『牧師館の殺人』『書斎の死体』『動く指』『予告殺人』『魔術の殺人』）まではひとまず踏襲されている。それが変化するのが『ポケットにライ麦を』であり、以降、ミス・マープルは単なる「編み物をする田舎のおばあさん」キャラではなくなる――『パディントン発4時50分』『鏡は横にひび割れて』『カリブ海の秘密』『バートラム・ホテルにて』『復讐の女神』の六長篇である（一九四〇年代に書いて保存してあった最終作『スリーピング・マーダー』は初期五篇に似る）。

とくに本書から『カリブ海の秘密』までの四作品こそが、「ミス・マープル・シリーズ」の頂点だと僕は思っている。

シリーズ後半におけるミス・マープルは、悪と戦うことに喜びを見出すクライムファイターなのである。お茶を飲みながら「犯人」を推理するかわいらしいおばあさんではない。本書はグラディスの死の復讐という「ミス・マープル自身の事件」なので見えにくいが、『パディントン発4時50分』では、自分の手足となって動く有能な女性（クリスティー史上最強の名脇役ルーシー・アイルズバロウ）を事件現場に派遣して謎を追い、『カリブ海の秘密』では同年代の老人と手を組んで犯人を倒そうとする。思い返せば「かわいい老婦人」風で影の薄かった初期長篇でも、彼女はときおり狩人のような眼光をひらめかせ、犯人を罠にかける計略を練ったりしていた。『カリブ海の秘密』でミス・マープルはいう、犯人を追いつめるために自分は「復讐の女神（ネメシス）」になると。おだやかな老婦人なんてかわいらしいものではないのだ。最後に書かれたミス・マープル長篇はずばり『復讐の女神』。そこでの彼女は明らかにヒーローとして描かれている。

犯罪を憎むミス・マープルのまっすぐな正義感は、クリスティー自身のそれの反映とみていいだろう。それはときに保守的すぎる方向に傾くこともあったが（例えば『フランクフルトへの乗客』）、誇り高き英国の伝統にもとづくノーブルで清廉な正義感だった。

つまりきわめて英国的なものであり、またシリアスなものでもあるから、屈折した異邦人たるエルキュール・ポアロの活躍する世界の戯画的な空気とは相性がよくない。だからミス・マープルのミステリは、ポアロよりもリアリスティックだとも言える。傑作『鏡は横にひび割れて』の痛ましい悲劇性は、ポアロを通じては描きにくかっただろうし、ミス・マープルが脇役にまわる『バートラム・ホテルにて』が、クリスティーの愛した英国伝統の冒険小説（スリラー）が現実に敗北する物語になったのも必然といえるかもしれない。

　本書の白眉はラストシーンである。ミス・マープルはしばしば犯人を追いつめるための罠をしかけるが、『ポケットにライ麦を』では追いつめきる前に事件解決をニール警部に任せてセント・メアリ・ミード村に帰ってしまう。そこでは一通の手紙が彼女の帰宅を待っている。ここはクリスティー作品中屈指の悲しい場面――ある娘の悲しい人生そのものが、ミス・マープルを怒らせた犯罪の悪質さが、あるいはミステリとしての皮肉さが、つまり『ポケットにライ麦を』という小説のすべてが結晶となって在（あ）る。そしてこれが欠けていた最後のピースとなるのだ。最後の最後にミス・マープルの顔に浮かぶ歓喜は、お品のよい老婦人のそれではない。憎むべき殺人者を縛（ばく）につける最後の一手を手に入れたクライムファイターの歓喜。それが本書の幕を閉じる。

『ポケットにライ麦を』は、アガサ・クリスティーを代表する一作なのは間違いない。

よくできたフーダニット・ミステリであり、気の利いた童謡殺人／見立て殺人ミステリであるのも確かだけれど、僕が本書を推すのはそのせいではない。〝復讐の女神〟ミス・マープルの輝かしき誕生の物語だからだ。

白髪のおばあちゃんの姿をした苛烈なクライムファイター――ミステリ史上でもきわめて特異な名探偵、それがミス・マープルなのだと僕は思っている。

本書は、二〇〇三年十一月にクリスティー文庫より刊行された『ポケットにライ麦を』の新訳版です。

また本文中のマザー・グースの童謡は、宇野利泰氏の訳詞を引用しました。

灰色の脳細胞と異名をとる

〈名探偵ポアロ〉シリーズ

本名エルキュール・ポアロ。イギリスの私立探偵。元ベルギー警察の捜査員。卵形の顔とぴんとたった口髭が特徴の小柄なベルギー人で、「灰色の脳細胞」を駆使し、難事件に挑む。『スタイルズ荘の怪事件』（一九二〇）に初登場し、友人のヘイスティングズ大尉とともに事件を追う。フェアかアンフェアかとミステリ・ファンのあいだで議論が巻き起こった『アクロイド殺し』（一九二六）、イニシャルのＡＢＣ順に殺人事件が起きる奇怪なストーリーが話題をよんだ『ＡＢＣ殺人事件』（一九三六）、閉ざされた船上での殺人事件を巧みに描いた『ナイルに死す』（一九三七）など多くの作品で活躍し、最後の登場になる『カーテン』（一九七五）まで活躍した。イギリスだけでなく、イラク、フランス、イタリアなど各地で起きた事件にも挑んだ。

映像化作品では、アルバート・フィニー（映画《オリエント急行殺人事件》）、ピーター・ユスチノフ（映画《ナイル殺人事件》）、デビッド・スーシェ（ＴＶシリーズ）らがポアロを演じ、人気を博している。

1 スタイルズ荘の怪事件
2 ゴルフ場殺人事件
3 アクロイド殺し
4 ビッグ4
5 青列車の秘密
6 邪悪の家
7 エッジウェア卿の死
8 オリエント急行の殺人
9 三幕の殺人
10 雲をつかむ死
11 ABC殺人事件
12 メソポタミヤの殺人
13 ひらいたトランプ
14 もの言えぬ証人
15 ナイルに死す
16 死との約束
17 ポアロのクリスマス
18 杉の柩
19 愛国殺人
20 白昼の悪魔
21 五匹の子豚
22 ホロー荘の殺人
23 満潮に乗って
24 マギンティ夫人は死んだ
25 葬儀を終えて
26 ヒッコリー・ロードの殺人
27 死者のあやまち
28 鳩のなかの猫
29 複数の時計
30 第三の女
31 ハロウィーン・パーティ
32 象は忘れない
33 カーテン
34 ブラック・コーヒー〈小説版〉

好奇心旺盛な老婦人探偵
〈ミス・マープル〉シリーズ

本名ジェーン・マープル。イギリスの素人探偵。ロンドンから一時間ほどのところにあるセント・メアリ・ミードという村に住んでいる、色白で上品な雰囲気を漂わせる編み物好きの老婦人。村の人々を観察するのが好きで、そのうちに直感力と観察力が発達してしまい、警察も手をやくような難事件を解決するまでになった。新聞の情報に目をくばり、村のゴシップに聞き耳をたて、それらを総合して事件の謎を解いてゆく。家にいながら、あるいは椅子に座りながらゆったりと推理を繰り広げることが多いが、敵に襲われるのもいとわず、みずから危険に飛び込んでいく行動的な面ももつ。

長篇初登場は『牧師館の殺人』（一九三〇）。「殺人をお知らせします」という衝撃的な文章が新聞にのり、ミス・マープルがその謎に挑む『予告殺人』（一九五〇）や、その他にも、連作短篇形式をとりミステリ・ファンに高い評価を得ている『火曜クラブ』（一九三二）、『カリブ海の秘密』（一九六四）とその続篇『復讐の女神』（一九七一）などに登場し、最終作『スリーピング・マーダー』（一九七六）まで、息長く活躍した。

35 牧師館の殺人
36 書斎の死体
37 動く指
38 予告殺人
39 魔術の殺人
40 ポケットにライ麦を
41 パディントン発4時50分
42 鏡は横にひび割れて
43 カリブ海の秘密
44 バートラム・ホテルにて
45 復讐の女神
46 スリーピング・マーダー

冒険心あふれるおしどり探偵

〈トミー&タペンス〉

本名トミー・ベレズフォードとタペンス・カウリイ。『秘密機関』（一九二二）で初登場。心優しい復員軍人のトミーと、牧師の娘で病室メイドだったタペンスのふたりは、もともと幼なじみだった。長らく会っていなかったが、第一次世界大戦後、ふたりはロンドンの地下鉄で偶然にもロマンチックな再会をはたす。お金に困っていたので、まもなく「青年冒険家商会」を結成した。この後、結婚したふたりはおしどり夫婦の「ベレズフォード夫妻」となり、共同で探偵社を経営。事務所の受付係アルバートとともに事務所を運営している。トミーとタペンスは素人探偵ではあるが、その探偵術は、数々の探偵小説を読破しているので、事件が起こるとそれら名探偵の探偵術を拝借して謎を解くというユニークなものであった。

『秘密機関』の時はふたりの年齢を合わせても四十五歳にもならなかったが、

最終作の『運命の裏木戸』(一九七三)ではともに七十五歳になっていた。青春時代から老年時代までの長い人生が描かれたキャラクターで、クリスティー自身も、三十一歳から八十三歳までのあいだでシリーズを書き上げている。ふたりの活躍は長篇以外にも連作短篇『おしどり探偵』(一九二九)で楽しむことができる。

ふたりを主人公にした作品が長らく書かれなかった時期には、世界各国の読者からクリスティーに「その後、トミーとタペンスはどうしました? いまはなにをやってます?」と、執筆の要望が多く届いたという逸話も有名。

名探偵の宝庫
〈短篇集〉

クリスティーは、処女短篇集『ポアロ登場』（一九二三）を発表以来、長篇だけでなく数々の名短篇も発表し、二十冊もの短篇集を発表した。ここでもエルキュール・ポアロとミス・マープルは名探偵ぶりを発揮する。ギリシャ神話を題材にとり、英雄ヘラクレスのごとく難事件に挑むポアロを描いた『ヘラクレスの冒険』（一九四七）や、毎週火曜日に様々な人が例会に集まり各人が体験した奇怪な事件を語り推理しあうという趣向のマープルものの『火曜クラブ』（一九三二）は有名。トミー＆タペンスの『おしどり探偵』（一九二九）も多くのファンから愛されている作品。

また、クリスティー作品には、短篇にしか登場しない名探偵がいる。心の専門医の異名を持ち、大きな体、禿頭、度の強い眼鏡が特徴の身上相談探偵パーカー・パイン（『パーカー・パイン登場』一九三四、など）は、官庁で統計収集の事務を行なっていたため、その優れた分類能力で事件を追う。また同じく、ハーリ・クィンも短篇だけに登場する。心理的・幻想的な探偵譚を収めた『謎のクィン氏』（一九三〇）などで活躍する。その名は「道化役者」の意味で、まさに変幻自在、現われてはいつのまにか消え去る神秘的不可思議的な存在として描かれている。恋愛問題が絡んだ事件を得意とするというユニークな特徴をもっている。

ポアロものとミス・マープルものの両方が収められた『クリスマス・プディングの冒険』（一九六〇）や、いわゆる名探偵が登場しない『リスタデール卿の謎』（一九三四）や『死の猟犬』（一九三三）も高い評価を得ている。

バラエティに富んだ作品の数々
〈ノン・シリーズ〉

名探偵ポアロもミス・マープルも登場しない作品の中で、最も広く知られているのが『そして誰もいなくなった』（一九三九）である。マザーグースになぞらえて殺人事件が次々と起きるこの作品は、不可能状況やサスペンス性など、クリスティーの本格ミステリ作品の中でも特に評価が高い。日本人の本格ミステリ作家にも多大な影響を与え、多くの読者に支持されてきた。

その他、紀元前二〇〇〇年のエジプトで起きた殺人事件を描いた『死が最後にやってくる』（一九四四）、『チムニーズ館の秘密』（一九二五）に出てきたロンドン警視庁のバトル警視が主役級で活躍する『ゼロ時間へ』（一九四四）、オカルティズムに満ちた『蒼ざめた馬』（一九六一）、スパイ・スリラーの『フランクフルトへの乗客』（一九七〇）や『バグダッドの秘密』（一九五一）などのノン・シリーズがある。

また、メアリ・ウェストマコット名義で『春にして君を離れ』（一九四四）をはじめとする恋愛小説を執筆したことでも知られるが、クリスティー自身は四半世紀近くも関係者に自分が著者であることをもらさないよう箝口令をしいてきた。これは、「アガサ・クリスティー」の名で本を出した場合、ミステリと勘違いして買った読者が失望するのではと配慮したものであったが、多くの読者からは好評を博している。

72 茶色の服の男
73 チムニーズ館の秘密
74 七つの時計
75 愛の旋律
76 シタフォードの秘密
77 未完の肖像
78 なぜ、エヴァンズに頼まなかったのか?
79 殺人は容易だ
80 そして誰もいなくなった
81 春にして君を離れ
82 ゼロ時間へ
83 死が最後にやってくる
84 忘られぬ死
86 暗い抱擁
87 ねじれた家
88 バグダッドの秘密
89 娘は娘
90 死への旅
91 愛の重さ
92 無実はさいなむ
93 蒼ざめた馬
94 ベツレヘムの星
95 終りなき夜に生れつく
96 フランクフルトへの乗客

訳者略歴　同志社大学文学部英文科卒，英米文学翻訳家　訳書『カウンター・ポイント』『フォールアウト』パレツキー，『オリエント急行の殺人』クリスティー，『街への鍵』レンデル，『ベル・カント』パチェット（以上早川書房刊）他多数

ポケットにライ麦(むぎ)を
〔新訳版〕

〈クリスティー文庫 40〉

二〇二〇年八月二十五日　発行
二〇二一年八月　十五　日　二刷
（定価はカバーに表示してあります）

著者　アガサ・クリスティー
訳者　山本(やまもと)やよい
発行者　早川　浩
発行所　株式会社　早川書房
東京都千代田区神田多町二ノ二　郵便番号一〇一‐〇〇四六
電話　〇三‐三二五二‐三一一一
振替　〇〇一六〇‐三‐四七七九九
https://www.hayakawa-online.co.jp

乱丁・落丁本は小社制作部宛お送り下さい。
送料小社負担にてお取りかえいたします。

印刷・信毎書籍印刷株式会社　製本・株式会社フォーネット社
Printed and bound in Japan
ISBN978-4-15-131040-9 C0197

本書は活字が大きく読みやすい〈トールサイズ〉です。